# Juliette
# FOREVER

Cet ouvrage a été réalisé par les Éditions Milan,
avec la collaboration de Claire Debout.

Mise en pages : Petits Papiers
Création graphique : Bruno Douin
Titre original : *Juliet Immortal*
Photo de couverture : © 2011 by Yolande de Kort/Trevillion Images
First published in The US by Delacorte Press,
an imprint of Random House Children's Books,
a division of Random House, Inc., New York

Published by arrangement with Random House Children's Books,
one part of the Random House Group Ltd.
Pour l'édition française :

300, rue Léon-Joulin, 31101 Toulouse Cedex 9, France
Loi 49-956 du 16 juillet 1949
sur les publications destinées à la jeunesse
ISBN : 978-2-7459-5588-3
www.editionsmilan.com

# Juliette
## FOREVER

Traduit de l'anglais
par Amélie Sarn

MILAN

Pour Julie Linker, qui a toujours cru en Juliette

Elle luttera pour le bien et lui pour le mal
À travers les âges, à la recherche de cet amour idéal
Car là où deux âmes partagent un amour sans repos
Soyez assurés qu'il s'agit de Juliette et Roméo

*Ballade médiévale italienne, auteur inconnu*

# UN

## Vérone, Italie, 1304

Ce soir, il aurait pu entrer par la porte. Tout le monde dort au *castello*, même les domestiques, et Nourrice l'aurait laissé entrer. Mais il a choisi la fenêtre, escaladant le mur à l'aide de l'entrelacs des plantes grimpantes, récoltant des pétales sur son habit.

Il chancelle sur une pierre branlante du balcon avant de sauter dans ma chambre en souriant. Je me précipite dans ses bras.

C'est un rêveur, un romantique toujours prêt à quelque cascade. Il est sans peur, casse-cou, imprudent et je l'aime aussi pour ça. Je l'aime de toute mon âme. *Désespérément*. Mon amour pour lui étreint ma poitrine, me tue et me ressuscite chaque fois que je plonge mon regard dans le sien ou que je passe mes doigts tremblants dans ses boucles brunes.

Je l'aime pour la façon dont il s'allonge sur le sol, ses jambes fines et fortes sous ses hauts-de-chausses, comme si nous n'avions pas enfreint toutes les règles, comme si nous ne risquions pas d'être bannis des seuls foyers que nous ayons jamais connus. Je l'aime pour la façon dont il porte ma main à sa joue si douce, la façon dont il respire ma peau comme si mon parfum était plus enivrant que celui des pétales recouvrant son manteau. Je l'aime pour la façon dont il murmure mon nom comme une promesse de liberté et de plaisir, la promesse que tout ceci m'appartient pour toujours.

Pour toujours et à jamais.

Malgré nos parents, notre prince et le sang versé sur la place. Malgré le fait que nous sommes sans argent ou presque, quasiment sans amis, et que notre avenir, auparavant clair et étincelant, est devenu sombre et effrayant.

– Dis-moi que le jour ne se lèvera jamais, chuchote-t-il.

Il m'attire sur le sol près de lui, me prend sur ses genoux, sa main caressant ma hanche.

La chaleur de ses doigts se diffuse en moi et me rappelle que nous serons bientôt mari et femme. Chaque caresse est sacrée. Tout ce que nous partagerons ce soir est comme une célébration des vœux que nous avons échangés et de l'amour qui nous consume.

Je pose mes lèvres sur les siennes. Une pure allégresse naît de ce baiser et je souffle le mensonge attendu pour attiser le feu qui le dévore.

– Le jour ne se lèvera jamais.

– Dis-moi que je ne quitterai jamais cette chambre, que j'y resterai toujours seul avec toi, que tu seras toujours la plus belle femme du monde.

Ses doigts délient les rubans dans mon dos ; lentement, sans précipitation, il défait les nœuds un à un, accompagnant délibérément chaque victoire d'un mouvement du poignet.

Ce qui bout en nous est sans honte, sans hâte. Il est sûr de lui et la lueur des chandelles me renvoie la tendresse qui brille dans ses yeux, m'assurant que nous ne commettons aucune folie.

Il n'y a là que de l'amour. Réel. Magnifique. Éternel.

– Pour toujours.

Voilà ce que je murmure, submergée par l'adoration que je lui porte. Une partie de moi me souffle qu'un amour aussi grand ne peut être que sacrilège, mais quelle importance ? Il n'y a rien d'autre au monde que Roméo. Pour le reste de ma vie, il est le dieu devant lequel je me prosternerai.

Sa joue contre la mienne, je sens son haleine chaude caresser mon oreille.

– Juliette… Tu es…

Je suis sa déesse. Je le sens au frisson qui le parcourt, alors que mes doigts défont sa tunique, révélant le lin délicat de sa chemise.

– Tu es… tout, susurre-t-il, les yeux étincelants. Tout.

Et je sais que c'est vrai. Je suis sa lune et son étoile du Nord. Je suis sa vie et son cœur. Je suis la réponse à toutes ses questions, le réconfort de toutes ses blessures, la compagne qui marchera toujours à ses côtés, révélant la grâce de chaque geste accompli en son nom, rayonnante de beauté éternelle car bénie du bonheur de partager chaque instant de la vie de mon amour.

*Mon amour, mon amour, mon amour*. Je pourrai entendre ces mots un million de fois sans jamais m'en lasser.

– Pour toujours.

Je prononce une nouvelle fois ces mots dans la chaleur de son cou, laissant échapper un soupir alors que le dernier ruban retenant ma robe vient de céder.

# DEUX

## Solvang, Californie, de nos jours

Mourir est facile. Ressusciter en revanche est douloureux.

– Oh...

Je porte les mains à mon front. D'une coupure au-dessus de mon sourcil coule un liquide chaud et collant.

Beaucoup de sang cette fois. Sur mes mains, sur le tableau de bord, gouttant entre mes doigts sur mon jean, formant des taches sombres que je distingue dans la pâle clarté de la lune. C'est sale et effrayant, mais l'accident ne l'a pas tuée. Ne *m'a* pas tuée.

J'ai pris sa place aujourd'hui, je la lui rendrai plus tard. Bientôt peut-être. Cela dépendra du temps qu'il me faudra pour assurer la sécurité des âmes sœurs que je dois protéger. Ou du temps qu'il faudra à Roméo pour convaincre un des deux amoureux de se sacrifier au nom de l'amour éternel.

Ce qui peut aller vite. Il est très fort à ce petit jeu.

Quoi qu'il arrive, Arielle Dragland retrouvera son enveloppe corporelle. En attendant, elle restera dans le royaume où j'ai passé la plus grande partie de mon éternité, dans les brumes de l'oubli, ce lieu où le vide s'étend à perte de vue.

Les Ambassadeurs de Lumière m'ont assuré qu'il existe des endroits pires que celui-là, des ténèbres que celui qui a vendu notre amour contre l'immortalité connaîtra un jour. Nourrice n'utilise jamais le terme d'*enfer* mais j'aime imaginer Roméo en train d'y pourrir. Bien sûr, elle ne parle jamais non plus de paradis quand elle décrit l'endroit que je rejoindrai quand tout cela sera fini. *Si* cela finit un jour.

Nourrice évite un grand nombre de sujets. Comme par exemple la somme de magie nécessaire pour m'extirper encore et encore de mes brumes. Plus de trente fois en sept siècles. Pour moi, la vie se contente d'apparaître sans crier gare. Je suis esprit éthéré, et soudain, je me glisse dans la peau de quelqu'un, dans la vie de quelqu'un comme dans un déguisement effrayant.

Les derniers instants d'Arielle me traversent et me font frissonner. Je la vois saisir le volant des mains du conducteur et le tourner brusquement juste avant un virage, espérant que ce plongeon dans le ravin les tuerait tous les deux, elle et ce garçon qui l'a trahie. Je me tourne vers le siège du conducteur. Le garçon – Dylan – est encastré dans le volant. Immobile. Sans un souffle de vie.

Il semblerait qu'une partie du souhait d'Arielle ait été exaucée.

Je frissonne de nouveau mais je ne suis pas triste. Je sais ce qu'il a fait et la rage et la honte d'Arielle grondent en moi à mesure que je prends un peu plus possession de sa vie et de son corps. Dans mon cerveau défilent des images de ses dix-huit années d'existence. Je me concentre sur chaque détail afin de faire miens ses souvenirs.

*Sur la pointe des pieds, toujours sur la pointe des pieds. C'est ainsi que je monte l'escalier, traverse la cuisine, passe devant le couloir et entre dans la pièce où sont rangés mes crayons et où je peux enfin respirer librement. Loin d'elle. De son regard triste, si triste. Ma mère.*

*Sept ans, dix ans, quinze ans, dix-huit ans et rien ne surpasse la magie d'une feuille blanche, la promesse que le monde peut être tel que je le crée. Un lieu magique plein d'aventure et de possibles. Une gomme suffit à effacer les erreurs, une nouvelle couche de peinture les recouvre. Noir, rouge et violet. Et bleu. Toujours bleu.*

*Une couleur froide. Ma mère ne distingue que les couleurs froides. Que la tristesse. Elle voit mes cicatrices dont elle est responsable. J'avais six ans. Elle considère Gemma, ma seule amie, comme une erreur. Elle ressent ma solitude qui exacerbe la sienne. Je suis le poids, la chose qui a dévoré et gâché sa vie. Elle a toujours cet os en travers de la gorge.*

*Des os. Parfois, j'ai l'impression de n'être faite que d'os, de n'être qu'un squelette vide et creux. Parfois, je la déteste pour ça, parfois c'est moi que je déteste, parfois je déteste tout et tout le monde et j'imagine l'univers en train de fondre comme la chair fond sur mes os.*

*La peau sur les os. Maman et moi sommes maigres. Se serrer dans les bras l'une de l'autre est douloureux mais ça n'arrive presque jamais. Ça n'est pas arrivé depuis des années. Il y a l'hôpital, la douleur, les lampes du bloc opératoire et les longues journées à la maison, la honte enfouie sous les ombres. Il y a l'obscurité, cet intrus maléfique qui arrive toujours au moment où je crois qu'un jour peut-être je pourrai éclore.*

*Il y a le lycée et la souffrance d'être invisible, la jalousie, l'envie d'être belle et vraie, comme Gemma. Le sentiment de toujours être spectatrice et jamais actrice. La frustration de ces mots qui ne franchissent jamais mes lèvres, malgré mon désir et mes efforts. Le premier pas qui me mènera sous les feux de la rampe est impossible à effectuer. C'est comme grimper l'Everest. Je déteste les soupirs agacés de M. Stark et les rires étouffés des autres élèves. Je voudrais leur faire mal, leur montrer ce qu'on ressent quand l'angoisse vous empêche de respirer.*

*Gemma ne m'aide pas. Elle se contente de me répéter de prendre sur moi puis arrête de me raconter ses histoires de sexe, ferme la porte de son monde de couleurs, oublie de passer me chercher pour aller au lycée. Je suis en train de tout perdre. Ma seule amie s'éloigne, mes notes dégringolent, mon esprit perd ses repères ; combien de temps puis-je encore vivre ainsi ? Vais-je réussir à tenir quatre ans à dormir dans cette chambre, à prendre les transports en commun pour me rendre à l'école d'infirmières de Santa Barbara, à vivre avec toujours plus de douleur et de tristesse alors que mon désir le plus cher est de fuir ?*

*Mais… il y a lui. Son sourire, sa voix qui parvient jusqu'à moi dans les coulisses quand il chante, sa voix qui entre en moi et fait vibrer mes rêves.*

*Mais mes rêves ne sont que des rêves.*

*Rien d'autre.*

*Nous nous embrassons lentement alors que mon cœur s'emballe. C'est à ce moment que le texto arrive sur son téléphone. Demandant s'il a enfin pris le pucelage de la cinglée. Il essaie de cacher le téléphone mais trop tard. Je pleure. Je ne suis pas triste mais en colère. Il me propose cinquante dollars – une petite partie de l'enjeu du pari – si je le laisse prendre ce qu'il est venu chercher. J'explose. J'essaie de sortir de la voiture mais il m'attrape par les poignets, me serre. Puis démarre la voiture, me demande de me calmer et me promet de m'emmener ailleurs.*

*Il n'y a pas d'ailleurs. Je le sais maintenant. Il n'y a que des miroirs qui nous renvoient notre déception et qui se brisent en mille morceaux. Ce sera toujours ainsi. Toujours, même quand j'aurai quitté la maison.*

*La route serpente devant moi et je décide de tout arrêter. Je refuse de le laisser m'emmener vers la plage où l'immense, le glacial et sombre océan nous attend comme un cauchemar. Je ne peux pas.*

*Plus jamais.*

*

Mes yeux s'ouvrent, l'adrénaline fait frémir mon corps, étouffant la peur, la colère et le désespoir ressentis par Arielle quand la voiture a brisé la barrière de sécurité avant de plonger dans le ravin.

Ils sont tombés si vite ; le temps n'a fait d'eux qu'une bouchée. Elle n'a même pas crié avant l'impact. Sa tête a heurté la vitre assez violemment pour fendre la peau de sa tempe et l'étourdir, mais sans la tuer.

Malgré les dégâts, elle vivra… qu'elle le veuille ou non.

– Tu y arriveras, tu verras.

J'ai prononcé ces mots à voix haute bien que je sache qu'elle ne peut pas m'entendre.

Je vais agir et améliorer sa vie avant son retour, la rendre sinon belle, du moins supportable. Les Ambassadeurs encouragent leurs convertis à répandre amour et lumière, mais même si ça n'avait pas été le cas, j'aurais désiré le faire. Elle est si triste. Je veux la tirer de cette obscurité, la sauver des Mercenaires qui profitent de proies comme elle.

D'un mercenaire en particulier, celui qui toujours s'emploie à gâcher la vie de mes hôtes involontaires avec autant d'ardeur qu'il a gâché la mienne.

Car, quelque part, dans la nuit fraîche, poussé par la même énergie qui m'a sortie de la brume, lui aussi a trouvé un corps. Dans un vieux cimetière oublié, il cherche un cadavre assez vieux pour n'être pas reconnu par les habitants de cette petite ville, une âme où se cacher. Les Mercenaires de l'Apocalypse vivent dans les morts dont ils ont le pouvoir de réparer les chairs.

Pendant un moment, je me demande à quoi Roméo ressemblera cette fois. Et puis, je décide que ça n'a aucune importance. Vieux ou jeune, gros ou mince, noir ou blanc, l'ennemi reste l'ennemi.

– Aaaahh…

Le grognement est émis par le garçon à côté de moi dans la voiture. Je grimace, déçue qu'il soit en vie. En tant qu'ambassadrice de la Lumière, je ne suis pas censée éprouver de tels sentiments mais je n'y peux rien. La guerrière immortelle de l'amour que je suis devenue n'est pas très différente de la jeune fille que j'étais.

*L'amour.* Parfois cette idée me laisse un goût amer dans la bouche.

Mais ce n'est pas plus mal : si nous nous sortons tous deux vivants de cet accident, ça m'évitera d'attirer l'attention de la police. Le monde serait meilleur sans Dylan, mais les ambassadeurs ne sont pas autorisés à tuer des êtres humains. Le meurtre nourrit la cause des Mercenaires. Il m'est interdit de prendre une vie, même de façon justifiée.

– Il n'est jamais bien de mal agir.

Voilà ce que je murmure tout en souhaitant à Dylan quelques fractures et quelques douleurs. La vengeance m'est interdite mais Arielle peut un peu profiter de la sienne.

– Unnh, gémit le garçon.

Je regarde ses lèvres pleines, ses cils soyeux et noirs, ses cheveux châtains qui ondulent sur son front. Des mèches collent à sa peau et un énorme bleu s'est formé sur sa joue. Malgré tout, il est très beau. Ce qui ne l'empêche pas d'être mauvais.

Une certaine cruauté transparaît dans l'harmonie de ses traits, mais je ne peux reprocher à Arielle de ne pas avoir vu au-delà de l'apparence. Il n'y a pas si longtemps, j'étais comme elle, jeune et naïve, prête à croire les beaux jeunes gens. Prête à croire en l'amour éternel.

Mais j'ai retenu la leçon. Seule la vengeance est éternelle.

Le besoin de punir la trahison me donne la force de me battre. Je suis du côté du bien, j'essaie d'empêcher les Mercenaires de l'Apocalypse de détruire la beauté et la bonté encore présentes chez les humains. Le devoir des Ambassadeurs est de préserver leurs protégés et de faire perdurer l'amour vrai et c'est... bien. Mais gâcher l'existence du mercenaire que je combats et faire en sorte qu'il rentre auprès des siens vaincu, sans âme souillée serait mieux encore. Beaucoup mieux.

Ces pensées m'aident à repousser la douleur. J'essaie de m'extirper de la voiture. Le capot est écrasé et je ne peux pas ouvrir la portière de mon côté. Les vitres électriques bourdonnent sans bouger quand j'appuie sur le bouton.

Le bouton. Il me rappelle celui que j'ai utilisé lors de ma précédente mission en... 1998 ? 1999 ? Les années se mélangent mais les boutons sont identiques et l'aspect relativement neuf de la voiture me fait me demander en quelle année je suis. Je ferme les yeux pour mieux fouiller dans les souvenirs d'Arielle.

Moins de quinze ans ont passé depuis ma dernière apparition. Étrange. Mes retours sur Terre sont généralement espacés d'au moins cinquante ans. Les chansons d'amour coulent sur les ondes des radios comme du miel mais les amoureux sincères ne courent pas les rues. Plus les Mercenaires accomplissent leurs sombres desseins – détruire l'espoir, écraser la compassion, inciter à la haine et à la guerre –, plus les couples portés par le destin sont rares.

L'amour n'a rien à voir avec une chute. C'est au contraire une ascension. Comme l'escalade de la face escarpée d'une montagne. Rares sont ceux qui s'en donnent la peine. Très peu atteignent le point critique de la relation, ce moment après lequel les obstacles et les tentations disparaissent.

Certains, comme Roméo et moi, deux moitiés d'un même tout, passent leur temps à s'éloigner l'un de l'autre. Suis-je la seule à me battre toujours contre le même ennemi ? Je l'ignore car je ne communique avec aucune autre âme dans la brume. Je ne fais que croiser des volutes sans consistance.

Roméo, lui, reste sur Terre, passant d'un corps mort à un autre. Nourrice souligne que si le procédé est déplaisant, Roméo profite néanmoins d'un semblant de vie.

Je suis toujours seule. Que je fasse semblant d'être quelqu'un d'autre ou que j'erre dans le grand vide. La vie me manque. Les conversations, les rires, la joie et la douleur me manquent. Me réveiller par une journée claire où je ne verrais pas le mal rôder me manque. Et plus que tout, mon innocence et ma foi en l'existence du bonheur me manquent. Je parviens à faire croire que je suis pleine de bonté mais, en réalité, je suis trop amère pour être une ambassadrice digne de ce nom et trop jeune pour être aussi désespérée.

J'ai vu défiler les siècles mais je suis morte à quatorze ans et j'ai passé en tout moins de vingt ans sur Terre. Lui, en revanche, continue de vivre et d'apprendre, de repousser la folie en ouvrant grand ses oreilles et en plongeant son regard dans celui des humains. Ses sept siècles d'expérience l'aident à me détruire un peu plus à chaque fois.

Sauf que là... quelque chose est différent. Je le sens. Ce n'est pas seulement que je suis revenue trop vite. C'est autre chose. Et j'en ai la chair de poule.

– Ooooh... bon sang...

Les yeux de Dylan s'ouvrent difficilement.

Malgré la pâleur de la lune, je vois qu'ils sont étranges, trop sombres. Ce garçon est bizarre. Je ne suis pas étonnée du tour qu'il a joué à Arielle mais je suis curieuse de savoir ce qu'il va faire à présent. Comment va-t-il réagir alors qu'elle a tenté de les tuer tous les deux ?

– Arielle ? demande-t-il d'une voix pâteuse. Tu vas bien ?

– Oui... je crois.

Peut-être ne se rappelle-t-il pas ce qui a provoqué l'accident. Si c'est le cas, je ne lui rafraîchirai pas la mémoire. Prudemment, je garde une expression neutre.

– Et toi, ça va ?

– Je... je crois. J'ai l'impression que...

Alors qu'il se penche vers moi, sa voix s'éteint. Il me fixe. Je le devine malgré son visage baissé et les ombres qui dissimulent ses yeux.

Le toit ! Je lève la tête et pousse un soupir de soulagement. Le toit est en verre. J'ai plus que jamais hâte de quitter cette voiture. Si Dylan est aussi perturbant à tout juste dix-huit ans, il sera tueur en série avant ses vingt ans.

Ça va aller. Il faut juste qu'on sorte d'ici. Je lève mes mains pleines de sang vers le système d'ouverture. J'essaie d'ignorer Dylan qui se penche un peu plus vers moi.

Je triture le mécanisme du toit ouvrant sans résultat. Je vais y arriver et on pourra se faufiler. Je passerai la première.

– Pardon, est-ce que je peux…

Il exhale une haleine chaude dans mon cou. Je retiens un frisson.

– Est-ce que je peux te poser une question ?

Il veut discuter. Charmant.

Je soupire.

– Oui, vas-y.

Je tire sur les charnières et me rends compte que j'aurais dû pousser. Je soupire de nouveau.

– Est-ce qu'on t'a déjà dit que tes cheveux ressemblent à une rivière argentée à la lumière de la lune ?

Je jette un coup d'œil dans le rétroviseur. Il a raison. Je ressemble presque à un personnage de conte de fées. D'ailleurs, ce que je distingue de mon visage est également magnifique. Pourquoi Arielle se pensait-elle si laide ? De grands yeux bleus, un petit nez, des lèvres fines. Les cicatrices sur ma joue et ma mâchoire sont visibles mais pas aussi affreuses qu'Arielle le croit. C'est une fille attirante, fascinante même. Elle possède un charme qui donne envie de la regarder.

Alors je prends un peu de temps pour m'admirer. Et je me trahis.

Dylan rit, ses lèvres bien trop près des miennes.

– *Mais doucement, quelle lumière jaillit de cette fenêtre*[1] ?

Non. C'est impossible. Nous n'avons jamais… Il n'a jamais…

– Je t'ai manqué, chérie ?

1. *Roméo et Juliette*. Acte II, scène 2 (traduction de François-Victor Hugo).

Il m'embrasse sur la joue, un baiser rapide et mouillé comme celui d'un enfant.

Dylan est mort finalement. Et Roméo a trouvé un corps.

C'est ma dernière pensée avant que ses mains ne serrent ma gorge.

# TROIS

J'étouffe. Il me pousse violemment contre la portière.

Ma tête heurte la vitre. La douleur se diffuse dans mon crâne. En un éclair, il est à cheval sur mon ventre, me clouant à mon siège. Je porte les mains à mon cou, essayant de desserrer son étreinte. Mais je n'y arrive pas. Je n'ai pas encore récupéré de l'accident et je ne suis pas non plus suffisamment connectée avec mon nouveau corps.

Je reste en général assez faible durant les quelques heures qui suivent mon passage d'un état à l'autre. Ça ne m'a jamais inquiétée. Malgré sa troublante capacité à me retrouver, Roméo a toujours mis plusieurs jours pour me localiser. Ce qui me laisse le temps de prendre contact avec Nourrice grâce au miroir et de rencontrer mes protégés.

Ensuite, je reste aux aguets. Roméo finit toujours par apparaître. Invariablement, il est appelé au même endroit que moi afin de gagner les mêmes âmes à sa sombre cause. Il tâche alors de convaincre l'une des âmes de sacrifier son amour à la haine, à la destruction et au chaos et de devenir un mercenaire immortel. Comme lui, après notre mariage.

Je me demande ce qu'ils lui ont proposé. Quelle récompense lui ont-ils fait miroiter et combien de temps lui a-t-il fallu pour découvrir qu'on lui avait menti ? Qu'il avait plongé une lame dans mon cœur pour rien. Je sais qu'il n'a rien reçu de ce qu'il espérait. J'ai lu le regret dans ses yeux.

Nos regards se croisent et, pendant un instant, j'ai l'impression de le retrouver. Il se penche vers moi et respire longuement.

– Ton haleine a toujours le même parfum, souffle-t-il. Si sucré.

– Laisse-moi tranquille !

Je réprime une nausée. Je n'arrive pas à croire que j'ai rêvé un jour de dédier ma vie à adorer ce monstre.

À présent, je voudrais le tuer et ne plus jamais ressentir aucune émotion.

– Non, répond-il. Je suis bien là, ton nouveau corps est... exquis.

Il rit et resserre ses doigts autour de ma gorge comme pour extirper le dernier souffle de vie d'Arielle. S'il la tue, il me tue aussi et il le sait. Mais ça lui est égal. Faire d'une pierre deux coups serait pour lui une réussite.

– Quel dommage de te tuer si rapidement.

– Tu ne me tueras pas !

Je le refuse. Ça ne peut pas se finir comme ça. Je veux qu'il échoue encore une fois. Encore mille fois ! L'adrénaline charriée par mon sang accélère les battements de mon cœur et me donne la force de me dégager et d'écraser ma main sur son visage.

– Hmmpf ! grogne-t-il alors que, dans la foulée, je lui envoie un coup de poing dans l'estomac.

Mais je sais qu'il n'a pas eu mal. Du moins pas assez. Je n'ai pas assez de recul pour donner de la force à mes mouvements.

Il faut que je sorte d'ici.

D'un coup d'épaule, je le fais basculer et je tends la main vers la poignée du toit ouvrant. Il me saisit le bras et me le tord derrière le dos.

– Salaud !

La douleur m'a surprise.

– Tu m'insultes à présent ? C'est mal ! Je pensais que nous étions au-dessus de ça, mon petit cœur.

Il me bloque contre le siège en enfonçant son genou dans ma colonne vertébrale. Il tire vicieusement, m'arrachant un cri de douleur.

*Non. Pas comme ça. Pas ce soir.* D'un élan, je me retourne et, de ma main libre, j'attrape la partie la plus sensible de son anatomie. Et je serre. Fort.

Roméo gronde et repousse mon bras d'un coup de poing, puis il l'empoigne et me le tord comme l'autre dans le dos.

– Regarde bien : je vais t'arracher les bras et les dévorer !

Il m'étire les membres jusqu'à ce que la douleur devienne insupportable. Il va me briser en deux. Il va vraiment m'arracher les bras !

– C'est en enfer que tu as appris ça ? je crache, la voix haut perchée par la souffrance.

Je me concentre pour ne pas hurler. Je voudrais que mes mots le distraient le temps de reprendre mon souffle et de trouver un moyen de me sortir de cette situation.

– Je ne suis jamais allé en enfer, tu le sais, ma chérie.

Il relâche légèrement sa prise.

– L'éternité a été très plaisante jusqu'à maintenant. Pourquoi on ne te trouverait pas une âme à voler afin que tu deviennes toi aussi une mercenaire ?

Il se penche vers moi, presse sa joue contre la mienne.

– Mon nouveau corps te plaît ? Je sais que tu avais hâte de me retrouver.

– Tu es complètement fou !

– Ah oui ?

La douleur est soudain remplacée par la torture des lèvres de Roméo sur mon cou et de ses mains sur mes hanches. Mon corps répond à ses caresses qui m'ont un jour donné l'impression d'être belle et aimée. En même temps, une nausée me tord l'estomac.

– Dégage de là !

– *Oh, elle apprend aux flambeaux à illuminer*[1], susurre-t-il à mon oreille, éteignant d'un coup mes détestables tressaillements de désir.

Cette horrible pièce. Cette misérable, méprisable pièce pleine de mensonges qu'il a aidé Shakespeare à écrire il y a tant d'années. Son but était de se donner le beau rôle. Et ça n'a fonctionné que trop bien. La tragédie de Shakespeare est encore aujourd'hui pour beaucoup dans le succès des Mercenaires. En rendant la mort si belle, en faisant croire que mourir d'amour est l'acte le plus noble de tous. Alors que rien n'est plus faux. Sacrifier une vie innocente – dans une tentative pathétique de prouver son amour ou pour toute autre raison – n'est qu'un gâchis inutile.

Prendre une vie que l'innocence a quittée serait une bonne action. Pourquoi ne puis-je pas tuer cette abomination ? Pourquoi ma vengeance, si facile à justifier, m'est-elle interdite par les Ambassadeurs ? Me tuer n'a pas suffi à Roméo, il a fallu qu'il donne une version dénaturée de notre histoire, ajoutant ainsi l'injure à la trahison.

Mais il sait tout cela. Le monstre.

1. *Roméo et Juliette*. Acte I, scène 5 (traduction de François-Victor Hugo).

Il est temps que j'utilise mon bras libre.

– *Sa beauté est suspendue à la face de la nuit comme un*[1]...

Roméo termine dans un grognement. J'ai pris appui avec mes pieds sur le siège et je nous ai tous deux projetés en arrière. Sa colonne vertébrale cogne le tableau de bord avec un bruit sourd tout à fait plaisant. Je commence à retrouver des forces. Peut-être suffisamment pour pouvoir m'enfuir si j'arrive à comprendre comment fonctionne l'ouverture du toit.

Je me retourne, empoigne le pull de Roméo et parviens à le soulever. Son crâne entre en collision avec le panneau de verre qui se fissure dans un claquement sec couvert par le craquement des os.

Mon cœur s'emballe alors que Roméo s'écrase sur le siège du conducteur. Je lui ai fait plus de mal que je n'en avais l'intention mais je ne l'ai pas tué. Il est toujours conscient et il gémit. Je concentre mon attention sur le toit. L'odeur de sang frais fait monter la bile dans ma gorge. D'un coup de poing, je réduis le toit de verre en mille morceaux, puis je me glisse à l'extérieur en tremblant.

Je ne prends pas le temps de voir comment va Roméo. Je fais volte-face et je commence à gravir la pente du ravin. Roméo guérit beaucoup plus vite que moi ; c'est un des plus grands dons des Mercenaires. Après tout, il arrive à ressusciter des morts. Le seul moyen de le tuer – si j'y étais autorisée – serait de lui arracher le cœur. Et même de cette façon, il parviendrait peut-être à s'échapper et retrouver un autre corps. Un petit traumatisme crânien, ce n'est rien pour lui.

Quand j'aurai atteint la route, il sera de nouveau en pleine forme et très certainement sur mes talons.

1. Idem p. 28.

L'ascension ébrèche mes ongles déjà courts et déchire la paume de mes mains. Il fait noir et je m'accroche à tout ce que je trouve. La lune est cachée derrière un nuage et j'escalade à l'aveugle, cernée par l'obscurité épaisse. L'imminence d'une tempête sature l'atmosphère et j'étouffe presque autant maintenant que tout à l'heure dans l'épave. Je m'épuise. J'ai toujours détesté les espaces clos et je les déteste plus encore au fond d'un ravin, entourée de rochers à seulement quelques mètres de Roméo et de son couteau.

Je prends une profonde inspiration. Un parfum de lilas sauvage m'emplit les poumons et me fait tousser. Mais l'air glacé est une bénédiction. Je ne suis plus prisonnière. Je suis libre et chaque pas m'éloigne de Roméo.

Une voiture passe sur la route au-dessus de moi, assez proche pour que son vrombissement me résonne dans les oreilles. J'y suis presque. Je vais faire signe et demanderai qu'on me ramène jusque chez Arielle. Le stop peut être dangereux mais ça ne m'a jamais fait peur. Malgré les événements que j'ai traversés, je continue de penser qu'il existe des gens bien. En tout cas, meilleurs que le garçon à mes trousses. Les conducteurs que je vais croiser ne me menaceront pas de m'arracher les bras et de les manger.

Je repousse l'image du visage de Roméo, la bouche pleine, du sang dégoulinant sur le menton. Quel que soit le corps que j'habite, mon imagination est toujours aussi vive.

– Je te vois, mon amour… je vois tes cheveux d'argent.

Les mots sont à peine murmurés mais je les entends quand même. Il se rapproche. Des pierres roulent sous ses pieds.

Un goût métallique envahit ma bouche et je force mes bras et mes jambes maigres à se mouvoir plus vite. Arielle pourrait prendre quelques kilos. Un peu plus de muscles sur les os ne lui ferait pas de mal. Un peu plus de nourriture dans l'estomac non plus. Pourquoi n'a-t-elle pas mieux mangé avant de partir de chez elle ce soir ? Mon ventre se contracte et mes bras tremblent sous l'effort. Soigner les plus grosses blessures d'Arielle et lutter contre Roméo ont réclamé beaucoup d'énergie.

– Ralentis, mon cœur. Laisse-moi te saisir par la cheville et vérifier si tu sais voler.

Il rit mais sa voix est fatiguée. Il a du mal à gravir cette portion du ravin qui grimpe presque à pic.

J'arriverai à la route avant lui. Et je n'aurai plus qu'à trouver quelqu'un pour m'aider. Une jeune fille à l'allure inoffensive avec le crâne à moitié couvert de sang a de bonnes chances de…

– Attendez !

Un pick-up passe alors que je me hisse sur le bord de la route. Je me redresse et saute par-dessus la barrière de sécurité. J'agite les bras mais le pick-up ne ralentit même pas.

Ses feux arrière s'éloignent. Des rires résonnent, portés par le vent froid qui traverse le canyon. Sans doute des jeunes du lycée se dirigeant vers la plage où Dylan avait prévu d'amener Arielle. Je pourrais courir dans leur direction, espérer qu'ils s'arrêtent à un stop ou…

Un grand bruit parvient du ravin, comme si quelque chose était tombé. Ce n'est pas Roméo. Un rocher peut-être ? Un animal ? Mais sûrement pas Roméo. Je l'entends respirer, haleter. Il espère me rejoindre avant que je trouve de l'aide.

Je me mets à courir. Le nouveau corps de Roméo est fort et il a de plus grandes jambes que moi. Je ne dois surtout pas aller vers la plage. D'après les souvenirs d'Arielle, la portion de route qui y mène est déserte. Il vaut mieux que je me dirige vers la civilisation où j'ai plus de chances de trouver de l'aide à dix heures du soir. Nous sommes à la mi-mars et je ne croiserai probablement pas de touriste. Le village le plus proche, Los Olivos, est presque désert à cette époque de l'année, mais un restaurant sera peut-être ouvert.

– « *The world is a vampire sent to drain…* »

Roméo chante. Cet air des Smashing Pumpkins était populaire la dernière fois que je suis venue sur Terre. Les paroles sont troublantes. Ça parle de rats et de vampires. La façon dont Roméo la fredonne rend la chanson encore plus effrayante. On dirait un enfant de chœur en train de confesser un meurtre. Roméo a toujours eu une belle voix, quel que soit le corps qu'il habite. Comme j'ai toujours eu une haleine sucrée.

J'accélère, mes pieds frappent l'asphalte, un nuage de buée s'échappe de ma bouche. Roméo est sorti du ravin et il ne s'est pas arrêté. Il court en chantant, emplissant la nuit de sa voix obsédante. Elle résonne à mes oreilles et me donne l'impression qu'il m'a déjà rattrapée.

Mais ce n'est pas le cas et ça n'arrivera pas.

Je distingue les lumières de la ville, à moins d'un kilomètre. Je vais y arriver. J'entrerai dans la première boutique venue et me fondrai dans la foule. Roméo ne m'attaquera pas en public. Malgré sa force, on lui passerait les menottes. Aujourd'hui, la loi condamne lourdement les tentatives de violences sur les femmes. Auparavant, un mari pouvait frapper son épouse en toute impunité, ou la jeter à la rue ou…

*Ô mon aimée, mon aimée, tes yeux sont des étoiles, tes lèvres un vin sucré.*

Roméo a changé de chanson. Celle-ci, nous l'écoutions dans notre enfance. Sauf que les paroles étaient en italien.

Nous parlons toujours la langue de nos nouveaux corps. Nous l'assimilons comme la mémoire de nos hôtes, mais je me rappelle ces mots dans notre langue natale. Quand il chantait sous mon balcon, quand le son de sa voix m'emplissait du bonheur et de la hâte de le voir.

Aujourd'hui, je ne ressens plus que de la terreur.

Il va me rattraper. Il est trop rapide. Je suis fatiguée, faible, pas…

Soudain, des phares éclairent la route à quelques mètres devant moi. Un espoir dans le noir.

Je sprinte, criant, agitant les bras, souhaitant de tout mon cœur que le conducteur m'entende, me voie et s'arrête avant qu'il soit trop tard. Une seconde s'écoule, deux… trois…

La voiture passe, emportant mon espoir.

Quand soudain, les feux stop s'allument.

Avec un sanglot de soulagement, je cours, j'ouvre la portière du côté passager et me jette dans le véhicule sans regarder qui est au volant. L'identité du conducteur est sans importance.

Le diable lui-même serait une meilleure compagnie que Roméo.

## QUATRE

– Qu'est-ce que…

– Vite ! Démarrez !

Je claque la portière derrière moi. Le conducteur doit avoir l'âge d'Arielle. C'est du moins ce qu'il me semble dans la pénombre. Il a la peau mate, des cheveux ondulés qui lui arrivent aux épaules, un collier épais et un T-shirt délavé. Ses bras sont trop fins pour être ceux d'un adulte.

Bien. Je préfère demander de l'aide à un jeune. Il posera probablement moins de questions.

– Démarrez, s'il vous plaît. On peut aller n'importe où, mais partons d'ici.

À tâtons, je verrouille ma portière puis je me penche pour verrouiller celle du garçon.

– S'il vous plaît, je murmure en reprenant place dans mon siège.

Nous devons absolument partir. Des portières, même fermées à clé, ne retiendront pas Roméo très longtemps. Pas plus qu'un seul témoin. Surtout s'il pense pouvoir s'en tirer en le tuant. Je l'ai déjà vu tuer. Des hommes, des femmes, des enfants. Tous ceux qui se mettaient en travers de son chemin. Il n'a aucune moralité, aucune compassion, aucune pitié.

– D'où vous sortez ? me demande le garçon en plissant les paupières. C'est du sang sur vous ? Vous allez bien ?

– Démarrez, s'il vous plaît. Je vous en supplie !

Je risque un coup d'œil par-dessus mon épaule, retenant de justesse un hurlement quand je vois Roméo apparaître derrière la voiture. Ses foulées sont puissantes et l'excitation déforme son visage. Il va tuer ce jeune homme, rien que pour s'amuser, et j'en serai entièrement responsable.

Ensuite, ce sera à mon tour de mourir.

Sauf si nous partons immédiatement.

Je passe les jambes par-dessus celles du garçon et je cherche avidement l'accélérateur. Il me saisit par la taille et tente d'écarter mon pied.

– Vous ne pouvez…

– Démarrez ! Vite, on…

Mes mots se muent en un cri de triomphe. J'ai enfin trouvé la pédale ! La voiture bondit en avant. Mais s'arrête brusquement. Le garçon a écrasé le frein, arrachant un grognement de colère au moteur.

– On peut pas conduire comme ça, *chica* !

Il me repousse et essaie encore de dégager mon pied.

En temps normal, je prendrais facilement le dessus même à ce stade de la mutation. Mais la bagarre avec Roméo et l'escalade du ravin m'ont épuisée. J'ai besoin de récupérer. Et je n'en aurai jamais l'occasion si ce garçon n'arrête pas de me contrecarrer.

– Tu vas nous tuer ! crie-t-il.

– Non ! C'est mon *petit ami* qui va nous tuer !

Les mains de Roméo s'abattent sur le coffre dans un bruit sourd qui nous fait sursauter. Un hoquet de terreur nous échappe à tous les deux en même temps.

Je lève les yeux vers le rétroviseur juste à temps pour capter le sourire de Roméo. Et tout à coup, il disparaît. Pour réapparaître quelques secondes plus tard du côté conducteur. Son visage n'est qu'à quelques centimètres de la vitre. Mon cœur remonte dans ma gorge et je glisse sur les genoux du garçon de nouveau à la recherche de l'accélérateur. Roméo se jette sur la portière mais ne tarde pas à réaliser qu'elle est verrouillée. Il ferme le poing et s'apprête à frapper. Le garçon se joint enfin à mes efforts.

Il trouve la pédale juste à temps.

– *Ay ! mierda* ! lance-t-il alors que la voiture part et que le poing de Roméo s'abat sur la vitre arrière.

Elle se brise, projetant de minuscules morceaux de verre sur la banquette. Un vent froid s'engouffre dans la voiture alors que nous prenons de la vitesse.

Mes cheveux se collent sur mon visage. Je les retiens d'une main en espérant que le garçon voit où il va. Mon corps tressaille. Nous l'avons échappé belle.

– *Jesus* ! lâche le garçon.

Ses mains sont crispées sur le volant.

– C'était quoi ça ?

– Je suis désolée. Je...

– Tu aurais pu me prévenir que ton petit ami était cinglé !

Il regarde dans le rétro. Roméo n'est plus qu'un point dans le noir. La colère a transformé mon sauveur. Il semble plus âgé, son visage assombri est presque... dangereux. Pourtant sa manière de me tenir par la taille est douce. Comme s'il faisait particulièrement attention à moi.

– En fait, c'est pas mon petit ami.

Je prends conscience de son corps contre le mien. De nos jambes entremêlées. Je m'éclaircis la gorge et je rougis. Ça ne m'était pas arrivé depuis si longtemps que le rouge me monte aux joues.

Je tousse de nouveau.

– Ça va ? s'inquiète-t-il.

Une chaleur se diffuse en moi, s'épaissit et allume une étincelle dans mon ventre. Un désir qui m'est plus étranger encore que le fait de rougir.

Je fronce les sourcils. Rougir, d'accord, mais je ne peux pas me permettre d'éprouver du désir. Ce n'est pas ma vie mais celle d'Arielle. Le désir est futile. Et de toute façon, je n'ai pas de temps à passer avec un joli garçon aux yeux sombres et aux mains douces.

– Ça va.

Je me glisse dans le siège passager et récupère doucement mes jambes, ignorant le frisson qui me parcourt.

Le garçon n'a pas quitté la route des yeux et ne me regarde qu'après que j'ai bouclé ma ceinture de sécurité.

– Alors comme ça, ce n'est pas ton petit ami ?

– Non.

– Ton ex ?

– Non. Juste un rendez-vous raté.

Il rit et m'adresse un coup d'œil vaguement amusé.

– Ouais, c'est le moins qu'on puisse dire. Il était totalement taré. Il a dû se casser tous les os de la main. C'est lui qui t'a blessée à la tête ?

Je porte mes doigts à ma tempe. La blessure est presque guérie mais du sang colle mes cheveux à mon visage.

– Non, on a eu un accident de voiture. Ça va aller.

Je prends mentalement note de trouver un endroit où me nettoyer avant de rentrer à la maison. Sinon, la mère d'Arielle voudra sûrement m'emmener à l'hôpital où elle travaille. Et le dernier endroit où j'ai envie de passer la nuit, c'est bien les urgences.

– Il était grave, cet accident ? Tu veux que je t'emmène à l'hôpital ?

– Non. Je déteste les hôpitaux.

– Et si on passait chez les flics ? J'en connais des bien, des qui écoutent, reprend le garçon. Mon frère travaille pour le shérif à Solvang. Il n'est pas de service mais je peux l'appeler. Je sais que…

– Non, ça va aller. C'était juste un petit accident et une dispute.

– Un petit accident et une dispute ! grommelle-t-il. T'as le visage couvert de sang et tu courais devant ce type comme s'il te poursuivait avec une tronçonneuse. C'est pas pour…

– Bon, d'accord. C'était une très grosse dispute. Mais je ne veux pas aller à la police.

– Pourquoi ?

Le garçon partage son attention entre la route et moi en tournant vers Los Olivos.

À la lumière des lampadaires, je distingue mieux ses traits. Des yeux bruns, légèrement plus clairs que sa peau, une mâchoire carrée, des lèvres charnues qui feraient envie à n'importe quelle fille. Sans l'imperfection de son nez – qui tourne légèrement vers la gauche, comme s'il avait été cassé et mal remis –, il serait époustouflant.

*Serait ?*

Bon, d'accord. Il *est* époustouflant. Je le dévisage et je n'arrive pas à détourner les yeux, mais ce n'est pas seulement parce qu'il est beau. Il a quelque chose en plus, quelque chose dans ses yeux, une étincelle familière. J'ai presque l'impression de… de le connaître.

– N'aie plus peur, murmure-t-il.

Je frissonne. Je suis sûre et certaine que je l'ai déjà entendu prononcer ces mots. Je sais que c'est impossible mais… *j'en jurerais.*

– Tu m'as entendu ?

– Oui.

Je déglutis, repoussant l'étrange sensation. Il m'est familier parce que sa peau basanée, ses yeux brillants, ses lèvres bien dessinées le font ressembler aux garçons avec lesquels j'ai grandi. Ce n'est qu'une impression de déjà-vu. Rien de plus.

– Je n'ai pas peur. Je n'avais pas peur non plus tout à l'heure.

– Alors pourquoi tu fuyais ?

– Je te l'ai dit…

Je hausse une épaule.

– … c'était juste un rendez-vous raté.

– Il a passé le poing à travers la vitre arrière ! s'exclame le garçon. C'est pas ce que j'appelle un rendez-vous raté, c'est…

– S'il te plaît, je paierai les réparations, je veux juste…

– Je me fous de la voiture ! s'écrie-t-il en frappant son volant du plat de la main. C'est pour toi que je m'inquiète.

– Tu ne me connais même pas !

La note aiguë de ma voix tinte dans le silence qui suit.

Le garçon serre les dents si fort qu'il fait ressortir les muscles de sa mâchoire. Je combats l'envie irrépressible de passer mon doigt sur sa joue. J'ai la sensation d'avoir déjà fait ce geste, de connaître la texture à la fois douce et rugueuse de sa peau.

C'est ridicule. Je n'ai pas le temps de me laisser distraire.

– Tu as raison, je soupire, déterminée à mettre fin à cette conversation. Dylan est cinglé et il aurait bien pu me frapper. Et toi avec. Tu m'as vraiment aidée. Beaucoup.

Mon chauffeur s'arrête au dernier carrefour de la rue, attendant que le feu passe au vert, les yeux fixés sur la route.

– Mais je te jure que je n'ai pas besoin d'aller à l'hôpital et que je ne veux pas aller voir la police. Ça n'a rien à voir avec le fait d'avoir peur. C'est juste que… je n'aime pas les commissariats.

– Pourquoi ? T'es recherchée ou un truc du genre ? demande-t-il.

Je me retiens de lever les yeux au ciel.

– Oui, je vole des voitures. File-moi tout ton fric et tu auras peut-être la vie sauve !

Un éclat de rire surpris envahit la voiture. Ses dents, un peu de travers, vont bien avec son nez.

– Dans ce cas, t'as vraiment pas de chance, *chica*. Je viens de dépenser mes dix derniers dollars à la pompe.

Je souris malgré moi.

– Tout ce que j'ai pour toi, poursuit le garçon, c'est un coupon pour une station de lavage et une bouteille d'eau, mais elle traîne dans le coffre depuis quelques jours déjà.

– Eh bien, en fait… j'ai soif.

J'ai pris un ton léger.

– J'ai bu dedans, me prévient le garçon. J'ai mis plein de microbes.

– Tu peux la garder, alors.

Je souris de nouveau, en espérant que nous avons définitivement abandonné le sujet de la police.

– Je suppose que je vais devoir attendre que tu me déposes chez moi.

Je prends quelques secondes pour visualiser l'emplacement exact de la maison d'Arielle.

– J'habite à Solvang, à côté de l'épicerie bio. Sur El Camino.

– La route qui s'appelle « la route ».

– Tu sais où c'est ?

– Ouais. Je t'y emmène, même si tu sais où je pense que nous devrions aller.

– Je sais. Merci.

– Pas de quoi.

Il accélère dans une rue bordée de maisons d'avant-guerre, dont les porches sont joliment éclairés. Nous quittons Los Olivos en partageant un silence confortable.

– Cette boutique vend du super bon *pan*.

– Ah oui ?

– Oui. Je t'emmènerai la prochaine fois que j'irai. J'ai emménagé il y a juste deux jours chez mon frère mais ma belle-sœur m'a déjà envoyé là deux fois. Le lait qu'on trouve dans notre quartier n'est pas assez bon pour ma nièce. Elle doit en boire du bio, sans hormones et produit par des éleveurs indépendants.

La facilité avec laquelle il imagine qu'Arielle et lui vont devenir amis ainsi que sa voix chaleureuse quand il évoque sa famille me font regretter de l'avoir cru dangereux, ne serait-ce qu'un instant.

Il est plutôt cool malgré sa manière de vouloir décider à ma place. Arielle pourrait avoir besoin de quelqu'un comme lui. Elle voit de moins en moins Gemma, sa seule amie. Ce serait bien qu'elle ait quelqu'un vers qui se tourner quand elle retrouvera son corps. Même si ses souvenirs de sa rencontre avec ce garçon au sourire de travers seront différents des miens.

Aucun des corps que j'habite ne se souvient de moi, de Roméo ou du travail des Ambassadeurs et des Mercenaires. Leur esprit récupère mes souvenirs, les modifie et les intègre comme si c'étaient les siens, gardant ainsi notre secret aux yeux du monde.

– Alors, c'est quoi ton nom, *rubia*, me demande le garçon en obliquant à gauche, vers une petite route de campagne.

J'ai déjà pris l'apparence de jeunes filles parlant espagnol mais j'ai à chaque fois oublié la langue en retournant dans mes brumes. Malgré tout, il ne m'est pas difficile de comprendre qu'il vient de me surnommer « blondinette ». Je crois qu'Arielle aimerait avoir un surnom. C'est la première fois. Du moins, c'est la première fois qu'on lui en donne un qu'elle a une chance d'apprécier.

– Arielle. Et toi ?

– Ben.

Il sourit et reprend :

– Arielle, comme la sirène ?

– Ou la fée dans *La Tempête.*

Il grimace.

– On va plutôt garder la sirène. Je déteste Shakespeare.

– Moi aussi.

Je me surprends à rire.

– Enfin, détester n'est peut-être pas le bon terme mais je n'aime pas ses tragédies. En particulier, celles qui parlent d'amour.

Ben hausse les épaules.

– Moi, je comprends à peine ce que disent les personnages, mais je dois reconnaître qu'il a écrit un ou deux sonnets très fantaisistes. On en a lu un l'an dernier en cours de rattrapage d'anglais pour les idiots.

– Tu ne m'as pas l'air idiot.

– Merci. C'est parce que je viens de parler de sonnets fantaisistes. Ça te donne l'impression que je suis super cultivé.

– C’est plus parce que tu savais que *La Tempête* était une pièce de Shakespeare. Mais c’est vrai que tout le monde ne connaît pas le mot « fantaisiste ».

Il émet un rire très doux.

– J’aime bien.

– Quoi ?

– Ta manière de dire « fantaisiste ».

– Merci.

Je sais que l’affection de son ton devrait me mettre mal à l’aise mais ce n’est pas le cas. Ça me semble juste… naturel d’être avec Ben.

– Je tourne où ? demande-t-il. Je suis toujours venu ici en plein jour.

Il ralentit en passant devant l’église à l’entrée du village. Un peu plus loin, j’aperçois un terrain de jeux pour enfants avec des tours en plastique.

Le terrain du château fort. Arielle venait y jouer quand elle était petite, mais sa mère l’obligeait à attendre le soir. Elle disait que le soleil abîmerait sa peau délicate, alors qu’en réalité elle voulait éviter de rencontrer des gens. Mélanie détestait les regards et les questions. Dans ces cas-là, ses lèvres devenaient une fine ligne, puis elle prenait Arielle par la main et rentrait dans sa maison aux volets fermés.

– La deuxième à gauche.

Je sens ma gorge se serrer. Si les souvenirs d’Arielle sont exacts, je ne suis pas pressée de rencontrer sa mère.

Je me réconforte en me disant que les souvenirs sont toujours teintés d’émotion. Notre perception des choses modifie les faits. Avec un peu de chance, Mélanie Dragland ne sera pas aussi effrayante que je me l’imagine.

– Ça va ? s'inquiète Ben en ralentissant un peu plus.

C'est comme s'il ressentait ma réticence.

– Je pensais à ma mère, à ce qu'elle va se dire en me voyant arriver couverte de sang.

– Pas de problème. C'est la voiture de ma belle-sœur. Il y a des lingettes pour bébé sur le siège arrière.

Ben me fait un clin d'œil.

– Les lingettes, c'est magique. Ça nettoie tout : caca, vomi, saleté, jus d'orange et sang. Je vais m'arrêter là pour que tu t'arranges un peu.

Le soulagement m'envahit alors que Ben se gare sur le bas-côté. Nous ne sommes pas loin de la maison d'Arielle.

– Merci. Encore.

– Pas de problème.

Il coupe le contact et attrape une boîte en plastique à l'arrière. Une odeur de lotion pour bébé emplit l'habitacle.

– De toute façon, j'ai largement dépassé l'heure de mon couvre-feu... dit-il.

Sa façon de prononcer « couvre-feu » laisse deviner qu'il trouve l'idée ridicule.

– ... Alors tant que j'y suis, autant faire crier mon frère pour une bonne raison.

– Tu vis avec ton frère ?

Je m'essuie le visage. La lingette devient rose puis rouge.

– Ouais. Avant, j'habitais avec mes cousins, à Lompoc. Ça paraît idiot de changer de lycée juste avant les examens de fin d'année mais... ça ne marchait vraiment pas.

– Pourquoi ?

Il hausse les épaules.

– Mes cousins sont plus âgés que moi. Ils font beaucoup la fête et ils s'intéressent à des trucs qui... ne m'intéressent pas.

– Comme quoi ?

– Comme les gangs.

Il soupire.

– Ils voulaient m'initier. Moi, je ne voulais pas mourir. Il y avait conflit d'intérêts. Mon frère est policier, et quand il a découvert ça, il a tout de suite exigé que je vienne habiter chez lui. Même pour quelques mois.

– Et vos parents ? Ils sont…

– Mon père est reparti au Mexique quand j'étais petit. Avant, il m'écrivait mais…

Il tourne la tête vers le pare-brise et regarde un chat qui traverse la route. Quand il reprend la parole, sa voix n'est plus qu'un murmure.

– Et ma mère est morte l'année dernière.

– Je suis désolée.

– Tu es souvent désolée, remarque-t-il en souriant alors que le chat disparaît dans l'obscurité.

Je prends une nouvelle lingette.

– Pas vraiment.

– En tout cas, tu dis souvent que tu l'es.

– En réalité, quand je dis ça, je crois que…

Je m'immobilise, la lingette appuyée sur ma tempe.

– … que quand je dis ça, c'est parce que j'aimerais que la vie des gens soit moins dure.

– Moi aussi, acquiesce Ben d'une voix rauque.

Il tourne la tête et nos regards se croisent. Cette impression de le connaître me coupe de nouveau le souffle. Pendant un instant, je partage la tristesse que je lis dans ses yeux. J'ai envie de le serrer contre moi, de murmurer à son oreille que tout va bien se passer maintenant, que je vais faire en sorte que tout se passe bien.

Mais je ne dis rien. Parce que je ne peux pas.

Parce que ce serait un mensonge. Et parce que si je le touche une nouvelle fois, je risque d'oublier qui je ne suis pas.

# CINQ

Je froisse la lingette et j'essaie de prendre sur moi.

Je sens une connexion entre Ben et moi mais je ne compte pas, et Arielle n'est pas prête à tomber amoureuse. De qui que ce soit. Elle vient de précipiter une voiture dans un ravin et a tué son premier éventuel petit ami. Elle a besoin de se poser un peu et Ben mérite une fille qui ne va pas lui faire porter le poids de son bagage émotionnel.

Je ne le connais que depuis dix minutes, mais je sais déjà qu'il n'est pas comme les autres. C'est un garçon bien, droit, dans un monde où les gens comme lui sont aussi rares que les âmes sœurs.

– Arielle ? souffle-t-il.

– Oui ?

– Tu en as oublié un peu.

Je me penche pour regarder dans le rétroviseur et essuie une tache collante près de mes cheveux.

– De l'autre côté. Juste... attends, je vais le faire.

Il sort une lingette et la pose sur ma joue, caressant ma pommette avec l'assurance de quelqu'un habitué à s'occuper des autres.

Je m'immobilise. Cela fait si longtemps que personne ne m'a touchée de cette façon, avec autant... d'attention. Lorsque je prends l'apparence de quelqu'un d'autre, j'essaie toujours d'éviter le contact physique. Je ne me rappelle pas depuis combien de temps je n'avais pas ressenti un tel réconfort.

Et ce soir, cette nuit, c'en est presque douloureux. Le geste de Ben était si simple et si agréable. Combien de temps me faudra-t-il attendre pour ressentir ce bien-être de nouveau.

*Jamais. Ça n'arrivera plus jamais parce que tu n'existes pas.*

Voilà.

La lingette est tachée de rouge.

– Ça va, sirène ?

– Oui.

J'ai du mal à parler. Je m'éclaircis la gorge. C'est ainsi. Je le sais depuis le début.

– Ça va.

– Qu'est-ce qui s'est passé ? Comment tu t'es fait ça ?

– Quoi ?

J'avais oublié mes cicatrices. J'avais oublié Arielle. L'attitude de Ben ne m'aide pas. Il est évident qu'il ne trouve pas Arielle repoussante.

– Je… c'était il y a longtemps. Un accident avec de l'huile quand j'avais six ans. J'ai été opérée. C'est beaucoup mieux que ça n'était.

– J'ai été brûlé par une cigarette quand j'étais petit. Ça m'a fait très mal et ce n'était rien comparé à toi.

Il secoue la tête.

– Tu as dû horriblement souffrir.

Ben m'offre de l'empathie, pas de la pitié. Je sais qu'Arielle apprécierait mais étrangement sa compassion me gêne. Je ne la mérite pas. Je n'ai pas enduré les souffrances d'Arielle. Ma seule souffrance physique a été brève – quelques minutes sur un sol de pierre alors qu'une lame pénétrait dans mon cœur.

Pourtant, j'ai mes propres cicatrices. Même si personne ne peut les voir.

– J'essaie de ne pas y penser.

Je lève les yeux vers Ben.

Je n'ai pas envie de m'apitoyer sur mon sort et je n'ai pas non plus envie que les autres le fassent.

– Je te crois. Tu es forte.

– Ah oui ?

Je souris.

– Et c'est une bonne chose ?

– La force est une bonne chose, et toi, tu es très forte...

Sa main frôle la mienne, les battements de mon cœur s'accélèrent.

– Très forte pour une fille qui porte un nom de sirène, ajoute-t-il.

Mon sourire s'évanouit. Il ne parle pas vraiment de moi et le cœur qui s'agite dans ma poitrine ne m'appartient pas. Arielle et Ben pourront devenir amis. Plus tard. Quand je serai partie. J'aime bien ce garçon, mais je n'aime pas les sentiments qu'il remue en moi. Moi, l'âme sans corps qui ne devrait ressentir aucune émotion.

Je suis Arielle à présent et je dois rentrer chez moi.

– On devrait y aller. Il commence à se faire tard.

– Bien sûr, acquiesce Ben en jetant les lingettes dans un sac plastique qu'il a pris sur la banquette arrière. Mais si ce taré s'en prend encore à toi, tu me préviens. Je serai au lycée demain. Tu vas bien à Solvang ? Tu n'es pas dans un lycée privé ?

– Je vais à Solvang. Ma mère préfère économiser pour mes études que dépenser de l'argent dans un lycée privé. Mais ne t'inquiète pas au sujet de Dylan. Je veux juste oublier ce qui s'est passé ce soir.

– Pas moi, chuchote Ben. Si ça n'était pas arrivé, je ne t'aurais pas rencontrée.

Nos regards se croisent de nouveau et soudain la voiture paraît aussi minuscule que ses mots semblent grands. Ce serait si facile d'approcher mon visage du sien. Un mot, un geste, et notre amitié prendrait un autre tour. Ben en a envie. Peut-être ressent-il lui aussi cette connexion entre nous.

Mais c'est sans importance. Arielle n'est pas prête et moi, je ne suis pas capable de sauter le pas. Ce… je ne sais quoi doit s'arrêter. Tout de suite. J'essaie une plaisanterie pour alléger l'atmosphère.

– Je suis loin d'être aussi bien que tu le crois. Demande à ma mère. Et d'ailleurs, en parlant de ma mère…

Je regarde la rue mais la maison bleue d'Arielle n'est pas visible d'où nous sommes.

– … il faut vraiment que je rentre.

Nourrice va s'inquiéter si je ne lui donne pas de nouvelles rapidement. J'ai besoin d'elle pour localiser les âmes que je dois aider. La ville est petite et elle les aura certainement déjà repérées.

– D'accord, message reçu.

Ben est blessé mais je fais semblant de ne rien remarquer. Il démarre la voiture.

– Je devrais être à la maison depuis une heure, dit-il.

– Pourquoi tu n'es pas rentré ?

J'essaie de remplir le silence pendant les quelques mètres qui nous séparent de chez moi.

– Je me suis disputé avec une amie. Je… je ne la comprends pas. J'avais besoin de conduire. De réfléchir.

– Grosse dispute ?

Il se gare devant chez Arielle et serre le frein à main avant de me lancer un regard noir.

– Il n'y a pas eu de sang ni de vitre brisée, si c'est ce que tu veux savoir.

– Alors ce n'était pas une vraie dispute.

Il réprime un sourire.

– Non. Ce n'était pas une vraie dispute. Rien d'important. Tout sera fini demain. C'est la seule personne que je connais à Solvang et il faut bien avoir des amis.

– Je n'en ai pas beaucoup.

Tout en parlant, je suis distraite par la lumière dans la cuisine et la musique qui nous parvient par la fenêtre ouverte. Mélanie attend sa fille, espérant avoir tous les détails de ce premier rendez-vous. Génial. J'arrange mes cheveux qui tombaient sur mon visage en espérant que j'ai réussi à enlever tout le sang.

– C'est bizarre.

– Quoi ?

– Que tu n'aies pas beaucoup d'amis. Tu sembles socialement fonctionnelle.

– Oh... je... en fait...

*En fait, je ne suis pas Arielle mais une fille âgée de sept siècles, un peu moins abîmée que la fille aux cicatrices que tu as en face de toi.*

À peine *moins abîmée*.

– Tu quoi ?

– Je suis timide.

Il sourit franchement cette fois, avec sa bouche un peu de travers.

– Tu n'as pas l'air timide. Pas du tout.

Il a raison. Et Arielle n'est pas vraiment timide, elle est juste... cassée. Mais il va falloir que je fasse un effort pour mieux l'incarner. Le fait qu'elle n'avait jamais rencontré Ben m'a fait baisser ma garde mais je dois être plus prudente. Des changements subtils doivent suffire à lui offrir une vie meilleure, sans que personne remarque rien. C'est mon travail. Je dois veiller à ce que ma propre personnalité ne prenne pas le dessus.

Je ne suis pas censée commettre ce genre d'erreur.

– Eh bien…

Je hausse les épaules.

– Je suppose que c'est dû à la manière dont nous avons brisé la glace.

– Une prise d'otage. Quel meilleur moyen de briser la glace ?

– C'est sûr. Après ça, la timidité n'était plus de mise.

– Tant mieux.

Ben attrape un sweat froissé sur le siège arrière et me le tend.

– Il n'est pas super propre mais tu devrais l'enfiler. Il y a du sang sur ta chemise.

Il semble de nouveau inquiet.

– Beaucoup de sang, ajoute-t-il. Tu es sûre que ça va aller ?

Ses doigts caressent mon épaule. Je tressaille. Sa gentillesse est encore plus douloureuse que tout à l'heure.

Ses sourcils se rapprochent mais il n'enlève pas sa main.

– Je n'ai pas l'intention de te faire du mal, murmure-t-il.

– Je sais.

Je n'ai pas peur qu'il me fasse du mal. Du moins pas de cette façon-là. Il ne peut pas savoir que l'attention qu'il me porte me blesse plus sûrement qu'un coup. Il réveille en moi un sentiment que je n'avais pas ressenti depuis que je ne possède plus de corps à moi.

– Et je ne laisserai personne te faire du mal, reprend-il. Je te le promets.

Il passe sa main sur ma joue. Je sais que je devrais partir, vite, avant qu'il soit trop tard. Mais je ne peux pas. Je ne sais pas pourquoi, mais je ne peux pas. Je me noie en lui. Je me perds dans la passion qui allume ses yeux, dans la douceur de sa caresse, dans l'assurance de ses mots.

– Je dois y aller.

Je le dis mais je ne bouge pas. Il ne bouge pas non plus. Il me regarde. Son regard fait des allers-retours de mes lèvres à mes yeux.

– Alors vas-y, souffle-t-il en se penchant vers moi.

– D'accord.

*Va, Juliette, bouge-toi !*

Mais je reste là. Je le laisse s'approcher de moi encore et encore, jusqu'à ce que je sente la chaleur de ses lèvres, jusqu'à ce que j'imagine la perfection du baiser qui va nous unir...

– Merci pour le pull.

Je brise la magie de l'instant et j'attrape la poignée de la portière. Je suis déjà à moitié sortie de la voiture. Mon cœur bat si fort qu'il résonne dans ma gorge. J'enfile le sweat, espérant cacher l'émotion qui doit se lire sur mon visage. Puis je me penche à la fenêtre ouverte.

– On se voit demain. Peut-être qu'on aura des cours en commun.

Il répond d'une voix aussi rauque que la mienne.

– D'accord. *Dulces sueños*, sirène.

*Fais de beaux rêves.* Il y a peu de chances. Pas avec une mission qui commence comme celle-ci.

– Toi aussi.

Je me précipite vers la porte d'entrée. Le pull qu'il m'a prêté me tient chaud. Je m'y sens mieux que dans cette peau qui n'est pas la mienne. L'odeur de l'océan et le regard de Ben m'accompagnent à l'intérieur.

# SIX

– Ce n'est pas le garçon avec qui tu es partie.

La mère d'Arielle – ma mère – est au milieu de la cuisine. Ses mains s'agitent, allant du col de sa robe bleue au nœud de sa ceinture bleue. Elle se penche pour regarder derrière moi la voiture de Ben qui s'éloigne.

Ses yeux ne sont pas du même bleu que ceux d'Arielle, mais le reste de sa personne – cheveux blonds presque blancs, nez étroit, lèvres fines, mâchoire volontaire – est pratiquement identique, comme si elle avait façonné sa fille à son image. Elle est jolie ou du moins le serait sans la tension permanente qui durcit ses traits.

– Où est Dylan ? demande-t-elle en haussant le ton. Et c'est quoi ce pull ? Où est ton chemisier neuf ? Et ton maquillage ?

Elle pousse un soupir scandalisé et traverse la cuisine pour se placer juste devant moi.

– Tu as tout enlevé ?

– Tout va bien, Maman. Je peux…

– Non, tout ne va pas bien. Je le vois parfaitement.

La douleur dans sa voix me fait tressaillir. Sa douleur dont il est si facile de se croire responsable. À chaque fois qu'Arielle croise le regard horrifié de sa mère, elle croit que c'est elle qui est horrible.

Je serais tombée dans le même piège sans mon père qui était toujours là pour me câliner ou me sourire, contrebalançant la froideur de ma mère. À ses yeux, je n'étais que le rappel de son incapacité de donner un fils à son époux. Si son regard avait été mon seul miroir, je serais devenue folle.

Il n'est pas étonnant qu'Arielle ait une vision si déformée d'elle-même. Le reflet que lui renvoie Mélanie est dénaturé et cruel. Je dois trouver un moyen de changer ça, sinon la vie d'Arielle ne verra jamais aucune amélioration.

Je prends une grande inspiration et fais de mon mieux pour dissimuler l'antipathie que cette femme m'inspire avant de lancer :

– Dylan et moi sommes allés à une fête sur la plage. J'ai reçu des embruns sur le visage. Ça a sans doute effacé mon maquillage.

Je parcours la cuisine des yeux tout en cherchant une explication à la présence de Ben. Malheureusement, il n'y a pas grand-chose qui accroche le regard. Des portes blanches ornées de pochoirs représentant des sabots et des moulins, des plans de travail craquelés et un linoléum probablement aussi vieux que Mélanie.

La mère d'Arielle ne dépense apparemment pas son argent en décoration. Cette cuisine est froide et sans vie, elle sent le café bon marché, l'eau de Javel et… le chou. Ça n'annonce rien de bon pour les autres pièces.

– Il fait trop froid pour aller à la plage, observe Mélanie en croisant les bras sur sa poitrine. On a à peine quinze degrés ici et il fait toujours plus froid sur la côte.

– Je sais. J'étais gelée. C'est pour ça qu'un copain m'a prêté son pull et m'a ramenée.

Le mensonge est venu facilement. Mélanie secoue la tête.

– Et Dylan ?

*Il est mort. Ta fille l'a tué, et maintenant, un monstre a pris possession de son corps.*

Je baisse les paupières pour étudier les étoiles brunes du revêtement de sol. Si seulement Arielle n'avait jamais rencontré Dylan Stroud !

– Je crois qu'il t'apprécie vraiment, insiste ma mère. Il est entré pour me dire bonjour. Ça veut tout dire, ça, non ? Je pensais que les garçons ne se donnaient plus cette peine de nos jours.

– C'est vrai.

Je lève à présent les yeux au plafond dont la peinture à effets fait penser à une maladie de peau. « La peinture pop-corn », si j'en crois les souvenirs d'Arielle. L'artiste en moi n'est pas très impressionnée.

– Alors ? reprend ma mère.

L'impatience de Mélanie est presque palpable. Habituellement, c'est le moment où Arielle se met à crier à sa mère de lui ficher la paix avant de rejoindre sa chambre et de claquer la porte.

Au lieu de ça, je regarde Mélanie dans les yeux, lui intimant mentalement de laisser tomber.

– Quand on a été seuls, je me suis rendu compte que je ne l'aimais pas. J'ai demandé à un ami de me ramener. Fin de l'histoire.

– Tu ne l'aimais pas ?

– Non.

Je serre les dents devant son ton dubitatif et j'ajoute :

– Il s'est mal comporté.

Mélanie soupire et lève les yeux au ciel.

– Arielle, dans la vraie vie, les adolescents n'ont rien à voir avec les personnages des romans que tu lis. Ils ne sentent pas toujours très bon, sont obsédés par les jeux vidéo et disent beaucoup de bêtises. Ils apprennent, tout comme toi. Tu ne peux pas attendre d'un garçon de dix-sept ans qu'il…

– Je peux attendre ce que je veux.

– Très bien, me coupe-t-elle sans prendre la peine de cacher sa colère. Si tu veux rester seule à peindre des animaux morts et des vampires pour le reste de ta vie, eh bien…

– Ce ne sont pas des vampires !

Je crie sans bien savoir à quoi Mélanie fait allusion, mais je sais qu'Arielle déteste que sa mère fasse ce genre de réflexion. Elle déteste d'ailleurs que Mélanie regarde ses peintures et souhaiterait de toutes ses forces pouvoir fermer la porte de sa chambre à clé quand elle sort.

– Ton imagination délirante ne t'apportera jamais rien de bon, continue Mélanie. Elle ne t'aidera pas à…

– Ça ne m'aidera pas à quoi ? À trouver un garçon qui parie avec ses copains que je vais coucher avec lui !

Les mots m'ont échappé. Je n'avais pas l'intention de lui parler de ça, mais le fait qu'elle présuppose qu'Arielle est une idiote finie est insupportable.

– Quoi ?

Elle écarquille les yeux, si grands que je peux voir la peur tout au fond de ses pupilles.

– Oh, mon Dieu, chérie… tu n'as pas…

– Non, Maman, je n'ai pas. J'ai découvert leur stratagème avant… avant.

Ma colère s'atténue un peu quand Mélanie pousse un soupir de soulagement. Mais je ne vais pas la laisser s'en tirer à si bon compte.

– Mais après, ça a été affreux. Vraiment affreux. Je sais faire la différence entre un mec bien et un qui veut juste profiter de moi, Maman. Tu devrais me faire confiance.

– Oh.

Mélanie cligne des yeux.

– Oui, bien sûr. Je te fais confiance, je...

Elle se mord la lèvre inférieure, la confusion la rajeunit.

– Je voulais juste que tu passes une bonne soirée. Je... je pensais que peut-être... mais si Dylan était un idiot, alors je... c'est bien que tu aies trouvé quelqu'un pour te ramener.

Ses doigts s'agrippent à sa robe et à sa ceinture, dont elle resserre si fort le nœud que je me dis qu'elle n'arrivera plus jamais à le défaire.

– Tu aurais pu m'appeler. Je serais venue te chercher, tu sais.

Arielle le sait-elle ? Je ne crois pas.

– En fait, j'ai... perdu mon porte-monnaie et... mon téléphone, alors...

– Quoi ?

La colère ressurgit dans la voix de Mélanie.

– Arielle ! On a encore un an à payer avant que tu puisses obtenir un nouveau portable.

Incroyable ! Elle va faire une crise à propos de ça ! Après tout ce que je viens de lui raconter ?

– Où l'as-tu laissé ?

– Dans la voiture de Dylan.

Je me demande comment Roméo va expliquer l'accident aux parents de Dylan. Son arrivée dans sa nouvelle famille va être encore plus compliquée que la mienne. Rien ne saurait me faire plus plaisir.

– Je ne peux pas le récupérer.

– Si, tu peux.

– Non, Maman. Je paierai si tu veux, mais…

– Avec quoi ? L'argent du travail à mi-temps que tu n'as jamais cherché ?

Elle ricane à présent.

– Je t'assure, Arielle, je…

– Je n'ai jamais cherché de travail parce que tu n'as pas arrêté de me répéter que personne ne voudrait de moi !

Ma voix est aiguë, presque stridente. Si je ne perds pas mon calme maintenant, Mélanie risque de remarquer que sa fille a changé.

– On ne voudrait sans doute pas de toi à l'accueil d'un magasin ou d'un restaurant, mais tu aurais pu travailler en cuisine. Ah ! Tout ça me rend folle !

Elle ferme les yeux et essaie de respirer plus doucement et plus profondément. Elle semble oublier qu'il existe des lois contre la discrimination aux États-Unis. Dommage qu'on ne puisse pas les faire appliquer chez soi.

– Tu sais quoi ? finit-elle par lâcher. Ça ne vaut pas la peine de se disputer une fois de plus. Tu vas bientôt passer tes examens et tu trouveras un travail dès l'an prochain. Un mi-temps qui te permettra de suivre tes cours à l'école d'infirmières.

À condition qu'Arielle cesse de se croire trop laide pour être vue en public et qu'elle arrive à se débarrasser de sa gaucherie et de sa timidité. Et à ce stade, c'est beaucoup espérer. Je dois faire de Mélanie une alliée et non un obstacle à surmonter.

Mais pas ce soir. Je suis épuisée et j'ai faim. Et Nourrice m'attend.

– Peu importe, continue Mélanie. Je vais te donner mon téléphone et je m'achèterai un Iphone. Je trouverai bien une remise intéressante. Je suis la seule à l'hôpital à ne pas regarder mes mails toutes les dix secondes.

Elle rit d'un rire forcé.

– Alors ne t'en fais pas pour le téléphone. Je te laisserai le mien sur la table demain matin.

– Merci.

Au moins, elle essaie, c'est un commencement. Je hoche la tête et je lui propose :

– Je vais manger. Tu veux quelque chose ?

La lèvre supérieure de la mère d'Arielle se relève comme si la simple idée de la nourriture la dégoûtait.

– Non, merci, j'ai déjà avalé un sandwich.

J'ouvre le réfrigérateur à la recherche d'un aliment susceptible de soulager ma faim. Arielle n'a pas de souvenir de quelque chose qu'elle aime spécialement. Elle mange pour vivre. Et ce n'est pas plus mal parce que le contenu de ce frigo – quelques restes de plats chinois, de la viande datant du midi, un pot d'olives noires toutes fripées, un morceau de fromage orange, trois bouteilles de vin et du fromage blanc périmé – suffirait à inspirer une deuxième tentative de suicide. Beurk ! Ce n'est pas ce soir que je me consolerai avec de la nourriture.

Je prends le fromage et les olives, mais après réflexion, je repose les olives. J'ai des exigences dans ce domaine. Ma famille en cultivait et pressait une huile si fine que je sens encore son parfum.

À ce souvenir, mes épaules s'affaissent.

– Chérie ? Tu es sûre que ça va ?

– Ça va.

Quand je me retourne, Mélanie est exactement là où je l'ai laissée, au milieu de la cuisine, et elle me regarde avec une expression étrange.

– Tu n'es pas... toi-même, souffle-t-elle.

Je m'immobilise et me repasse mon comportement depuis que je suis rentrée. Arielle et Mélanie se disputent sans arrêt, mais en général, Arielle finit par craquer et se réfugie dans sa chambre avant que la situation ne dégénère.

Peut-être ai-je commencé un peu fort.

Je hausse les épaules.

– J'ai eu une nuit difficile.

– Je sais. C'est juste que… je voudrais seulement que tu…

Mélanie soupire et tripote de nouveau sa robe.

– Je n'ai jamais été très forte pour ce genre de choses mais tu… tu vois ce que je veux dire ?

C'est vrai, elle n'a jamais été très forte pour ce genre de choses. Mais elle essaie de me dire que même si elle ne sait pas le montrer, elle n'est pas indifférente. Arielle ne comprendrait pas. Elle s'arrêterait comme toujours à cette idée qu'elle n'a pas su répondre aux attentes de sa mère. Comme d'habitude, elle se mettrait en colère et sortirait de la pièce.

Moi, je me sens mal pour Mélanie. Elle n'est pas méchante, ce n'est même pas la pire mère du monde. Elle a attendu pour être sûre qu'Arielle rentrait saine et sauve. Ma propre mère n'en aurait rien eu à faire. Tout ce qui lui importait était que je ne provoque pas de scandale et que je reste aussi loin d'elle que possible.

– Ça va, Maman.

J'hésite un instant avant d'ajouter les mots que les deux femmes de cette famille ont le plus souvent besoin d'entendre :

– Je t'aime.

Mélanie sourit et son visage s'illumine.

– Moi aussi, je t'aime.

Elle tend les bras et m'attire contre elle. Nos fins squelettes s'emboîtent et ce moment est aussi merveilleux qu'inconfortable. Mais il y a de l'amour dans cette étreinte. Maladroit, certes, mais de l'amour.

Il reste donc de l'espoir. Cette pensée m'aide à respirer un peu plus librement… du moins une fois que Mélanie m'a libérée. Nous nous séparons et nous regardons. Les mains de la mère d'Arielle se posent sur sa robe, les miennes se serrent sur le morceau de fromage. Mélanie brise le silence la première avec un rire nerveux.

– Bon. Je vais te laisser aller te coucher. Je travaille tard demain, il faut que je me repose. C'est Gemma qui t'emmène au lycée ou est-ce que tu as besoin de la voiture ?

– Je ne sais pas.

Gemma n'est pas venue chercher Arielle tous les matins ces derniers temps mais Arielle ne sait pas pourquoi.

– Je vais l'appeler pour lui demander.

Mon petit succès avec Mélanie me donne confiance en moi. Le mieux est de contacter directement l'amie d'Arielle et d'essayer de remettre leur relation d'aplomb. Plus la vie d'Arielle sera simple, plus j'aurais de temps à consacrer à mes âmes sœurs. Mélanie ouvre le réfrigérateur et en sort une demi-bouteille de vin blanc.

– Si tu as besoin de la voiture, tu peux la prendre…

Elle attrape un verre en plastique dans le placard du haut. Dame Capulet se serait évanouie à la simple idée de boire du vin dans autre chose que du verre vénitien. Au moins, Mélanie n'est pas une insupportable snob. Arielle aurait vraiment pu tomber plus mal.

– … je demanderai à Wendy de passer me prendre.

– D'accord.

Je suis étrangement émue par sa proposition.

– Bonne nuit, Maman.

– Bonne nuit, ma chérie.

Je lui retourne son sourire avant de sortir de la cuisine en grignotant mon fromage. Il est tout rassis mais c'est tout ce que j'ai pour éviter de mourir de faim dans la nuit.

Je prends l'étroit couloir qui mène à ma chambre et je ferme la porte derrière moi. La pièce est petite mais lumineuse et accueillante, avec ses murs jaune pâle et la couette blanche à volants sur le lit. La parure de drap fait beaucoup trop jeune pour Arielle mais je sais que ce n'est pas elle qui l'a choisie.

Ses vrais goûts apparaissent dans ses tableaux dont chaque centimètre carré de mur est couvert, des peintures presque angoissantes, représentant des fées dormant dans des feuilles mortes, des arbres isolés sur le flanc de montagnes escarpées, des jeunes gens au regard triste, vêtus de noir…

La dernière me coupe le souffle. C'est une vieille licorne mourante à la lisière d'une forêt. Je passe mes doigts sur la tête si réaliste de l'animal. Quand j'étais petite, tout le monde croyait aux licornes. Elles sont mentionnées dans la Bible et leur existence était un fait acquis. Quand j'ai découvert que ces créatures n'étaient qu'un mythe, j'ai eu plus de mal à l'admettre que je ne veux en général le reconnaître.

La mort de la magie, la fin de tout espoir n'est jamais chose aisée à accepter.

Arielle a parfaitement rendu ce sentiment. Je ressens soudain l'envie de prendre un pinceau. Enfant, je passais tout mon temps à peindre. Peut-être puis-je profiter d'être ici pour m'y remettre. De toute façon, je dois terminer les décors pour la pièce du lycée.

Par bonheur, mon talent et celui d'Arielle sont assez proches. Certaines capacités – monter à cheval, conduire une voiture, accomplir les gestes quotidiens – passent d'une âme à l'autre. Pour le talent, c'est autre chose. Un don pour les mathématiques ou les sciences, la faculté de jouer d'un instrument ou de chanter comme un ange, sont difficiles à réveiller. C'est agréable de vivre dans le corps d'une personne qui partage mes goûts et mes prédispositions.

L'idée me rassure et, tout en avalant ma dernière bouchée de fromage, je recule d'un pas, pour mieux appréhender mon nouveau domaine. Ce n'est pas aussi moche que les souvenirs d'Arielle me l'avaient laissé prévoir. Ce n'est pas grand mais il y a une place pour chaque chose et chaque chose a sa place. Une commode est calée entre le lit et le mur, en face trône un chevalet vide à côté d'un bureau blanc surmonté d'un ordinateur, d'une pile de carnets et d'un téléphone posé sur son socle.

Je vais pouvoir appeler Gemma, mais il faut d'abord que je contacte quelqu'un d'autre.

Un miroir est accroché au-dessus du bureau. C'est un objet bon marché couvert d'autocollants d'animaux placés là par Arielle quand elle était petite, mais ça fera l'affaire. J'écarte les carnets de notes et je me penche vers le miroir. Je plisse les yeux afin de me vider l'esprit et de visualiser la lumière dorée où habitent Nourrice et les autres ambassadeurs, quand ils ne sont pas sur Terre. D'un moment à l'autre, je vais entendre sa voix familière. Nourrice est désincarnée dans son royaume mais sa voix est celle de la femme qui m'a élevée.

Elle n'a emprunté le corps de cette femme que pendant quelques mois. Elle a gardé sa voix grâce à la magie des Ambassadeurs. J'imagine qu'elle sait que je trouve ce timbre rassurant, c'est comme si un morceau de mon passé voyageait avec moi au cours des années. C'est sans doute aussi la raison pour laquelle elle m'encourage à l'appeler Nourrice. Même si elle prétend que son vrai nom est trop difficile à prononcer par les gens de l'âge moderne. Et par moderne, elle entend le quatorzième siècle.

Pour la millième fois, je me demande quel âge ont ma nourrice et les autres ambassadeurs. Cent ans de plus que moi ? Mille ans ? Sont-ils mortels ? Appartiennent-ils à une espèce différente des convertis qu'ils ont rassemblés au cours des siècles ?

Il y a tant de choses que j'ignore sur les êtres que je sers. Je sais seulement qu'ils sont magiques et bons et qu'ils ne veulent que mon bien. Nourrice affirme que je lui serai reconnaissante un jour de m'avoir laissée dans l'ignorance, que ça me protège des Mercenaires. Pourtant, parfois… je me demande.

Parfois… je doute.

Je ne suis pas sûre qu'il vaille encore la peine de se battre pour l'amour. J'ai vu trop d'âmes sœurs se tourner vers la haine pour croire encore que l'amour est plus fort que tout.

Je ne suis pas sûre que mes efforts soient réellement indispensables – si j'abandonne, d'autres que moi se battront. Le monde ou même seulement le sort de l'amour vrai ne repose quand même pas sur mes seules épaules. Shakespeare a rendu mon histoire célèbre mais pour les Ambassadeurs, je ne suis qu'une servante parmi d'autres.

Je ne suis pas sûre non plus de pouvoir un jour devenir moi-même ambassadrice. J'ai prononcé des vœux pour ne servir que le bien et la lumière, mais au fond de mon cœur, je suis emplie de haine. Je hais Roméo, je déteste voler le corps d'autres gens et parfois, je déteste même Nourrice pour être venue au seuil de ma tombe avant qu'il ne soit trop tard, pour avoir donné à une jeune fille mourante « la chance » d'une nouvelle « vie » qui n'en est pas une.

Parfois, ce qu'elle a fait me semble une erreur et je redoute autant l'apparition de la lumière dorée que j'en ai besoin. Parfois, j'aimerais qu'elle ne vienne pas et que le miroir reste un simple miroir ; je voudrais ouvrir les yeux et découvrir que la folie de ces sept cents dernières années n'a jamais existé.

Mais il fut un temps où je voulais vivre pour toujours aux côtés de Roméo Montaigu.

J'aurais dû apprendre à me montrer prudente quand je formule mes souhaits.

Ce n'est pas le cas.

Mes paupières s'ouvrent et mes craintes se confirment. Pas de lumière dorée, pas de voix réconfortante. Seulement une jeune fille effrayée, entourée de meubles bon marché du vingt et unième siècle.

– Non !

Je sursaute en entendant ma propre voix. Je porte la main à ma bouche et me penche un peu plus vers le miroir, y plongeant mes nouveaux yeux, priant pour que la lumière apparaisse.

*Par pitié, par pitié, par pitié.* Je promets de ne plus douter, je promets d'être meilleure, plus forte. Je promets et je me concentre, jusqu'à sentir de l'électricité danser dans mon crâne. Mais… toujours rien. Pour la première fois depuis que je sers cette cause, rien.

– Nourrice, je t'en supplie.

Je pose mes mains sur le miroir froid comme si je pouvais l'invoquer de cette manière.

– C'est Juliette. Je suis là. S'il te plaît.

Dehors, le tonnerre gronde, faisant vibrer mes os.

Depuis que je me suis glissée dans le corps d'Arielle, tout m'a semblé bizarre. J'ai d'abord cru à des coïncidences ou à mon instinct m'avertissant que Roméo était trop proche, mais à présent, inutile de me mentir. Mon lien avec les Ambassadeurs a été mis à mal.

Pour la première fois, je suis complètement seule sur Terre.

# INTERMEZZO I

Roméo

Je fuis la ville de Solvang ; je cours sous la pluie, imaginant que les gouttes me transpercent la peau. Des milliers de magnifiques piqûres, un million de minuscules et parfaites douleurs. J'ouvre la bouche et je laisse l'eau couler dans ma bouche ; je ris jusqu'à émettre un gargouillement. Comme si je mourais.

Alors que je revis.

Je suis en vie. En vie. En vie.

Les légendes disaient vrai, le temps est venu. Mon temps. Le mien ! Après toutes ces années, enfin ! Après une éternité de torture et des dizaines de vies de mensonges, les miroirs restent vides et je suis seul de mon espèce en ville. Je n'ai pas croisé un seul autre mercenaire. S'il y en avait eu, je l'aurais su.

Je chercherai encore les auras noires demain en plein jour, quand davantage d'humains déambuleront dans cette ville en carton-pâte. Mais je suis déjà sûr, presque sûr. Je suis seul.

Nous sommes seuls, ma belle et moi.

Juliette.

Son nom me blesse toujours et fait renaître les fantômes de mes émotions humaines. Une partie de moi se rappelle les délices des douleurs de l'amour, l'insupportable souffrance de la perte.

Je m'accroche au battement dans ma poitrine et je me délecte de ce déchirement qui m'envahit comme le plus doux des poisons. J'accueille ce souvenir de mon tourment comme un vieil ami. J'attends avec impatience la détresse morale qui va suivre, les soubresauts de mon âme à l'intérieur de sa prison de pierre. La peine est tellement plus facile à faire revenir à la surface que le plaisir. Je n'ai aucun souvenir agréable, je ne sais pas si je suis capable de retirer de la joie de quoi que ce soit, même si les spectres apparaissent comme prévu, même si le sortilège fonctionne, même si – un jour, bientôt, très bientôt – je pourrai sentir de nouveau, goûter de nouveau, vivre de nouveau.

Mais si quelqu'un peut me rendre bon, c'est elle. Mon amour, mon ennemie, ma moitié, ma Juliette. Peut-être peut-elle dénouer les enchevêtrements de mon âme, faire fondre mon cœur gelé, faire fuir mes démons ? Peut-être qu'une fois le sortilège prononcé, je me réveillerai sans cette envie de faire le mal, sans ce besoin de me nourrir du malheur des autres.

« Et nous nous embrasserons et vivrons heureux pour toujours. »

Ces mots me font rire. Et rire. Et rire.

Je ris sur tout le chemin qui me mène à la sortie de la ville, jusqu'aux rangées de maisons délabrées. C'est là que vit mon nouveau corps. Je ris encore en poussant la vieille porte d'entrée qui donne sur une pièce crasseuse. Ça sent la fumée, la tristesse et la mort. Je ris toujours quand un homme crie du bout du couloir qu'il « va me faire taire à coups dans la gueule » si je « ne la ferme pas tout de suite ».

Je sais que cet homme va mettre sa menace à exécution dès qu'il aura découvert que son fils a détruit sa voiture. Je sais que le père de Dylan sera soulagé quand j'aurai quitté cette coquille en ne laissant derrière moi que le cadavre de son fils. Cette pensée me fait rire de nouveau.

Je ris encore en m'installant dans ma nouvelle chambre. Sur les murs sont accrochées des affiches représentant des jeunes gens aussi en colère que Dylan. Je ris de son rêve pathétique de devenir une rock star, d'être un jour célèbre pour faire regretter aux autres de ne pas l'avoir mieux traité. À son père d'avoir si souvent utilisé ses poings, à sa mère d'être partie, au monde entier qui l'oblige à travailler pour obtenir ce qu'il désire.

Sa mort est un trésor pour moi, une pierre tiède dans la paume de ma main, une petite chose étincelante qui me fait appréhender avec le sourire cette nouvelle longue nuit sans sommeil. La prochaine des deux cent mille nuits du même genre. J'ai perdu le compte. Je pourrais calculer le chiffre exact mais je n'en ai pas envie. De toute façon, la fin est proche.

Demain. Demain, je la trouverai et je lui apprendrai à m'aimer et à me craindre. Elle m'aimera et me craindra et ne sera plus jamais la même.

Peut-être que moi non plus.

# SEPT

J'ai si froid que je sais que je n'aurai plus jamais chaud de ma vie. Mes doigts essaient de retenir la chaleur qui s'échappe de mon corps, se crispant sur ma poitrine, comme si je pouvais retenir ma vie de mes mains tremblantes. Mais comment faire avec mes petites mains d'enfant. Je ne m'étais jamais rendu compte que j'étais si petite et si insensée.

Pas avant aujourd'hui, maintenant qu'il est trop tard.

Trop tard.

« Il n'est pas trop tard, Juliette. »

Nourrice se penche sur moi et prend mon visage dans ses mains douces.

« Si tu veux vivre, je peux t'aider. Je sais qu'il reste de l'amour dans ton cœur. »

Ah oui ? De l'amour dans mon cœur ? Mon cœur peut-il encore contenir quoi que ce soit après avoir été transpercé, après que mes stupides rêves de petite fille se sont répandus sur le sol ? Je plonge mon regard dans les yeux gris et si doux de Nourrice. Je ne dis rien. Je ne sais pas quoi dire. Je ne suis pas sûre, pas assez sûre pour promettre, pas assez sûre pour jurer.

Mais le froid devient encore plus froid et j'ai peur. Si j'hésite encore, une vague va m'engloutir. Je lève la main. Je répète les mots qu'elle murmure à mon oreille, je formule le vœu des Ambassadeurs. Je ne veux pas mourir. Je veux vivre. Je veux prouver que mes mains ne sont pas si petites. Prouver que je peux me battre.

Les derniers mots magiques brûlent dans mes veines. Je pleure, mon âme s'arrache de mon corps. Nourrice me conseille de dormir mais j'essaie de garder les yeux ouverts. Je n'y parviens pas. Mes paupières se ferment et je suis dans la brume. Une brume froide et infinie. Mon corps a disparu. Nourrice m'avait prévenue mais je n'avais pas compris. Je n'avais pas rêvé…

Je comprends que je ne suis plus rien et je hurle. La panique s'empare de moi, écartant tout espoir, ensevelissant…

– Réveille-toi, réveille-toi, *niña*.

Je me réveille et… Ben est là… il est allongé près de moi, ses cheveux sont ébouriffés de sommeil, il me serre dans ses bras pour éloigner le cauchemar. De sa main douce, il essuie les larmes de mes joues.

– Tout va bien. Je ne laisserai jamais personne te faire du mal.

Il scelle cette promesse en posant ses lèvres tièdes sur mon front.

Je suis soulagée, ma gratitude est si profonde qu'elle me fait trembler. Ce n'était qu'un cauchemar. Je soupire contre sa poitrine, protégée, entière.

– Je t'aime.

– Moi aussi, je t'aime, ma douce.

Ses lèvres sont brûlantes à présent. Collantes. Je me recule pour voir son visage. Et je hurle.

C'est Roméo. Sa bouche est couverte de sang.

Il rit alors que je me défais de son étreinte. Du sang coule sur son menton. Il est venu dans ma tombe lécher mon sang.

– *Mais doucement, quelle lumière jaillit de cette fenêtre ?* De cette fenêtre ? De cette fenêtre ?

Sa voix devenue stridente atteint un douloureux crescendo et ses dents deviennent acérées. Il les plante dans mes yeux. Je hurle et…

– Arielle ? Arielle ! Qu'est-ce qui t'arrive ?

La lumière me fait cligner des yeux et accélère encore les battements de mon cœur. Où suis-je ? Je cligne une nouvelle fois des paupières. Une femme en colère se tient dans l'encadrement de la porte. Ses cheveux blonds dressés d'un côté de sa tête, ses yeux gonflés de sommeil. Qui est-elle ? Que se passe-t-il ? Que…

– Réponds-moi, chérie.

La femme croise les bras et fronce les sourcils.

– Qu'est-ce qui se passe ? J'ai cru que tu t'étais fait mal. Pourquoi criais-tu comme ça, Arielle ?

*Arielle*. C'est ça. Le vingt et unième siècle, la Californie, la fille aux cheveux blonds, Roméo dans la voiture et rien dans le miroir.

*Rien*. J'ai essayé jusque tard dans la nuit avec différents miroirs. Et rien. Rien de rien, jusqu'à ce que l'absence de la lumière dorée provoque des larmes de frustration et de peur. Je me suis recroquevillée dans mon lit, sans prendre la peine d'ôter mes vêtements pleins de sang, trop épuisée pour passer sous la douche.

Je tire les draps sur moi pour cacher mes habits à Mélanie.

– Je… c'était juste un cauchemar.

Elle pousse un long soupir de fatigue.

– Bon. J'ai cru que…

Un klaxon retentit, elle m'adresse un coup d'œil surpris.

– Gemma ? Déjà ? Quelle heure est-il ? Pourquoi n'es-tu pas encore prête ?

Oh non, j'ai oublié de mettre un réveil. Je vais être en retard pour mon premier jour au lycée. À moins que…

– Je me dépêche ! Tu veux bien lui dire que j'arrive ?

– Je suis censée dormir, proteste Mélanie. Je suis de garde jusqu'à deux heures du matin, Arielle.

– Je sais, je suis désolée, mais Maman, s'il te plaît, tu veux bien… ?

– D'accord.

Elle pousse un nouveau soupir et croise encore les bras comme pour se protéger du matin.

– Mais après, je retourne me coucher et j'espère que tu vas te reprendre. L'année n'est pas encore finie.

À peine est-elle partie que je bondis hors du lit, me déshabille, trébuche en attrapant des sous-vêtements propres et un jean dans la commode. Je trouve ensuite des chaussettes dépareillées et un chemisier blanc. Je fais volte-face, rampe sur le lit pour prendre dans le placard le premier sweat qui vient. Rose avec des pelotes marron emmêlées imprimées sur le devant. Je choisis des chaussures marron pour aller avec le sweat. J'aimerais ne pas avoir l'air trop cassée. Roméo pourrait très bien être au lycée aujourd'hui.

Une boule obstrue ma gorge. Le souvenir de mon rêve me fait frissonner. Hors de question de le laisser penser que j'ai peur, que je suis seule et abandonnée. Je sors ma brosse de ma trousse de toilette et me coiffe. Mes cheveux sentent encore la lingette pour bébé. Ben avait raison, ça lave vraiment tout.

*Ben.* Mes joues s'enflamment. J'ai aussi rêvé de lui, de ce que je ressentirais si j'étais… amoureuse de lui. Je n'ai jamais aimé quelqu'un d'autre que Roméo. Je sais que je ne tomberai plus jamais amoureuse mais ce rêve était si réel.

– Arielle !

Le cri de Mélanie me sort de mes pensées.

– Dépêche-toi ! Gemma t'attend !

Je jette la brosse dans la trousse de toilette, bien contente que les cheveux d'Arielle soient raides comme des baguettes. On ne dirait pas qu'il y a eu du sang dessus, grâce aux lingettes et parce que j'ai dormi avant qu'ils soient totalement secs. Je ne suis pas trop mal, pour quelqu'un qui s'est habillé en moins de temps qu'il ne faut à la plupart des gens pour s'extirper de leur lit. Je sais que Mélanie n'apprécierait pas de me voir sortir sans maquillage mais ce qu'elle ne sait pas…

J'attends qu'elle referme la porte de sa chambre et je me précipite dans la salle de bains. Je me brosse les dents et m'applique de la crème solaire. Arielle doit protéger sa peau fragile. Une demi-seconde plus tard, je suis dans la cuisine.

J'attrape mon sac de classe et le portable de Mélanie. Je réfléchis une seconde pour savoir si j'emporte quelque chose à manger mais je me rappelle que le morceau de fromage n'était pas fameux et je cours à la porte. Il y a une boulangerie près du lycée. Peut-être que Gemma acceptera de s'y arrêter. On aura le temps, je l'ai à peine fait attendre. Cinq minutes, c'est tout à fait raisonnable.

Malheureusement, elle ne semble pas de cet avis.

– Qu'est-ce qui t'arrive, Arielle ?

Le ton de sa voix ne me donne pas beaucoup d'espoir sur l'avenir de notre amitié. Pas plus que le regard qu'elle me jette alors que je prends place sur le siège en cuir de la voiture.

Gemma conduit une BMW aussi luxueuse que la voiture de Ben est vieille et cabossée. D'ailleurs, Gemma me donne l'impression que je suis complètement nulle à côté d'elle.

Ses cheveux d'un châtain chaud cascadent sur ses épaules et brillent même dans la pâle lumière du matin. Sa coupe super effilée met en valeur son visage émacié. Elle est vêtue d'une chemise bohème ornée de sequins, et d'un jean qui moule ses cuisses fines. Des saphirs trop gros pour être vrais – et pourtant, je sais qu'ils le sont – lui pendent aux oreilles, assortis à une bague à la main droite. Cadeaux de son père pour ses seize ans.

– Et... pas de maquillage !

Elle secoue la tête.

– C'est un choix. Mais je te conseille de ne pas recommencer ! T'as pas été aussi effrayante depuis la sixième.

Je grommelle :

– Désolée de t'avoir fait attendre.

Je suis stupéfaite par son accueil. Je m'étais préparée pour la mère d'Arielle, mais je ne m'attendais pas à ce que sa meilleure amie soit aussi méchante. C'est elle Gemma, la fille qu'Arielle a si peur de perdre ?

– Tu aurais au moins pu prendre quelques produits, il y a des miroirs dans la voiture ! Tu ressembles à un monstre !

Son ton est léger, un peu moqueur maintenant, mais je sais qu'Arielle serait blessée. *Monstre* ! C'est le surnom que les gamins lui donnaient en primaire et au collège. C'était après le terrible événement... le souvenir en est flou et il est évident qu'Arielle a essayé d'oublier. Quoi qu'il en soit, c'est à ce moment-là qu'elle est devenue le « monstre », celle que tout le monde rejette, celle que seule une autre laissée-pour-compte pouvait prendre pour amie.

À voir Gemma, il est difficile de penser qu'elle est laissée-pour-compte et pourtant... Ses parents possèdent le plus grand vignoble de la région et toute la ville ou presque travaille pour eux. Ouvriers agricoles, œnologues, distributeurs, saisonniers... Même si Gemma ne s'habille pas comme la fille d'un milliardaire et dit tout ce qu'elle pense au point d'en être cruelle, elle est super mal à l'aise au lycée. Et tout le monde la met à l'écart.

Mais elle s'en fiche. Elle a insisté pour rester dans le public, même quand ses notes se sont améliorées et que ses parents ont voulu la mettre dans un lycée privé à Los Olivos en début d'année. Gemma est le genre de personne qui n'a besoin que d'une amie et même parfois, elle semble n'en avoir rien à faire de la perdre.

– Enfin... soupire-t-elle en reculant la voiture.

La pluie tambourine sur le toit. Nous prenons la route d'El Camino. La journée est grise et morne. Pas étonnant que je ne me sois pas réveillée ce matin. Les cauchemars mis à part, j'aurais bien voulu dormir encore plus longtemps. Je suis épuisée. Je devrais être emplie de la magie des Ambassadeurs à présent, je devrais me sentir assez forte pour affronter le monde entier – ou du moins les Mercenaires. Mais... je suis tout simplement épuisée.

– Je suppose que ton nouveau petit ami se fiche de ce à quoi tu ressembles, reprend Gemma en insistant sur le terme de « petit ami ».

– Quoi ?

– Mélanie m'a raconté. Je n'arrive pas à croire que tu aies confié à ta mère – que tu détestes – que tu avais un rencard alors que tu ne m'as rien dit.

– Oh.

Le rencard. C'est pour ça qu'elle est en colère. Arielle avait décidé de n'en parler à Gemma qu'après, quand il y aurait quelque chose à raconter.

– C'est tout ce que tu trouves à dire ? « Oh » ?

– Je ne voulais t'en parler que si ça se passait bien.

– Et alors ?

Une étincelle s'est allumée dans les yeux de Gemma.

– C'est qui ? Vous êtes allés où ? À quelle heure t'es rentrée ? Tu as enfin vu un pénis pour de vrai ? Dis-moi tout !

Je me surprends à rougir.

– Non.

Que dire d'autre ? Je sais qu'Arielle n'aimerait pas que Gemma sache que ce rendez-vous n'était qu'une mauvaise blague.

– C'était nul. Dylan n'est pas…

– Dylan ! Comme dans Dylan Stroud ? s'exclame Gemma, soudain très calme.

– Oui.

– Tu es sortie avec Dylan ?

Elle serre les lèvres. À cause du rouge, sa bouche ressemble à une cicatrice.

– T'étais pas un peu… mal à l'aise ?

– Si.

Je ne suis pas sûre de comprendre la réaction de Gemma.

– Comme je te l'ai dit, c'était nul.

Gemma fixe la route à présent.

– Ça ne m'étonne pas. Si tu m'en avais parlé avant, j'aurais pu te dire que ça serait nul. Dylan est un sociopathe.

– Je sais. C'est juste qu'il avait l'air gentil aux répétitions.

– C'est parce qu'il fait semblant d'être quelqu'un d'autre.

Gemma a raison. Arielle a été attirée par Dylan parce qu'il jouait Tony, le garçon qui tombe amoureux de la petite sœur du chef de gang dans *West Side Story*. Une comédie musicale inspirée de *Roméo et Juliette*. Ce qui veut dire que si Roméo continue la pièce, il jouera son propre rôle. Je suis certaine qu'il appréciera l'ironie de la situation.

– Franchement, tu ne t'es pas demandé pourquoi un aussi beau mec n'a pas de copine ? lance Gemma. Ou même des copains ?

– Parce que c'est un crétin.

– Parce que c'est un taré. Lui et son pote Jason sont totalement tarés. Et leur groupe est hyper nul. Dylan ne chante pas trop mal, mais quand il joue de la guitare, on dirait qu'il fait une crise d'épilepsie.

Elle tourne à gauche et tout de suite à droite. Nous arrivons en plein cœur de la partie touristique de Solvang, un « Disneyland pour adultes amateurs de vin » selon les mots d'Arielle.

La ville est construite comme une ancienne bourgade danoise. Des caves de dégustation à chaque coin de rue témoignent de l'essor industriel de la région. La cave des parents de Gemma est la plus grande de toutes : deux étages d'un bâtiment de briques rouges sur le boulevard de la Mission. On le laisse sur notre droite.

Un grand panneau en bois annonçant *Vignoble Sloop* s'agite dans le vent mais Gemma ne ralentit pas pour le regarder. La richesse de sa famille ne l'impressionne pas le moins du monde. C'est au moins une chose que j'apprécie chez elle.

– Tu aurais dû refuser l'invitation de Stroud ! lâche-t-elle.

Elle n'a apparemment pas l'intention de laisser tomber le sujet.

– Il vaut mieux prendre du crack que de sortir avec ce type.

Je renifle.

– Je sais. Je ne sortirai plus jamais avec lui.

– Tant mieux. C'est pas le genre d'erreur que tu as intérêt à reproduire.

Elle monte le chauffage de la voiture.

– On s'arrête acheter un croissant ? Je meurs de faim, propose-t-elle.

– Oui, je veux bien.

Enfin. De la nourriture.

Gemma conduit en silence pendant quelques minutes puis me donne un petit coup dans la jambe. Quand elle reprend la parole, sa voix s'est radoucie.

– Bon, ça va quand même ? Ta mère m'a dit qu'un garçon qu'elle n'avait jamais vu t'avait ramenée chez toi. Je te connais : tu ne serais jamais montée dans la voiture d'un inconnu bizarre. À moins que…

– Il n'était pas bizarre. Et elle ne lui a même pas parlé.

Gemma hausse les sourcils.

– Aaaaaah ! Finalement, tu as quand même conclu ! C'est qui ? Il va à Solvang ou dans une de ces foutues écoles privées ? Je n'arrive pas à croire que tu n'as…

– Ça n'a rien à voir avec ça. C'est juste un ami.

Gemma se gare devant la boulangerie du Moulin, une reconstitution plus grande que nature d'un véritable moulin, dont les tuiles rouges luisent sous la pluie. J'insiste :

– Vraiment, je ne suis attirée par personne !

– Eh bien, tu pourrais. Et même tu devrais, affirme Gemma en attrapant son sac sur le siège arrière. Tant que c'est pas Dylan.

– Je sais. Merci de t'inquiéter pour moi. Je… tu… tu m'as manqué.

J'essaie de ne pas rater l'occasion de me réconcilier avec mon amie. Cette fille ne me plaît pas beaucoup mais elle compte pour Arielle et ce n'est pas comme si elle avait des amies par dizaines.

– Ah là là.

La lueur dans les yeux de Gemma s'éteint. Pendant une seconde, je sens qu'elle a été touchée. Ou du moins qu'elle a envie d'avoir été touchée.

Mais il y a quelque chose qui ne va pas chez elle, quelque chose de cassé qui la fait plus ressembler à Arielle que je ne l'ai cru au premier abord. Les souvenirs d'Arielle ne me donnent aucun indice mais je me sens soudain plus proche de Gemma. Elle serre ma main dans la sienne et je souris.

– Toi aussi tu m'as manqué. Je suis désolée. C'est juste que…

Elle soupire et ne termine pas sa phrase.

– Il y a eu des soucis. Avec mon père et aussi avec ce garçon…

– Un garçon ? Quel garçon ?

La mémoire d'Arielle me souffle que je ne devrais pas être surprise. Il y a toujours un garçon avec Gemma. Ou deux.

– Un garçon, répond Gemma. Une catastrophe.

Elle lève les yeux au ciel et pose la main sur la poignée. Je la suis. Nous courons sous la pluie et rentrons nous mettre à l'abri dans la boulangerie.

– J'ai des tas de trucs à te raconter, glisse Gemma. Des détails croustillants. On déjeune ensemble ?

– Ça marche.

La simple idée de manger me semble parfaite. Le parfum de sucre et de beignets m'emplit les narines ; mon estomac gronde.

Je m'approche du comptoir et je regarde les pâtisseries derrière la vitre, à la recherche de quelque chose qui me tienne au corps toute la matinée.

Mais quand je me tourne vers Gemma, j'oublie la nourriture. J'oublie même ma longue nuit, mon épuisement et ma peur. Une lumière rose nimbe sa poitrine. Il faisait trop sombre dans la voiture, mais sous la lumière des néons, je ne peux pas la rater. Son aura est d'un rose si vibrant que sa tunique indienne bleue et mauve en paraît fade.

La capacité de percevoir les auras me vient des Ambassadeurs. C'est une façon de m'assurer que l'amour est devenu véritable et éternel. L'énergie des âmes sœurs est habituellement rose pâle ou rose foncé, en fonction des sentiments qu'elles éprouvent. Quand elle devient rouge, cela signifie que rien ne peut détruire leur amour. Les Mercenaires ne peuvent plus interférer, pas plus que les difficultés de la vie ou la mort elle-même. Alors, ma mission est terminée et je retourne dans ma brume, victorieuse.

Mais c'est la première fois que je trouve une âme sœur sans l'aide de Nourrice. Gemma, la meilleure amie d'Arielle, est donc une des âmes sœurs que je dois protéger.

Une étincelle d'espoir s'allume en moi. Peut-être est-ce la raison pour laquelle Nourrice n'est pas venue la nuit dernière. Peut-être savait-elle qu'Arielle était intimement liée à l'âme sœur, peut-être...

– Arielle ! Réveille-toi !

Gemma claque des doigts sous mon nez.

– Tu veux quoi ? Nancy attend.

– Ne la bouscule pas, Gemma. J'ai tout le temps et vous avez encore vingt minutes avant le début des cours.

La femme derrière le comptoir a la peau du visage finement ridée et une longue tresse en couronne au-dessus de la tête. Elle sourit.

– Que dirais-tu d'un œuf et d'un croissant au jambon, Arielle ? Tu as l'air d'avoir besoin de protéines.

Je souris à mon tour. Je me souviens de Nancy maintenant. Arielle l'aime bien et elle aime aussi ses croissants.

– Ça me semble parfait.

– Et un café aussi, ajoute Gemma. Elle en a besoin.

Arielle ne boit pas de café mais je ne proteste pas. Il est temps que je me réveille. Gemma est la fille que je devais trouver et plus vite je découvrirai l'identité de son âme sœur, plus vite j'aurai accompli ma mission.

– Oh, bon sang !

Gemma regarde la brûlure sur mon visage et grimace.

– C'est particulièrement moche aujourd'hui. On devrait peut-être sécher la première heure et retourner chez toi chercher un peu de maquillage.

Je me mords la lèvre. Je ne dois pas laisser ma colère s'exprimer. Gemma n'est pas seulement l'amie d'Arielle, elle est aussi une âme sœur précieuse. Je suis obligée de l'aimer. Malgré tout, je ne peux pas m'empêcher de me demander – et ce n'est pas la première fois – pourquoi des gens comme elle ont la chance de connaître l'amour vrai. Il me semble que ce privilège devrait être réservé à des gens qui le méritent un peu plus.

– C'est vrai, insiste-t-elle en se tapotant le menton. Ta mère a dit qu'elle allait se recoucher, on peut...

Elle s'arrête, les yeux écarquillés. Sa main baguée se pose sur mon épaule.

– Oh mon Dieu, c'est lui. C'est le garçon dont je te parlais.

Mon autre âme sœur livrée sur un plateau et encore plus vite que mon petit déjeuner. Je me retiens de sourire. Je vais pour me retourner mais Gemma m'écrase la clavicule.

– Le regarde pas ! Il est sûrement encore fâché.

– Pourquoi est-il...

– Je ne sais pas.

Gemma hausse les épaules et baisse la voix.

– Il m'a dit qu'il ne s'y retrouvait pas avec moi, avant de me laisser au beau milieu du dîner pour aller conduire et réfléchir ou je ne sais quoi. On dirait une fille, ce mec.

*Ne s'y retrouve pas. Conduire. Réfléchir.*

Une idée terrible me traverse l'esprit. Je n'ai soudain plus du tout faim. Je n'ai pas besoin de me retourner pour savoir qui est le type en question.

– Merde, il nous a vues. Il vient par ici.

Gemma me lâche le bras.

– Tu fais rien de bizarre, d'accord ? me souffle-t-elle.

Je soupire intérieurement. Comment ne pas être bizarre alors que…

Je me retourne et nos yeux se rencontrent. La sensation que nous sommes liés est aussi forte que cette nuit. Mais à présent, je sais que c'est impossible. Une aura rose éclaire son sweat à rayures rouges et noires. Il n'y a pas le moindre doute.

Ben est l'autre âme sœur que je suis venue protéger.

# HUIT

Je n'ai qu'une envie : fuir et me cacher. Je voudrais disparaître derrière le comptoir. Je ne me sens pas capable de me lever et de sourire à Gemma, qui se jette sur Ben pour l'embrasser sur la joue.

Elle se colle à lui, lui enlace la taille, et je hurle intérieurement comme si un incendie s'était déclaré dans ma poitrine. Leur étreinte dure moins d'une seconde. Ben s'écarte. Mais le mal est fait. Il appartient à Gemma et je dois m'assurer qu'il va rester avec elle toute sa vie.

C'est insupportable. Intolérable. C'est... ma mission.

Si je ne la remplis pas, l'un d'eux mourra. En plus de trente missions, je n'ai jamais vu deux âmes sœurs se séparer paisiblement. Soit ils s'engagent l'un envers l'autre, soit l'un des deux tue l'autre et devient un mercenaire. C'est ainsi. Pas d'exception.

Il n'y a aucun espoir pour Ben et moi. De toute façon, il n'y en a jamais eu.

– Eh, ça va ?

Ben regarde Gemma puis se retourne vers moi en se dandinant, les mains enfoncées dans ses poches. Il n'a pas l'air super à l'aise. Peut-être ne l'est-il pas. Peut-être a-t-il peur que je dise à Gemma qu'il était à deux doigts de m'embrasser la nuit dernière. Peut-être a-t-il peur que je gâche sa relation avec la fille qu'il aime.

Qu'il *aime*. Il l'aime. Ce qui s'est passé dans la voiture était un faux pas. Une erreur. Ou bien ça n'a existé que dans mon imagination. Peut-être n'a-t-il jamais eu l'intention de m'embrasser et ai-je tout compris de travers ?

– Ça s'est bien passé avec ta mère hier soir ?

Quelle question ! Comme si ça lui était complètement égal que Gemma sache que nous étions ensemble, lui et moi. Ai-je pu imaginer ce lien si fort qui nous unissait ? Si fort que j'ai rêvé que je me réveillais dans ses bras ?

– Oui, merci.

J'acquiesce en me forçant à sourire, pour lui montrer que je suis contente qu'il soit avec ma meilleure amie.

– Quoi ?

Gemma se retourne brusquement et ses cheveux frôlent le visage de Ben.

– Vous vous connaissez ?

– Nous nous sommes rencontrés hier soir, explique Ben. Arielle m'a pris en otage et je l'ai ramenée chez elle.

Gemma hausse les sourcils.

– Ah oui ? Alors comme ça, c'est toi qui… ah… d'accord…

Elle me lance un regard entendu.

– Je suppose que, du coup, je ne suis pas obligée de faire les présentations du genre : « Ben, mon petit ami, Arielle, ma meilleure amie » ?

Petit ami. Ben est le petit ami de Gemma. Son âme sœur. Même en les voyant tous les deux briller comme deux soleils couchants, j'ai du mal à me faire à cette idée.

Gemma est pénible et capable d'autant d'empathie qu'un serpent, et Ben est… Ben.

– Votre commande, annonce Nancy.

– Dieu merci, dit Gemma en se dirigeant vers le comptoir. J'avais vraiment besoin d'un café.

Ben et moi sommes face à face et c'est toujours là. Notre connexion, cette sensation que nous savons tous les deux que les choses ne sont pas comme elles devraient être. Il fait un pas vers moi. Je fais un pas en arrière. Il s'immobilise et plonge ses yeux dans les miens.

– Je croyais que tu n'avais pas beaucoup d'amis, murmure-t-il.

– C'est vrai. Je n'ai que Gemma. Nous sommes amies depuis que nous sommes toutes petites.

Je me force à sourire.

– Je suis vraiment contente pour vous deux. Il était temps qu'elle se trouve quelqu'un de bien.

Il penche la tête d'un côté et ouvre la bouche pour parler mais Gemma apparaît et lui tend un gobelet en carton.

– Tiens, tu n'as qu'à prendre le café d'Arielle.

Il secoue la tête.

– Non, je ne veux pas la priver de sa boisson.

– Prends-la, elle s'en fiche. Pas vrai, Arielle ?

– Non, répète Ben, je ne veux…

– Prends-la, insiste Gemma. Arielle n'aime pas le café et c'est moi qui l'ai payé.

Le regard de Ben s'assombrit. Il croise les bras et refuse encore.

– Je n'en veux pas, Gemma. Et j'apprécierais que tu m'écoutes quand je dis quelque chose. À chaque fois que je dis quelque chose.

Il se tourne vers moi avant que j'aie le temps d'effacer mon air choqué.

– À plus tard, Arielle.

Sur ces mots, il sort de la boulangerie, nous laissant abasourdies.

– Qu'est-ce qu'il lui a pris ? finit par lâcher Gemma.

Je ne sais pas, mais ce n'est pas comme ça que deux âmes sœurs doivent se parler. Non seulement cette mission va être difficile pour moi, mais en plus, il semblerait que je vais avoir du travail pour remettre ces deux-là sur le bon chemin.

– Peut-être qu'il est encore en colère pour hier soir, je tente. À cause de votre dispute ?

– Ce que je crois, c'est qu'il a une araignée au plafond ! rétorque Gemma.

– C'était à quel sujet, cette dispute ?

J'ai besoin de savoir ce qui ne va pas pour résoudre le problème.

– Et s'il avait…

– Laisse tomber. Et prends ça.

Je prends le gobelet qu'elle me tend et elle cale le sac contenant notre petit déjeuner sous son bras.

– On va prendre le petit déj'dans la voiture. Faut que je passe par mon casier avant les cours.

Je la suis sous la pluie, priant pour avoir une nouvelle occasion de lui soutirer des informations avant le lycée. Elle fait comme si elle s'en fichait mais l'attitude de Ben l'a forcément peinée. Malheureusement, Gemma se contente de manger et quand elle se gare sur le parking du lycée, je n'ai rien appris.

– Tu vas à ton casier, toi aussi ? me demande-t-elle.

– Oui, mais d'abord j'ai besoin d'un jus de fruits.

Le café m'a donné soif et ne m'a pas vraiment réveillée.

– Tu viens avec moi à la cafèt'?

Gemma émet un bruit de gorge dégoûté.

– Je préférerais manger mon propre cœur plutôt que de mettre un pied dans ce trou puant.

Elle claque sa portière et ouvre son parapluie.

– On se retrouve devant la grande salle.

– D'accord.

J'allonge le pas, juste derrière elle, mon sac sur ma tête pour essayer de rester à peu près sèche.

Le lycée de Solvang apparaît. Six bâtiments marron sales, déprimants même par beau temps. Des groupes de jeunes, épaules courbées, la même grimace sur le visage, se massent juste devant. Ils ont tous l'air agacés par la pluie, mais ne se rapprochent pas pour autant du préau. Ils sont regroupés près des bancs, repoussant au maximum l'inévitable moment où leur journée scolaire commencera. Arielle n'est pas la seule à considérer Solvang comme une prison.

Personne ne me dit bonjour. Pas un sourire, pas même un regard. Comme si j'étais invisible. Les gens se contentent de se pousser pour me laisser passer. Ces mouvements sont à peine perceptibles – surtout que j'ai la tête baissée et les cheveux sur le visage –, mais bien réels. On ne dirait pas qu'ils détestent Arielle mais plutôt… qu'ils ont peur d'elle.

Pourquoi ? Je ne comprends pas. Arielle est anxieuse, mal à l'aise mais rien dans ses souvenirs ne me fournit le moindre indice expliquant que les autres lycéens la traitent comme une bombe menaçant d'exploser à tout moment.

Je soupire et me fraie un passage jusqu'à la cafétéria. Je regrette aussitôt de ne pas m'être contentée de boire au robinet. La salle pue le légume trop cuit, le toast brûlé et les aisselles sales.

Malgré tout, les jus de fruits exposés me font saliver. J'attrape un plateau orange et prends la file. Il n'y a que quelques personnes devant moi et les tables sont quasiment vides. Je fais glisser mon plateau, refusant les œufs au plat et les saucisses graisseuses qu'on me propose. Je suis presque aux jus de fruits quand je perçois un changement d'atmosphère.

Soudain l'air devient électrique. Danger. Roméo est arrivé. Je sais que c'est impossible mais je l'ai senti. Une faible odeur de méchanceté, plus forte que la puanteur de la cafétéria. Mon estomac se serre. Je me raidis, déterminée à ne rien laisser paraître.

Aujourd'hui est un jour comme les autres. Cette mission est une mission comme les autres.

Je m'accroche à mon plateau et me retourne, le visage impénétrable. Je cherche Roméo des yeux et je le trouve beaucoup trop vite. Il traverse la salle, suivi par un garçon plus petit que lui, à la peau couleur miel et aux cheveux noirs de jais coiffés en pétard. Ce garçon porte un jean bleu foncé et une chemise sombre. Roméo a habillé Dylan entièrement en noir : pantalon, sweat, et bottes de moto qui le grandissent d'au moins deux centimètres. Il a un léger bleu sur la joue comme si, étrangement, il n'avait pas complètement guéri de l'accident, mais il est réellement très beau.

Pourtant, ce n'est ni son aspect ni le coquard qui vident mes poumons de tout oxygène, ce sont ses cheveux. Il a réussi à les faire légèrement onduler et ses boucles qui tombent souplement sur son visage le font incroyablement ressembler à…

Je tressaille sous l'assaut de souvenirs que je croyais enfouis depuis longtemps. Je ne peux plus parler, plus marcher, plus respirer. Comment ai-je pu ne pas le remarquer hier soir ? L'obscurité, la mort qui rôdait, le choc et la douleur… rien de tout cela n'est une excuse valable. Rien n'aurait dû m'empêcher de voir à quel point Roméo ressemble à celui qu'il était autrefois, à celui qui escaladait le mur jusqu'à mon balcon avec la même expression sur le visage.

Enfin pas tout à fait. Il n'y avait pas de folie dans son regard, ni de menace dans son sourire.

Il vient vers moi, accompagné sans doute de son nouvel ami Jason. Pour me tourmenter avec une cruauté qu'il aura préparée toute la nuit. C'est comme d'habitude. En pire.

Parce que je suis seule, que Ben et Gemma sont si étranges et qu'il est... obsédant.

Je recule, mes doigts agrippent si fort le bord du plateau que mes jointures me font mal. Je ne veux pas le regarder, je ne veux pas lui parler, mais je n'ai pas le choix. Si je m'enfuis, il comprendra que quelque chose ne va pas. Je ne fuis jamais, même quand je devrais, même quand les Ambassadeurs me disent qu'il vaut mieux fuir que se battre.

Au lieu de ça, je pose mon plateau et me dirige vers lui, le menton dressé.

– Prends-moi de la viande, demande Roméo à Jason. Plein de viande. De la viande sur de la viande.

Pour une raison ou une autre, le garçon ricane en se dirigeant vers le self. Ses yeux sombres rencontrent les miens et je me retiens de frissonner. C'est comme échanger un regard avec un reptile, un prédateur dépourvu de tout sentiment humain. Même Roméo paraît chaleureux en comparaison.

– Content de te voir, m'accueille Roméo en souriant malicieusement. Je voudrais te présenter mes excuses pour la nuit dernière.

Ses excuses ? Je regarde autour de nous, me demandant pour qui il joue la comédie. Il n'y a personne à portée d'oreilles et son copain est déjà en train de pousser son plateau à quinze pas de là.

– Sincèrement, je suis désolé. Si j'avais su, je ne t'aurais jamais touchée.

– Si tu avais su quoi ?

Je croise les bras, me préparant à l'inévitable repartie.

Il se penche vers moi et murmure :

– Le monde est différent cette fois. Je suis sûr que tu le sens. Que tu as remarqué… certaines choses.

J'essaie de déchiffrer son expression. Il prêche le faux pour savoir le vrai. Il ignore que je n'ai pas réussi à entrer en contact avec Nourrice, mais il est au courant que quelque chose se passe. Je dois découvrir ce qu'il sait sans me trahir.

– Je me disais que tes plaies ne guérissaient pas aussi vite qu'elles devraient.

Ses doigts caressent sa joue. C'est moins visible qu'hier soir, mais c'est là. Il sourit, comme s'il se repaissait de sa blessure.

– Il se pourrait que mon nouveau père m'ait un peu cogné pour avoir cassé sa voiture.

Je tressaille. L'idée de Roméo en train de se faire battre par quelqu'un d'autre que moi est extrêmement perturbante. Moi, quand je le frappe, je suis sûre qu'il le mérite.

– À moins que mes dons ne commencent à s'estomper, reprend-il. Peut-être ai-je été abandonné par les Mercenaires ? Ça ne serait pas étonnant. Regarde ça…

Il se tourne et soulève ses cheveux pour me montrer la plaie que je lui ai faite en l'assommant contre le pare-brise.

Je m'étrangle et je me retourne pour m'assurer que personne ne m'a remarquée.

– Oh. Je ne savais pas que ça te ferait de la peine, rit Roméo.

Il passe son bras autour de mon épaule.

– Bon, allez, dis-moi la vérité, Juliette. Comment ça se passe pour toi ? Il n'y aurait pas *quelque chose de pourri au royaume du Danemark*[1] ?

– Tu te trompes de pièce.

Je le repousse. Je refuse d'admettre à quel point je suis fatiguée et effrayée par mon incapacité à contacter Nourrice. Je n'ai aucune confiance en Roméo. Il a toujours une idée derrière la tête. Toujours.

– Je ne vois pas de quoi tu parles.

– Oh, Juliette ! Ne mens pas. Je n'ai plus envie de mentir, ni de me battre. Je suis fatigué de tout ça. Pas toi ? Si on saisissait l'occasion de mettre un terme à ce cycle infernal ?

Roméo m'a déjà fait ce genre de proposition. Il m'a même offert de rejoindre les Mercenaires. Il me suffisait de convaincre une de mes âmes sœurs de se sacrifier et j'aurais gagné ma place dans leur éternité. Une éternité de liberté. Du moins entre les missions. Roméo m'a rappelé une dizaine de fois que son offre tenait toujours mais sans grande conviction. Il me connaît assez pour savoir que je suis incapable de voler une âme innocente.

– Je t'ai déjà dit que…

– Je ne parle pas des Mercenaires. Ni des Ambassadeurs.

Il se penche un peu plus vers moi. Ses lèvres touchent presque les miennes.

– Cette mission est différente. Et si tu abats tes cartes correctement, ce pourrait être la dernière. Pour tous les deux.

1. Hamlet. Acte I, scène 2.

# NEUF

Roméo est sur scène quand Gemma et moi entrons dans la salle de répétition. Il arbore ce sourire qui m'assure que tous mes efforts pour l'éviter sont inutiles.

Gemma jette son sac avec les autres et rejoint les danseurs sur la scène sans prendre la peine de me dire au revoir. Le sourire de Roméo se transforme en une grimace de satisfaction. Je tourne les talons pour me rendre dans les coulisses, bien déterminée à l'ignorer.

Il m'a harcelée toute la journée, essayant de gagner ma confiance, toujours près de moi. Je n'ai pas déjeuné avec Gemma ce midi, pour éviter qu'il ne l'approche. Je me suis excusée auprès d'elle après, mais nous n'avons pas eu le temps de discuter. Nous n'avons pas de cours en commun l'après-midi et on n'a pas le droit d'utiliser son portable dans le lycée.

Avec un peu de chance, j'aurais l'occasion de tout remettre en ordre avec elle après la répétition.

La musique de la pièce se met en route. Je plisse le nez, dégoûtée par l'odeur de moisi qui flotte dans les coulisses. Je rassemble mes peintures et me mets au travail. Le théâtre de Solvang sent comme tous les bâtiments du lycée : l'humidité et le renfermé. Les seaux placés sous les fuites se remplissent rapidement d'une eau jaunâtre. Je dois m'arrêter pour les vider moins de vingt minutes après avoir commencé. Je jette l'eau par la porte de derrière sur la pelouse déjà engorgée. C'est le printemps le plus humide jamais enregistré en Californie. Les vignes souffrent de la pluie, des coulées de boue dégringolent des collines et les toits s'abîment à une vitesse vertigineuse.

– Quand est-ce que tu vas me lâcher, Hannah ?

L'humeur des uns et des autres ne tient pas tellement mieux le choc que les toits.

– T'es sans arrêt sur mon dos !

La voix agacée de Gemma me parvient dans les coulisses où je termine de peindre les décors. J'essaie d'y prendre plaisir mais même la peinture ne m'apporte aucune consolation un jour comme celui-ci.

– Laisse-moi me placer où je veux et arrête de me répéter que je suis trop grande ! Je ne fais qu'un mètre soixante-quinze !

C'est la centième dispute que j'entends aujourd'hui. Les élèves de ce lycée sont atteints de colère chronique. Mais qui suis-je pour les juger ? J'ai eu ma part d'émotions fortes depuis ce matin. J'ai réessayé de joindre Nourrice dans les toilettes des filles, sans plus de succès.

– Tu ne suis pas la chorégraphie, riposte Hannah, une petite brune, élève à l'école de danse de Santa Barbara.

C'est elle qui s'occupe de la mise en scène et c'est un membre passionné du club des « Je déteste Gemma ». La plupart des lycéens en font partie. Arielle inquiète et on l'évite, mais Gemma est une princesse gâtée que les autres veulent faire tomber de son trône.

– On n'a plus que trois jours avant la première, on ne va pas…

– Mais il n'y a aucune raison que je reste dans le fond pendant toute la danse, proteste Gemma. Je suis Bernardo.

– Bernadette, la corrige Hannah.

Il n'y a pas assez de garçons dans le club de théâtre et plusieurs filles jouent des rôles masculins. Ça change de l'époque shakespearienne où c'était l'inverse et il est évident que ça amuse beaucoup Roméo.

Il part d'un rire aigu qui fait dévier mon pinceau. De quoi se réjouit-il ainsi ? Et pourquoi perd-il son temps alors qu'il devrait travailler à détruire l'amour de Ben et de Gemma ?

Peut-être qu'il disait vrai ce matin et qu'il a réellement découvert une issue. Ou alors il a trouvé un nouveau moyen pour me faire commettre un acte que les Ambassadeurs ne me pardonneraient pas. Une chose qui achèverait mon semblant d'existence.

– S'il te plaît, Mike.

Gemma hausse la voix et se tourne vers le professeur stagiaire qui se tient dans l'ombre, de l'autre côté de la scène. Avec son crâne rasé et ses piercings, il ressemble plus à un élève qu'à un prof mais il fait de son mieux pour nous aider quand notre professeur, M. Stark, est occupé.

– Je crois que Gemma a raison, Hannah, dit-il. Pourquoi ne lui donnes-tu pas une chance d'être devant ?

– Mais Miiiiiike, gémit Hannah. Elle est trop grande.

– C'est faux et je vais être poignardée dans deux scènes. Je pourrais…

– Débrouillez-vous entre vous, les filles ! crie M. Stark du haut des gradins de l'auditorium où il corrige des copies, manifestement ravi de laisser Hannah et Mike faire son travail.

– Tu dois te mettre dans le fond, insiste Hannah. Si tu n'es pas contente, personne ne t'oblige à rester. Déjà que tu vas manquer la représentation de samedi…

– C'est seulement une représentation sur six ! proteste Gemma. Et tu m'as dit que tu prendrais mon rôle.

– J'ai changé d'avis. C'est pas juste de te laisser jouer un rôle important alors que tu ne seras pas là tous les soirs.

Gemma émet un grognement de frustration.

– C'est juste parce que tu voulais mon rôle depuis le début, espèce de sal…

– Gemma !

Mike pose une main apaisante sur l'épaule de mon amie. Elle prend une profonde inspiration et se détend un peu.

– Tu as raison, Gemma, tout le monde sait qui est la vraie sal… ici.

– Les filles ! s'égosille Stark en se levant. Et toi, Gemma, c'est quoi cette histoire ? Tu ne seras pas là pour la représentation du samedi ?

– Non.

Gemma semble soudain plus jeune, nerveuse. Je pose mon pinceau et je m'approche discrètement.

– Mes parents m'obligent à les accompagner à un cocktail à Santa Barbara.

– Gemma, tu t'es engagée pour ce spectacle !

M. Stark s'est approché et secoue la tête.

– Tu dois venir.

– Je sais, je sais.

La panique de Gemma me surprend. Ça semble important pour elle. Pourtant, elle prétend qu'elle ne s'est inscrite au club de théâtre que pour avoir une option à présenter à ses examens.

– Mais mon père n'acceptera jamais ! Je l'ai déjà supplié des dizaines de fois.

– Hannah peut prendre sa place, suggère Mike. Elle s'est occupée de toute la chorégraphie et elle connaît les pas de Gemma.

– Mais Hannah joue aussi le rêve de Maria et c'est la meilleure danseuse du groupe, soupire Stark. Ça va être perturbant pour tout le monde si elle change de rôle pendant une soirée. Gemma ne peut pas jouer un rôle important si elle ne tient pas ses engagements. On devrait peut-être couper la scène du rêve et laisser Hannah prendre la place de Gemma pour toutes...

– Mais monsieur Stark !

– Je suis désolé, Gemma.

M. Stark remonte ses lunettes sur son nez, l'air plus fatigué que désolé.

– Ce serait différent si tu avais une doublure mais ce n'est pas le cas et...

– Je peux la doubler, moi.

J'ai fait un pas en avant sur la scène. Vingt regards se tournent vers moi dans un silence lourd. M. Stark, Hannah, Gemma et tous les autres me fixent comme si j'avais deux têtes. Mais il faut dire que la plupart sont inscrits au cours de présentation orale de M. Stark, ce même cours où Arielle s'est ridiculisée parce qu'elle était trop pétrifiée pour sortir le moindre son.

Personne ne sait quoi répondre. Sauf Roméo, qui éclate de rire comme si je venais de raconter une super-blague.

– C'est une idée géniale ! J'adorerais voir Arielle danser. Et l'entendre chanter !

Je chante faux. Quel que soit le corps que j'occupe. Les bons jours, ma voix est à peine supportable et, en temps normal, complètement inaudible. J'ignore la moquerie de Roméo. J'ai déjà fait un grand pas hors de mon personnage en me proposant. Je fixe mes pieds, affectant le malaise habituel d'Arielle. Si j'arrive à tirer Gemma d'affaire, peut-être qu'elle me racontera ce qui se passe entre Ben et elle.

– Je n'ai pas une super-voix mais je connais la musique et les paroles. J'ai écouté pendant que je peignais.

C'est vrai. Arielle a tout le spectacle en mémoire. Rien d'étonnant après six semaines de répétitions…

– Si Gemma m'apprend les pas, je peux la remplacer pour un soir. Ce sera plus facile de faire semblant d'être quelqu'un d'autre que de… enfin…

– Elle pourrait le faire, monsieur Stark, intervient Gemma.

Elle n'a pourtant pas l'air plus convaincue que ça.

– C'est une super-idée.

Stark fronce les sourcils.

– Mais elle n'est jamais montée sur une scène ! Et il y a beaucoup de pas à apprendre… Tu sais danser ?

Arielle sait-elle danser ? Elle n'a jamais essayé mais elle est assez bien coordonnée et moi je sais. J'ai déjà pris un certain nombre de libertés avec Arielle, une de plus pour gagner le dévouement éternel de Gemma n'est pas impensable.

– Oui.

Hannah ricane. Elle doute de mes capacités mais n'a pas le courage de le dire à voix haute. Elle se contente de fixer M. Stark. Les autres comédiens étudient le bout de leurs chaussures. Même Gemma reste silencieuse.

M. Stark soupire.

– C'est pas comme si on se produisait à Broadway.

Ses lunettes glissent sur le bout de son nez.

– Regarde les paroles chez toi ce soir, et viens demain avec une tenue de danse. Tu feras la doublure de Gemma. Tu as deux jours pour apprendre la chorégraphie. Et toi, Hannah, laisse un peu Gemma sur le devant de la scène. Elle a un des rôles principaux après tout. Le public voudra la voir.

– Merci Arielle. Merci monsieur Stark ! s'écrie Gemma. Vous êtes les meilleurs.

Elle tend vers moi ses pouces levés.

– C'est ça, grommelle Stark en remontant ses lunettes. Je vous conseille d'être bons ce week-end, jeunes gens, ajoute-t-il en retournant s'asseoir, parce que sinon, l'année prochaine, je n'aurai plus qu'à encadrer la fabrication de l'agenda du lycée. Et ça ne me fait pas du tout envie.

– Bon, on reprend où on s'était arrêtés, juste avant l'entrée de Maria, lance Hannah en adressant une grimace à Gemma, qui ne cache pas son plaisir d'avoir triomphé.

– Shannon, remets la musique.

Je disparais dans les coulisses pour poursuivre mon travail. Je m'immobilise en découvrant une silhouette accroupie devant les toiles, un pinceau à la main. Même dans la pénombre, je le reconnais.

Ben. Mon estomac fait un nœud et ma tête tourne. Comme si le sol avait disparu sous mes pieds et que je ne savais pas de quel côté tomber.

Je secoue la tête. Il faut que ça s'arrête. Je ne peux pas partir en miettes à chaque fois que je croise ce garçon. Je dois me reprendre et faire en sorte qu'il s'engage pour toujours auprès de Gemma.

– Eh, salut.

– Eh.

Il se lève, un pinceau éventail dans la main.

– Je suis venu t'aider, ça ne te dérange pas ?

J'acquiesce et essaie de sourire.

– Bien sûr que non. Pas de problème.

C'est vrai. C'est l'occasion parfaite de lui montrer que je vais tout faire pour que ça marche entre Gemma et lui.

– Je n'ai pas pu m'inscrire au cours d'art mais le prof m'a dit qu'Arielle avait probablement besoin d'aide pour finir les décors de la comédie musicale, reprend-il, alors…

Il sourit.

– … je me suis dit qu'Arielle, ça devait être toi et… tu as peint tout ça toute seule ?

– Oui.

– T'es super douée.

Je rougis, même si la plupart de ces peintures ne sont pas de moi.

– Merci. Tu aimes peindre ?

– En réalité, je ne vis que pour ça. Mais je ne veux surtout pas m'imposer. Si tu…

– Non, non. J'ai vraiment besoin d'aide. Et Gemma sera super contente de te savoir ici. Elle est sur scène pour le moment, mais…

– Je sais. J'ai entendu.

Il prend un pinceau dans un pot d'eau et l'essuie sur un chiffon.

– C'est vraiment sympa de ta part de proposer ton aide. Moi, je serais terrifié à l'idée de me retrouver devant autant de gens.

Je hausse les épaules et m'accroupis près de lui. J'attrape ma palette pendant qu'il mélange du blanc et du jaune sur la sienne.

– C'est pour une seule représentation.

– N'empêche, c'est sympa.

Il lève son pinceau mais hésite.

– Ça ne te gêne pas si je fais quelques rehauts de ce côté ?

– Non, pas de souci.

J'observe la partie de la toile dont il parle. Il a raison. La brique a besoin de lumière pour contrebalancer l'ombre. Mon respect pour son talent augmente à mesure que je le regarde travailler. Il ajoute de la texture et de la force par petites touches.

– J'ai une faveur à te demander, lance-t-il soudain.

Le fait de peindre l'a visiblement détendu. Je me rappelle avoir ressenti la même chose, comme si le pinceau était une baguette magique capable d'éloigner les problèmes.

– Si tu venais dîner chez moi ce soir ? Mon frère aimerait vraiment te rencontrer.

– Moi ?

– Oui. Il était très en colère la nuit dernière quand il a vu la vitre arrière de sa voiture. Il ne croit pas que j'ai secouru une damoiselle en détresse. Alors, je me suis dit que le mieux serait que tu viennes pour lui montrer ta « damoisellité ».

– Ma damoisellité ?

– Je suis sûr que tu vas aimer ma famille. Sinon, tu aimeras au moins le dîner. Ma belle-sœur prépare des côtes de porc marinées.

Il s'arrête pour me regarder droit dans les yeux.

– Tu n'es pas végétarienne ?

– Non.

La seule idée de côtes de porc me fait saliver. Je n'ai pas déjeuné à midi et depuis que je suis dans le corps d'Arielle, je n'ai pas cessé d'avoir faim.

– Alors tu dois venir. Ses côtes de porc marinées sont une vraie drogue.

Je me mords l'intérieur de la joue.

– Ça me semble dangereux.

– T'inquiète, je t'aiderai à avoir régulièrement ta dose si tu deviens accro. Elle en fait tout le temps. Mon frère les adore et ma belle-sœur affirme que la bonne cuisine est le secret d'un mariage réussi.

Je hoche la tête.

– La bonne cuisine est le secret d'une vie réussie.

Mon ventre gargouille et Ben éclate de rire.

– Tu vois, ton estomac a décidé pour toi.

La mère d'Arielle travaille tard. Personne ne m'attend à la maison. Passer un peu de temps avec Ben et Gemma est une excellente idée.

– D'accord. Du moins, si ça ne dérange pas Gemma.

Le coup de pinceau de Ben dérape. Il prend son couteau à peinture pour effacer sa maladresse.

– Hum… Gemma n'est pas… je ne l'ai pas invitée.

– Pourquoi ?

Qu'est-ce qui ne va pas entre ces deux-là ? Habituellement, les âmes sœurs sont inséparables.

– Vous êtes encore fâchés ?

– Pas vraiment. C'est juste que…

– Quoi ?

– Je ne la comprends pas.

Il prononce ces mots sur un ton frustré.

– Je ne savais pas que vous étiez amies. Je connais Gemma depuis un mois et elle ne m'avait jamais parlé de toi.

Aïe. Voilà qui ne va pas faire plaisir à Arielle.

– Sûrement parce que je ne suis pas très intéressante.

J'ai essayé le ton de la plaisanterie mais c'est tombé à plat.

– Moi, je te trouve intéressante. Les meilleurs amis des gens qu'on fréquente sont forcément intéressants. On apprend beaucoup de quelqu'un à travers ses amis.

Le regard appuyé de Ben me met mal à l'aise.

– De toute façon, ajoute-t-il. Tu es trop maigre. Tu devrais venir manger.

– Je… j'adorerais…

C'est vrai, j'adorerais y aller, mais il vaut mieux que je passe du temps avec Gemma. J'ai besoin qu'elle me parle de Ben pour comprendre leurs problèmes. Et de toute façon, elle n'aimerait pas me savoir seule avec lui.

– … mais il faut que je m'entraîne pour la comédie musicale si je ne veux pas me ridiculiser demain.

– D'accord. Une autre fois, alors.

Son ton est léger mais son haussement d'épaules un peu forcé.

– Je peux quand même te demander quelque chose ?

– Bien sûr.

J'ajoute un peu d'ombre à mes briques pendant que Ben continue sur le blanc et le jaune. On fait une bonne équipe. À cette allure, on aura fini tous les murs dans la journée et Ben aura du temps pour finaliser les fonds demain pendant que je répéterai.

– Est-ce que Gemma t'a parlé de moi ?

– Euh… non.

J'aurais aimé pouvoir dire oui.

– Elle est très secrète ces derniers temps. On n'a pas beaucoup discuté. Mais je sais qu'elle t'aime beaucoup.

– Ah oui ?

Il ne lève pas la tête, se concentrant sur son travail.

– Oui, c'est évident.

En tout cas, ça l'est à mes yeux, mais Ben ne peut pas voir l'aura de Gemma. Quoi qu'il en soit, elle l'a embrassé ce matin avant qu'il ne s'écarte d'elle. Il doit savoir que…

Soudain, quelque chose entre dans mon champ de vision… du bleu… qui disparaît aussi vite qu'un reflet à la surface d'un lac. Ce n'était qu'un flash et je ne me serais pas retournée sans cette odeur… un mélange de romarin et de lavande, la poussière d'un chemin familier, un satin de bonne qualité, une peau gorgée de soleil et l'impossible petite touche d'iode alors que Venise est à deux jours de cheval.

L'odeur de Vérone. Le parfum de chez moi. Il vibre dans tout mon corps et me fait lâcher mon pinceau. De la peinture brune éclabousse le sol, mon jean et les briques au bas de la toile.

– Ça ne va pas ? me demande Ben.

Je l'entends à peine. Un bourdonnement emplit mes oreilles.

Je me retourne si vite que je manque de glisser et de tomber. Je me jette à la poursuite de l'odeur fantôme, derrière la scène, écartant les lourds rideaux de velours qui, eux, sentent le moisi et l'humidité.

Plus rien.

Le parfum de ma ville natale a été emporté par l'eau qui croupit dans les seaux…

Un nouveau flash, bleu roi, vers la loge des filles ! M. Stark nous a dit qu'elle était fermée tant que les fuites du toit ne seraient pas réparées. C'est une fille. Elle se déplace plus lentement à présent et je distingue ses doigts qui entourent la poignée de la porte et la referment derrière elle. L'odeur me frappe de nouveau, s'y sont ajoutés des effluves de tartines de miel et de lait, qui torturent mon estomac affamé.

Je me rappelle avoir goûté cette odeur sur mes doigts quand j'étais petite et que Nourrice m'apportait des douceurs dans ma chambre. Aucun miel n'a le goût du miel de la maison, aucun miel au monde.

Je me rue sur la porte, le cœur battant à tout rompre. Je l'ouvre en grand et ce que je vois dans le miroir m'étourdit et vient troubler les traits de la jeune fille face à moi.

Mais vision brouillée ou pas, je reconnais les boucles brunes aux reflets auburn qui tombent sur sa taille, les yeux sombres écarquillés, la peau mate, les joues roses...

C'est... moi. Oui, moi. Le corps dans lequel je suis née, celui que je n'ai pas vu depuis des années mais que je n'oublierai jamais. Et ce n'est pas faute d'avoir essayé.

– *Aime*, dit-elle. *Maintenant.*

Le monde tourbillonne autour de moi. Je vacille, à peine capable de marcher. Pourtant je dois traverser la pièce. Je dois la toucher, presser mes mains contre le miroir et la tirer vers moi. Je dois...

– Arielle ?

Ben est derrière moi mais je ne m'arrête pas. Je ne peux pas. Je ne veux pas la perdre de vue une seconde.

– Arielle ? Qu'est-ce que...

Ben a entouré ma taille, il me retient, m'empêche de tomber alors que mes genoux se dérobent.

– Qu'est-ce qui t'arrive ?

Je m'accroche à son pull. Je voudrais que le sol arrête de bouger sous mes pieds mais il tourne comme une toupie affolée, si vite que je suis obligée de fermer les yeux. Même comme ça, ma tête continue de me faire mal, je me sens à l'étroit dans ma propre peau, mes lèvres sont sèches, mes doigts raides et glacés.

Peut-être suis-je en train de mourir. Peut-être cette brève vision de ce que je fus était-elle un signe annonciateur. Ben murmure à mon oreille :

– Calme-toi, respire doucement. C'est juste une crise de spasmophilie.

Spasmophilie. Je me raidis un peu plus. Je ne veux pas être ce genre de fille qui a des vapeurs, comme ma cousine Rosa à chaque fois qu'elle devait monter à cheval. Ce n'est pas mon genre de m'évanouir face à la peur ou au danger.

J'inspire profondément et expire doucement, expulsant tout l'air de mes poumons avant d'inspirer de nouveau. Petit à petit, la sensation de tournis disparaît, mes doigts, toujours crispés sur le pull de Ben, reprennent vie. Je les laisse pourtant où ils sont et je tourne la tête vers le miroir. Il me faut quelque chose à quoi m'accrocher si je m'aperçois de nouveau.

Ce n'est pas le cas. Je ne vois qu'un grand jeune homme, aux cheveux noirs, qui tient dans ses bras une jeune fille un peu maigre au teint pâle et aux cheveux d'un blond presque blanc. Les yeux écarquillés qui me fixent portent toujours la marque du choc, mais ils sont bleus cette fois.

– Ça va mieux ?

Ben me regarde à travers le reflet du miroir, comme s'il savait que ce serait plus facile que si nous étions face à face. J'acquiesce faiblement. J'ai peur que le moindre mouvement ne fasse repartir le tourbillon.

– Tu veux aller à l'infirmerie ? Peut-être que l'infirmière est encore là ?

Il m'enlace d'une façon étrangement familière. La sensation que nous nous sommes déjà touchés me revient de plein fouet, et les mots de la jeune fille du miroir résonnent à mes oreilles. *Aime maintenant*.

Aime. Comme si j'étais encore capable d'aimer quelqu'un. Maintenant ou jamais. Je crois que je deviens folle et que...

– Arielle ?

Ben me serre un peu plus fort.

– Je vais te raccompagner.

– Non, ça va.

Je sais que je devrais m'écarter de lui mais mes doigts refusent de lâcher son pull.

Était-ce une hallucination ? Un tour de magie des Ambassadeurs ? Dans ce cas, pourquoi me vois-je moi ? Il n'y a plus de moi. Je suis morte depuis si longtemps que mes os ne doivent plus être que poussière.

– Tu n'as pas du tout l'air d'aller bien, reprend Ben. Tu veux parler ? De... ce que tu veux...

Je secoue la tête.

– Non.

– D'accord.

Ses yeux quittent le miroir et se tournent vers moi.

– Si jamais tu voulais... nous ne nous connaissons pas très bien mais tu peux me faire confiance. Je sais garder un secret.

Sa proposition me fait frissonner. Et reculer. Je ne peux confier mes secrets à personne. Personne.

– Tu veux qu'on s'en aille ? demande Ben. On peut nettoyer nos pinceaux et aller boire un café. J'envoie un texto à Gemma pour lui dire de nous rejoindre quand la répétition sera finie.

Un café est sans doute la dernière chose dont j'ai besoin, mais sa proposition est tentante. Et quand Gemma nous rejoindra, je pourrais peut-être faire quelque chose d'utile dans cette journée catastrophique. Je hoche la tête.

– D'accord. Je...

J'oublie tout ce que je m'apprêtais à dire. La peur me glace des pieds à la tête. Roméo est dans l'encadrement de la porte, et il nous observe fixement, Ben et moi. Mais ce n'est pas à cause de lui que je porte la main à ma bouche pour étouffer un cri. Dans l'ombre de l'arrière-scène, un monstre est tapi, une créature de cauchemar au corps squelettique, à la peau tannée et aux yeux d'une blancheur inhumaine. Les boucles qui tombent sur son front sont les mêmes que celles que Roméo arborait en arrivant à la cafétéria ce matin. Exactement les mêmes.

C'est Roméo. Le vrai Roméo. Mais atteint par la pourriture et la déliquescence. Un cadavre revenu à la vie.

Avant que j'aie le temps de cligner des yeux, la chose s'évanouit, disparaissant entièrement dans une faible odeur de décomposition.

– Salut Dylan.

Je parviens à dissimuler la panique dans ma voix.

Ben fait volte-face et son visage se durcit.

– Qu'est-ce que tu veux ?

Roméo sourit.

– Je voulais te présenter mes excuses pour la vitre de ta voiture. Je paierai pour les dégâts. Je n'étais pas moi-même hier soir. *Lo siento, hermano*.

– Je ne suis pas ton frère, *chiflado* ! rétorque sèchement Ben.

Aucun doute, *chiflado* n'est pas un terme très amical.

– Bien sûr, tu as raison, rit Roméo.

La voix d'Hannah nous parvient. Elle appelle Dylan. Il regarde par-dessus son épaule avant de se retourner vers nous.

– Faut que j'y aille. À plus.

– Ou pas, lance Ben alors que Roméo s'éloigne. Quel sale con, ajoute-t-il, le visage radouci en s'adressant à moi. J'ai eu deux cours avec lui aujourd'hui et il ne s'était pas encore excusé. Il ne l'a fait que pour avoir l'air cool devant toi.

– Je ne le trouverai jamais cool, quoi qu'il fasse.

Ma voix tremble un peu.

– J'arrive pas à croire qu'il ne se soit pas fait plus mal à la main. Il aurait dû se casser…

Je l'interromps.

– Il faut que je rentre.

Je dois entrer en contact avec Nourrice. Au plus vite.

– Je croyais qu'on devait aller boire un café.

– C'est vrai, mais… il faut vraiment que j'y aille. Je suis désolée.

Je me dirige vers la porte.

– Vas-y avec Gemma. Je sais que ça lui fera plaisir. Dis-lui que je l'appelle, d'accord ?

– D'accord.

Ben semble un peu perdu et je peux le comprendre. Mais même si je le pouvais, je n'aurais pas le temps de lui expliquer. De toute façon, je n'ai aucune idée de ce qui se passe.

Je prends mon sac de classe et sors du théâtre sous la pluie. Je traverse tout le parking avant de me rappeler que je n'ai personne pour me ramener à la maison.

Je donne un coup de pied dans une flaque d'eau. Comment ai-je pu oublier que c'est Gemma qui m'a amenée ?

J'hésite un moment à retourner dans la salle de répétition mais Ben pense déjà que je suis complètement instable, et peut-être même folle, alors il ne vaut mieux pas. J'ai besoin qu'il me fasse confiance, je dois devenir la personne qui sait l'écouter et à qui il a envie de se confier. Je n'ai qu'à rentrer par un autre moyen. Le bus ou à pied. Ce n'est pas si loin. Trois ou quatre kilomètres au maximum.

Je décide de marcher. Je traverse la ville, atteins la campagne, dans la boue sur le bas-côté de la route. Les voitures qui me dépassent m'éclaboussent. Quand j'atteins El Camino, il fait presque nuit et ces quatre kilomètres sous la pluie me paraissent cent. Je suis obligée de le reconnaître, je ne suis pas au mieux de ma forme. Je n'ai pas accès à ma force surnaturelle.

Peut-être parce que je n'ai pas assez mangé depuis que je suis ici. Ou alors c'est le stress de cette mission qui commence si mal. Ou c'est tout à fait autre chose. Je ne sais pas mais je me sens… mal. Je n'ai jamais eu autant besoin de Nourrice. Je vais sûrement réussir à la contacter cette fois. Un des miroirs de la maison va fonctionner. Il le faut.

J'entre dans la maison et je pose mes clés sur le meuble du couloir. J'ai froid et je suis épuisée. J'ai désespérément besoin de parler avec quelqu'un qui me comprenne.

– Regardez qui voilà ! On dirait un rat sauvé de la noyade !

Je ne suis pas désespérée à ce point. Pas au point de parler avec le garçon qui m'attend à la porte de ma chambre. Roméo, appuyé nonchalamment contre le chambranle, sourit comme s'il était tout naturel pour lui de se trouver là.

Je m'immobilise, regrettant aussitôt d'avoir refusé d'aller prendre ce café avec Ben. La caféine aurait pu s'avérer d'une grande aide si je dois me battre pour sauver ma vie.

# DIX

J'espère atteindre le salon ou la cuisine avant qu'il ne me rattrape. Le couloir est trop étroit, je n'aurais pas la place de me défendre. Ce sera comme dans la voiture et, cette fois, je ne m'en sortirai pas aussi facilement.

– Juliette, attends !

Je ne l'écoute pas. Je saute par-dessus la chaise près de la télé, et je me rue sur la porte d'entrée. J'ai la main sur la poignée quand il m'agrippe et m'oblige à me retourner vers lui. Je tombe à genoux en me cognant contre la table. La douleur m'aveugle une demi-seconde mais je me redresse, les poings serrés, prête à parer l'inévitable attaque.

– Je ne suis pas venu me battre, crie Roméo en levant les bras. J'ai seulement essayé de te parler toute la journée.

– Parler ?

– Oui, parler, discuter, échanger…

Il me fait un clin d'œil et je lutte contre la tentation de lui répondre avec mon majeur.

– Je n'ai aucune envie de te parler.

– Toi et moi avons des secrets à partager.

– Je m'en fiche.

Je désigne la porte du menton.

– Sors d'ici. Tes mensonges ne m'intéressent pas.

– Mes mensonges ? Quand t'ai-je menti ?

Il baisse les bras mais son regard reste prudent. Si je l'attaque, il sera prêt à se défendre. Je dois attendre le moment où il aura vraiment baissé sa garde.

– Je ne t'ai jamais menti.

– Et nous nous sommes suicidés pour prouver notre amour parfait et éternel.

Je crache les mots avec assez de venin pour empoisonner une centaine d'amoureux. Et je le regrette aussitôt. Je ne devrais pas lui montrer à quel point cette fausse histoire m'a blessée. Je ne devrais pas lui offrir une victoire si facile.

Il baisse la tête mais je vois qu'il sourit.

– Bon, d'accord. J'ai peut-être un peu menti… mais c'était la seule fois.

– Sors d'ici !

J'ai la mâchoire serrée. Il relève la tête.

– Franchement, je ne pensais pas que la pièce de Shakespeare aurait un tel succès et qu'elle traverserait les siècles.

Il sort une pièce de sa poche, la lance en l'air et la rattrape élégamment.

– Je trouve ses vers charmants, bien sûr, mais la tragédie de *Roméo et Juliette* en elle-même est un travail assez immature. Elle est plus du niveau de ses comédies que…

– Va-t'en. Tout de suite.

Chacun de mes muscles est tendu, prêt. Qu'a-t-il l'intention de faire avec cette pièce ? Me la jeter au visage en espérant m'éborgner ? Entre les mains de Roméo, tout peut devenir une arme, même une pièce de monnaie.

– Sinon quoi ? demande-t-il. Tu me sauteras dessus ? Tu sais que j'adore sentir tes mains sur moi, Juliette. Quoi que tu me fasses.

Il fait tourner la pièce entre ses doigts pendant que j'essaie de ne pas perdre mon calme.

– Et quand je repense à l'intimité que nous avons connue, je meurs d'envie de…

Cette fois, je craque. Je saisis l'arme la plus proche : le pied de la lampe, arrachant la prise.

– Sors d'ici ou je te frappe ! Et je n'utiliserai pas mes mains !

– Attends !

Roméo laisse tomber sa pièce, son sourire s'efface.

– S'il te plaît. Écoute-moi. Je n'ai jamais menti sur ce qui était important. J'ai toujours joué franc-jeu. Plus que franc-jeu. Au fond de ton cœur, tu le sais.

Je lève les yeux au ciel.

– S'il te plaît, reprend-il. Tout ce que je veux, c'est arrêter. On peut mettre fin à tout ça. Sans sacrifier aucune âme. Cette mission est notre seule chance de retrouver ce que nous avons perdu.

– Ce que tu as volé.

Il soupire.

– Tu crois toujours que je suis le seul responsable ?

– Tu m'as enfermée dans une tombe et tu m'as laissée mourir.

– Le passé…

Il fait un pas vers moi mais s'immobilise alors que je brandis la lampe.

– … le passé ne peut être changé, mais l'avenir… l'avenir est devant nous. La vie, l'amour, tout ce que tu as toujours désiré. Tu n'as pas à retourner dans les brumes. Tu peux rester ici. Je peux rester ici avec toi.

J'éclate de rire. C'est si absurde que je ne peux pas m'en empêcher.

– Je ne veux pas de toi. Je veux que tu ailles en enfer !

– L'enfer n'existe pas.

Il se mord la lèvre avant de poursuivre :

– Il n'y a que la Terre, les brumes et l'endroit où vivent nos supérieurs, là où ils ne nous laisseront jamais entrer.

– Tu n'as peut-être pas encore connu l'enfer, mais ça ne va pas tarder. Un jour, tu souffriras.

Une étincelle de peur apparaît dans les yeux de Roméo. Je ne peux m'empêcher de me demander s'il ne dit pas la vérité. Peut-être sommes-nous à la fin de notre interminable voyage. Aurait-il peur de ce qui l'attend après ?

– Tu veux que je sois puni et je le comprends, dit-il. Mais tu n'as pas besoin d'attendre. J'ai déjà souffert. Chaque minute passée à te combattre a été le pire des tourments. Faire semblant de te haïr, être forcé de tuer des jeunes gens innocents…

– Assez !

Je secoue la tête comme pour effacer ses mensonges. Je l'ai vu tuer. Il y prend du plaisir et en tire de la fierté. La seule question est : pourquoi essaie-t-il de me convaincre du contraire ?

– Pourquoi es-tu ici ? Qu'est-ce que tu veux ?

– Ton amour.

– Tu ne l'auras jamais.

L'exaspération aiguise ma voix.

– Jamais.

– Hmm.

Il a le culot de prendre un air déçu. J'ai franchement envie de l'assommer.

– Donne-moi une chance de t'expliquer. Peut-être que…

– Je me fiche de ce que tu…

– Je te dirai la vérité cette fois. Je te donnerai tous les détails sur les Mercenaires. Rien ne pourra m'en empêcher.

Roméo allume l'autre lampe posée sur la table. La lumière illumine ses traits qui semblent si sincères qu'une voix dans ma tête me souffle de l'écouter.

– Pour moi, explique-t-il, le monde des humains est un enfer. Je vis dans ce royaume mortel sans jamais profiter de ses plaisirs. Je peux posséder le corps que je veux mais je ne fais jamais vraiment partie de ce monde.

– Arrête, je vais pleurer.

– Tu pleurerais peut-être réellement si tu me comprenais.

Il se laisse tomber sur le canapé, son visage aux traits réguliers affichant soudain une expression hagarde.

– Je ne ressens plus rien. Je ne sens plus rien. Jamais. Ni quand je suis dans un de ces corps que nous habitons à la demande de ceux qui nous dirigent, ni quand je vole un corps de mon propre chef. Je n'ai pas de goût, pas d'odorat, pas de toucher. Je suppose que les Mercenaires me laissent la vue et l'ouïe parce que c'est indispensable à mes missions.

– Pas d'odorat ? Pas du tout ?

– Non.

– Pas même ma douce haleine ? je lui jette sarcastiquement. Alors tu as menti aussi là-dessus ?

– Un mensonge sans conséquence.

Il hausse les épaules.

– Comme tous les compliments que les hommes font à leur femme.

– Je ne suis pas ta femme et je me fiche complètement de…

– Écoute-moi. S'il te plaît.

Il se redresse d'un bond.

– Je ne ressens pas le plaisir et très peu la douleur. Je n'ai jamais faim, ni soif. Je ne sens pas la chaleur du soleil sur ma peau ou le froid de la pluie. Je ne frissonne pas quand on me touche ou qu'on m'embrasse. Le vin me traverse sans me procurer ni plaisir ni ivresse. Je ne dors jamais.

Il murmure. La folie danse dans ses yeux. Dirait-il la vérité ? Imaginer une telle existence déchire mon âme.

– Je ne connais qu'un vide incommensurable que je veux fuir à tout prix.

– Alors fuis. Tu n'as qu'à te suicider.

Je refuse de le prendre en pitié. Après tout, il a bien cherché ce qui lui arrive.

– Il y a des couteaux dans la cuisine. Si tu te plonges une lame dans le cœur…

– Je ne peux pas. Les Mercenaires n'hésitent pas à punir leurs serviteurs. Ils me tortureraient, m'emprisonneraient dans un cadavre et me refuseraient l'accès à la mort. Ils me rendraient mes sens pour que je profite de mon corps en train de pourrir. Je les ai vus le faire à d'autres. Ils nous font assister à ce genre de spectacles… pour que nous soyons prévenus de ce qui nous attend.

Je me force à garder une expression neutre, à repousser l'image du monstre que j'ai aperçu dans le théâtre. J'ignore le sens de cette vision. Je ne peux pas prendre le risque de laisser Roméo deviner mes secrets.

– Le seul plaisir que j'ai une chance d'éprouver, je vais devoir le voler. Et le moment est venu. L'occasion est parfaite. Nous pouvons retrouver tout ce que nous avons perdu.

Il s'approche de moi et, cette fois, je le laisse faire.

– J'aurais pu te tuer cent fois. Si je l'avais fait, j'aurais atteint un rang supérieur. Mais il m'est impossible de mettre fin à ta vie.

– Parce que je ne te laisserai pas faire.

– Parce qu'une part de moi se rappelle comment c'était de t'aimer.

Je m'étrangle.

– Je sais que tu penses ne pas pouvoir m'aimer, s'empresse-t-il d'ajouter. Mais tu dois savoir que je regrette. Je regrette profondément.

Sa voix est enrouée, son œil brille. Et la colère s'empare de moi.

– Je ne te permets pas de pleurer sur mon sort ! Je ne te le permets pas !

– Nous devons retrouver l'amour qui nous unissait, reprend-il comme s'il ne m'avait pas entendue. Maintenant.

Je frissonne. *Aime maintenant*. J'ai entendu ces mêmes mots quelques heures auparavant. Ils venaient de ma propre bouche. Mais… ça ne peut pas vouloir dire que je dois aimer Roméo. C'est… impossible.

– Il y a des années, j'ai découvert un moyen de nous sortir de là, mais je devais attendre qu'un signe se présente. Je crois que c'est le moment.

Je me mords la lèvre. La tentation de lui raconter me broie. Mais je ne peux pas. Roméo est mon ennemi. C'est un meurtrier et un monstre. Et un menteur émérite.

– Pour la première fois depuis tous ces siècles, continue-t-il, je suis sûr qu'ils ne nous écoutent pas. Il n'y a pas un seul mercenaire dans les rues, alors qu'il devrait y en avoir au moins une dizaine dans une ville de cette taille.

– Ah bon ? Et comment peux-tu en être sûr ?

– Les Mercenaires distinguent les auras. La nôtre est noire, celle des envoyés des Ambassadeurs est dorée et celle des âmes à corrompre est rose ou rouge, m'explique-t-il, manifestement fier d'exposer des pouvoirs qu'il pense que je ne possède pas. Je n'ai vu aucune aura noire. C'est l'occasion ou jamais. Je peux te raconter tous mes secrets. Je peux t'apprendre à regagner une vie humaine.

– Pourquoi tu ferais ça ?

J'aimerais que mon cœur arrête de battre aussi vite. Comment puis-je être sensible aux propos de Roméo ? Comment puis-je le croire ?

– Parce que tu le mérites. Tu mérites une éternité de plaisir. Et tu peux l'avoir. Tu dois seulement me faire confiance et m'aimer… juste un peu.

– Jamais. Jamais je ne t'aimerai.

Je suis choquée qu'il puisse même imaginer une telle chose.

– Tu pourrais. Je le vois dans tes yeux.

La détermination lui fait serrer les mâchoires.

– Et alors nous redeviendrions humains, avec un corps qui vit vraiment, qui respire… et la liberté de faire ce que nous désirons. Pour toujours.

*Pour toujours.* C'est ce qu'il m'a promis la nuit de notre mariage. C'est le mensonge qu'il m'a supplié de prononcer. Roméo n'a pas changé en dépit de son esprit malade et de ces centaines d'années à errer de corps en corps. Mais moi, je ne suis plus la même et l'idée de l'éternité ne m'attire pas. Elle m'effraie et m'attriste. À quoi bon l'éternité, alors que l'amour est si fragile et la vie humaine si longue ?

– Je ne veux pas vivre pour toujours.

– Tu le voudras, affirme Roméo.

Je recule d'un pas, m'approchant de la cuisine. Les couteaux sont dans le tiroir près de l'évier.

– Quand tu ne seras plus une esclave, tu voudras vivre éternellement.

– Je ne suis pas une esc…

– Ils ne sont pas ce que tu crois. Ce ne sont pas des anges du ciel.

– Ils n'ont jamais dit qu'ils étaient des anges.

– Ils ne se battent pas pour le bien. Te l'ont-ils déjà dit, ça ? Ils ont juste choisi le mauvais camp, celui des perdants.

Il fait un pas puis un autre. Il est maintenant dans l'embrasure de la porte de la cuisine et j'ai le dos contre le plan de travail. Il ne me faudrait pas plus d'une seconde pour saisir un couteau. Une partie de moi me presse de le faire avant qu'il ne soit trop tard. Une autre partie est certaine que Roméo n'est pas venu pour m'attaquer. Il est réellement ici pour parler, pour me raconter son histoire de fou que je ne dois croire sous aucun prétexte.

Que je ne *dois* pas croire ? Que je ne *peux* pas croire.

Il y a tant de choses que Nourrice ne m'a pas expliquées. Pourquoi m'a-t-elle laissée dans l'ignorance ? Pourquoi, si ce n'est pour cacher que les Ambassadeurs ne sont pas aussi purs et merveilleux que l'on a essayé de me faire croire ? Et si Roméo disait la vérité ? Et si…

– Ils t'utilisent, souffle Roméo, jouant de mes peurs les plus intimes. Ils te mentent. Tu ne te libéreras jamais d'eux si tu ne m'écoutes pas. C'est une chance qui ne se présentera pas deux fois et je vois que tu es curieuse.

Il secoue tristement la tête avant de poursuivre :

– Je me demande ce qu'ils ont bien pu te raconter. Sans doute que ton ignorance te protège, qu'elle te sauve du grand méchant loup.

Il sait. J'ignore comment mais il a appris ce que les Ambassadeurs nous disent et il l'utilise pour me manipuler.

– Sors de chez moi.

Que j'aie pu être tentée, même un instant seulement, est terrifiant.

– Ne crois pas à leurs mensonges. Si tu ne fais pas les bons choix, ton prochain voyage dans les brumes sera le dernier.

Tu y resteras prisonnière pour toujours, tu ne redeviendras jamais humaine, tu…

– Sors de chez moi !

– Tu n'es pas chez toi ici. Cela fait des siècles que tu n'as plus de chez-toi. Ces années t'ont peut-être semblé ne durer qu'un instant mais je sais comme le temps passe. Il s'étire et s'enroule autour de toi comme un serpent qui refuse de t'étouffer malgré tes supplications.

Je reste de marbre. Je ne veux pas qu'il sache que je sais exactement de quoi il parle. Les années ne se sont pas écoulées pour moi aussi vite qu'il peut le croire.

– Tu penses que je mens, mais je te le jure, c'est notre…

– Pourquoi ?

Je ne peux pas m'empêcher de l'interrompre. J'ai besoin de savoir ce qu'il sait.

– Pourquoi maintenant ? Que se passe-t-il ? Pourquoi est-ce que je n'arrive pas à contacter Nourrice ? Pourquoi suis-je si faible ?

Il prend une longue inspiration et exhale un soupir satisfait.

– Tes pouvoirs aussi s'affaiblissent ? Je pensais que peut-être… mais si nous vivons la même chose, c'est que c'est la fin.

Il saute en l'air en frappant dans ses mains.

– Quand je pense que j'avais encore un doute !

Il éclate de son habituel rire démoniaque. Je lâche la lampe et saisis un couteau. Le couteau de boucher avec lequel je me vois déjà lui lacérer le visage afin d'effacer son sourire à jamais.

– Dehors !

Je me raidis, prête à le voir se jeter sur moi, mais il fait volte-face et se dirige vers la porte d'un pas léger. Je le déteste.

– On en reparlera une autre fois, lance-t-il. On a le temps.

Il me jette un coup d'œil par-dessus son épaule.

– Mais réfléchis bien à ce que je t'ai dit et ne sois pas surprise de croiser un visiteur inattendu.

– Tu n'es pas un visiteur, tu es un intrus.

– Je ne parlais pas de moi.

Les poils de ma nuque se hérissent. Roméo aurait-il eu des visions lui aussi ? De son cadavre ? Du mien ? Des deux nôtres ? Dans le miroir, je ne semblais pas morte mais peut-être a-t-il perçu les choses différemment. Je meurs d'envie de lui poser la question. Je me mords la lèvre. Il m'a soutiré des informations, il est prêt à n'importe quel mensonge pour obtenir ce qu'il veut.

– Si tu as des questions, tu peux m'envoyer un mail ! propose-t-il. Tu trouveras mon adresse dans le dossier de la comédie musicale.

Je secoue la tête. Il plaisante. Il ne s'attend quand même pas à ce que je lui envoie un mail ? Pour lui dire quoi ? Que je vais l'aimer ? Que je suis intéressée par sa proposition d'éternité ? On n'envoie pas de mail pour parler de ça. On n'envoie pas de mail à un garçon qui a promis de vous aimer éternellement avant de vous enfermer dans un tombeau pour vous y laisser mourir.

Mais il ne peut pas comprendre. Et il ne plaisante pas.

Je laisse tomber mon bras droit. Celui qui tient le couteau.

– Tu es fou. Je ne travaillerai jamais avec toi. Jamais.

– Je crois que si. Si tu continues de refuser…

Il hausse les sourcils.

– … je devrai faire ce pour quoi j'ai été envoyé ici. Si je ne peux pas me libérer de cette mission, je n'aurai pas le choix. Je renégocierai mon contrat avec les Mercenaires. Je suis sûr qu'ils se montreront généreux si je ramène une âme.

Ça ne devrait pas être trop difficile. La fille est une épave. Elle détestera Ben avant la fin de la semaine.

Mes doigts se serrent autour du manche du couteau.

– Une éternité loin de tous ces gens qu'elle déteste, murmure Roméo en tapotant la porte du bout des doigts. Ce n'est pas la plus mauvaise proposition que je peux lui faire.

– L'éternité dans une prison de chair morte. Ce n'est pas si tentant.

– Mais elle n'a pas besoin de tout savoir. Elle croira ce que je lui dirai. Ils me croient toujours. Surtout les plus jeunes.

Il ne fait qu'énoncer calmement des faits et je connais déjà suffisamment Gemma pour craindre que Roméo ait raison. Elle méprise Dylan, mais Roméo est assez doué pour la convaincre malgré tout.

– Prends soin de toi, ma belle !

Juste à l'instant où il ouvre la porte, un éclair déchire la nuit. La tempête s'est rapprochée et elle fait rage à présent. Le tonnerre gronde comme pour prévenir toutes les créatures vivantes de rester cachées. Je grimace mais je ne ferme pas les yeux. J'ai appris à ne jamais baisser ma garde en présence de mon ancien amant. Même pour une seconde.

– Préviens-moi quand tu seras prête, sourit-il. Je te jure que nous pouvons vivre ensemble ce bonheur que tu donnes à tant de gens.

– Je préférerais mourir que de te rendre heureux.

Roméo s'immobilise et une émotion ressemblant incroyablement à du chagrin traverse son visage.

– J'espère que tu changeras d'avis. Au plus vite.

Il courbe brièvement la nuque.

– Au revoir, Juliette. Bonne nuit.

Je serre les dents en le regardant partir, refusant de le saluer d'une quelconque manière.

# ONZE

Une demi-heure plus tard, après avoir encore échoué à contacter Nourrice dans le miroir, je retourne dans la cuisine. Je me prépare une tartine de beurre de cacahouètes et un verre de lait. Mélanie a fait les courses et le réfrigérateur est rempli d'une nourriture vaguement plus mangeable. Mais la simple vue de la viande grisâtre sous plastique me soulève l'estomac. Je préfère me contenter de pain frais et de lait.

Lait. Pain. Beurre de cacahouètes.

Je mâche, étudiant chaque goût. Ce n'est pas un dîner royal mais au moins, je sens ce que je mange. Qu'est-ce que cela me ferait si ce n'était pas le cas ? Et si je ne sentais pas le froid du verre contre ma paume ? Ou si je ne respirais pas l'odeur du pain et des arachides grillées ? Et qu'est-ce que ça fait de ne pas avoir connu la moindre caresse en plus de sept cents ans ?

C'est… inimaginable. J'ai presque pitié.

Sauf qu'il mentait peut-être.

*Peut-être. Ou peut-être pas. Non, il ne mentait pas à ce sujet.*

Peut-être n'a-t-il pas menti du tout. Plus je tourne les choses dans ma tête, plus je me pose de dangereuses questions. Que sait exactement Roméo ? Existe-t-il vraiment un moyen de [illegible] ma vie ? Devrais-je l'écouter ? Devrais-je réfléchir [illegible]alité de…

[illegible]nerie du téléphone me fait sursauter. Je me précipite [illegible]ombiné.

– Allô ?

– Tu es seule… dans cette grande maison ?

Ce n'est pas Roméo mais je ne suis pas d'humeur pour une blague téléphonique.

– Je vais raccrocher.

– Non, attends !

Gemma a repris sa voix normale.

– Désolée, je voulais juste rigoler. J'arrive. Ta mère est là ?

– Non, elle est de garde cette nuit.

Je suis soulagée. C'est parfait. Il faut vraiment que je parle à Gemma, que je me concentre sur ma mission, même si je n'arrive pas à contacter Nourrice. La visite de l'amie d'Arielle est un signe, je dois arrêter de me torturer les méninges avec Roméo.

Rien de bon n'est jamais sorti des paroles du serpent dans un jardin.

– Super ! s'exclame Gemma. Tu veux que j'apporte des hamburgers ? Je pourrais prendre des pizzas mais j'ai pas envie de sortir de la voiture par ce temps. Cette pluie me donne envie de mourir.

Je jette un coup d'œil à mon sandwich à demi mangé. Je suis toujours morte de faim.

– Je veux bien un cheese. Avec des frites et un milk-shake au chocolat. Malté s'ils ont.

– On dirait que tu as faim, rit Gemma. Je suis là dans quinze minutes. Verse-moi un verre du vin que ta mère a dans son frigo. Du chardonnay, pas de son pinot infâme.

Je raccroche. Un quart d'heure. C'est juste le temps qu'il me faut pour prendre une douche et passer des vêtements secs. Si je me dépêche. Je cours à la salle de bains, prenant au passage un pyjama bleu orné de moutons. Je me lave en quelques minutes en essayant de me concentrer sur ma mission. Quand Gemma entre dans la cuisine, je suis plus calme que je ne l'ai été de toute la journée.

– Où est mon vin, femme ? tonne Gemma en posant sur la table un sachet en papier brun dont l'odeur me fait saliver.

Viande, fromage, cornichons, oignons… les odeurs me chatouillent les narines. Des cheeseburgers. Je suis à peu près sûre que c'est la meilleure nourriture inventée par l'homme moderne.

– J'espère que ça ne te gêne pas de boire dans un gobelet en plastique…

J'en attrape un dans le placard et j'ouvre le réfrigérateur.

– Viognier, ça te va ? Le chardonnay n'est pas ouvert.

– Parfait. Le viognier accompagne parfaitement tous les plats, ma chère.

Pendant que je la sers, Gemma sort les cheese du sac et s'assoit.

– Je meurs de faim, s'exclame-t-elle. Toute cette danse et tout ce chant m'ont ouvert l'appétit. Ce qui me fait penser…

Elle pousse un petit cri et me prend le verre des mains avant que j'aie eu le temps de m'asseoir.

– Merci ! Tu es une merveilleuse amie ! Tu es partie avant que j'aie le temps de te remercier mais merci, mille fois merci.

Je souris. Gemma n'est pas si nulle quand elle est contente. Elle est même… charmante et je comprends mieux pourquoi Arielle aime passer du temps en sa compagnie.

– De rien.

Je me penche pour prendre mon burger.

– Merci à toi. J'avais une faim de loup.

– Non, merci à toi. C'était la moindre des choses ; tu m'as sauvé la vie.

– Laisse tomber.

– Non, c'est vrai. C'est super important ce que tu as fait.

Gemma boit une gorgée de vin.

– Je sais que tu dois être terrifiée à l'idée de monter sur scène, mais je vais te faire répéter toute la soirée et tu vas apprendre la chorégraphie super vite. Tu avais été géniale au spectacle sur la Révolution quand on était petites et là, c'est pas beaucoup plus difficile. Hannah nous fait beaucoup courir mais les pas sont faciles. J'aurais voulu quelque chose de plus complexe mais Mike le rabat-joie dit que les garçons ont l'air d'imbéciles si les pas des filles sont plus compliqués. Comme s'ils n'avaient pas toujours l'air d'imbéciles !

– Mike ?

– Tu sais, l'assistant de M. Stark. Celui avec tous les piercings.

– Ah oui.

– On pourrait croire qu'il est cool, mais en fait, pas du tout. N'empêche qu'il est quand même canon. Tu trouves pas ? Dans son style ?

– Gemma, il est pratiquement prof !

Je ne prends pas la peine de cacher mon dégoût. Elle est amoureuse de Ben, elle ne devrait même pas regarder les autres garçons.

– C'est dégueu.

Elle sourit.

– Pas autant que de craquer sur Stark. Je suis sûre qu'Hannah lui lécherait son crâne chauve si elle pouvait.

Je grimace et Gemma éclate de rire.

– Je t'assure. Elle est vraiment nulle. Et ses copains danseurs sont carrément nazes.

Elle secoue la tête et engouffre une frite.

– Les gens craignent ici. J'ai hâte d'avoir mon diplôme.

– Ben est sympa, lui.

J'observe sa réaction avant de poursuivre :

– Il m'a aidée sur les décors aujourd'hui. Il m'a dit qu'il t'inviterait à prendre un café après et...

– Il l'a fait.

Gemma semble soudain fascinée par le fond de son verre.

– On est allés au Moulin mais c'était fermé, alors on s'est juste assis dans ma voiture et on a parlé. C'était bien. Je crois qu'on se comprend tous les deux.

– Génial.

Je suis tellement soulagée. Cette mission ne sera peut-être pas aussi difficile que je le craignais finalement.

– Il est tellement gentil.

Gemma approuve d'un hochement de tête.

– C'est vrai. Difficile de croire qu'il a été...

Elle s'interrompt avec un regard coupable et se verse un autre verre de vin.

– Les goûts de ta mère s'améliorent, commente-t-elle. Il est vraiment bon, celui-là.

– Difficile de croire quoi ?

J'attends une seconde avant d'insister.

– Je croyais que tu voulais me parler.

– On est obligées ? soupire Gemma en prenant d'autres frites. On peut pas se contenter de danser et de chanter ? Jouer les Sharks et rêver de mettre la pâtée aux Jets ? J'adore ce morceau. Allez viens, commençons à répéter.

– Je n'ai pas fini de manger et il faut attendre une demi-heure après le repas pour chanter.

– Ça, c'est pour nager, nouille !

– Non, c'est pour chanter, banane !

– Oh, mais tu es bien impertinente ce soir ! s'exclame Gemma.

Je dois me surveiller et prendre en compte la personnalité d'Arielle. Je hausse les épaules et je prends mon milk-shake.

– Ma meilleure amie a des secrets, c'est ça qui me rend impertinente.

– Je comprends.

Gemma soupire et essuie le ketchup qu'elle a sur les doigts avec une serviette en papier.

– C'est à propos de mon père. Il fait de ma vie un enfer. Tu savais qu'il voulait se présenter comme sénateur ?

– Non, j'ignorais que…

– Évidemment !

Gemma lève les yeux au plafond.

– Qui le sait ? Et surtout qui en a quelque chose à faire ? De toute façon, le gouvernement tout entier est corrompu. On ne peut plus rien y faire. On ferait bien mieux de brûler Washington, de faire exploser les télés et de recommencer du début.

– Mais ton père n'est pas de cet avis ?

– Bien sûr que non. Il veut devenir le plus important crétin de tous les temps et il se fiche de me pourrir la vie pour y arriver. Il est complètement à bloc.

– Qu'est-ce que tu veux dire ?

– Il regarde ce que je poste sur Facebook, il me vole mon portable pour vérifier mes messages et le pire…

La voix de Gemma est teintée d'amertume.

– … le pire, c'est qu'il lit mon journal intime.

– Quoi ? Mais c'est ignoble !

– Eh oui. Enfin, il a lu un truc qui lui fait croire que je me drogue et il a commencé à fouiller dans mes affaires et il a trouvé de l'herbe. Tu sais, celle que j'avais eue par Niles il y a quelques mois ?

– Niles…

Ce nom ne me dit rien. Je ne pense pas qu'Arielle ait jamais rencontré ce garçon.

– Tu te souviens pas ? Le mec du lycée privé avec qui je sortais avant Noël. Celui dont l'haleine sentait la bouffe pour chiens.

Elle secoue la main devant son nez puis commence à réunir les papiers des burgers dans le sachet.

– Bref, Niles m'avait filé de la beuh avant qu'on se sépare. J'en avais laissé dans un vieux sac à main et je l'avais oubliée. Mon père l'a trouvée et il est devenu fou. Je lui ai juré que je n'avais fumé qu'une fois ou deux mais il a pété un câble.

– Et ta mère ? Elle te laisse boire du vin depuis que tu as seize ans, elle ne pense pas que…

– Je sais. Moi aussi, j'ai cru qu'elle serait cool mais elle soutient mon père à fond dans ses projets pour devenir sénateur.

Gemma enfonce le sac en papier dans la poubelle. Avec rage.

– Elle veut emménager à Washington et rencontrer des tas de débiles mentaux snobinards. Elle ne m'a pas du tout défendue quand mon père m'a obligée à aller dans ce centre de désintoxication pour adolescents à problème. Ils savent très bien tous les deux que je n'ai pas de problème. Ils sont juste débiles !

Elle lève une nouvelle fois les yeux au plafond et se balance sur sa chaise.

– Alors voilà, c'est là que j'étais tous les lundis et tous les mercredis ces derniers temps. Et c'est pour ça que je ne suis pas venue te chercher ces jours-là. Désolée.

– Oh, Gemma. Tu aurais dû m'en parler.

Je commence à éprouver de la sympathie pour cette fille. Avec une famille comme la sienne, c'est étonnant qu'elle ne soit pas déjà totalement dévastée.

– Je sais, acquiesce-t-elle en haussant les épaules. J'ai été idiote et j'étais en colère. Je te jure, j'ai pensé à faire une fugue et à me prostituer, rien que pour ruiner la carrière de mon père.

Elle vide son verre et le repose sur la table en soupirant.

– Mais c'est à ce moment-là que j'ai rencontré Ben et il m'a aidée à supporter tout ça. Tu comprends ? Il a rejoint le groupe il y a un mois. Il venait de Lompoc avant d'emménager avec son frère.

L'information me surprend.

– Ben n'a pas l'air d'avoir de problème de drogue. Toi non plus, mais…

– Il n'a pas de problème de drogue. Il s'est juste fait arrêter.

Je hausse les sourcils. Ben ? Arrêté ?

– Il a pété les plombs et il a cassé la figure à quelqu'un.

– Quoi ?

– Il lui a cassé le nez, précise Gemma d'une voix neutre comme si ce n'était pas très grave. Et quelques dents.

– Quoi ?

Je n'arrive pas à imaginer Ben en train de se battre. Surtout au point de casser le nez de quelqu'un. Il a l'air si… doux.

*Mais quand je l'ai rencontré la première fois dans la voiture… et tout à l'heure, la tête qu'il faisait quand Roméo l'a appelé* hermano…

C'est vrai. Je ne le connais pas très bien finalement. Et si c'était sa violence qui les séparait, Gemma et lui ?

– Ce n'est pas très reluisant, poursuit Gemma, mais il n'avait jamais fait un truc de ce genre avant. C'est vraiment un type bien. Je ne l'ai jamais vu en colère. Du moins pas à ce point-là…

Elle se tait, porte son verre à la bouche et s'aperçoit qu'il est vide.

– Tu crois que je peux me resservir ? Ta mère va s'en apercevoir ?

– Je ne pense pas. Et puis, si elle s'en rend compte…

Je hausse les épaules.

Gemma sourit en ouvrant le réfrigérateur.

– T'es en train de devenir une vraie rebelle, toi. Je pourrai peut-être te convaincre de m'aider à percer quelques tonneaux dans la cave de mon père… Je sais comment éteindre la caméra de sécurité.

– Ouais, peut-être…

Moi, ce que je veux, c'est la fin de l'histoire.

– Dis-moi, tu te sens en sécurité ? Avec Ben, je veux dire ?

Gemma se tourne vers moi, la bouteille à la main.

– Bien sûr ! Et tu ne devrais pas avoir peur de lui, toi non plus. Ne pense pas de mal de lui. C'est pour ça que je ne voulais pas te raconter notre rencontre avant que tu voies par toi-même que c'est un garçon adorable.

– Je suis d'accord. Il a l'air vraiment…

– Il n'a pas seulement l'air, m'interrompt Gemma.

Quelque chose dans sa voix sonne faux.

– Je voulais vous présenter après son emménagement chez son frère mais on s'est disputés bêtement…

Elle lève une main comme pour se protéger d'une critique.

– Ce n'était pas sa faute. C'était la mienne.

– Gemma, ça ne peut pas être seulement…

– Non, je t'assure. Et je n'aurais pas dû l'embrasser ce matin. Je savais que ça l'agacerait.

Elle remet la bouteille dans le frigo et jette son verre en plastique dans l'évier. Elle a manifestement changé d'avis.

– Je ne sais pas ce qui m'a pris, murmure-t-elle d'une voix douce. Parfois, j'ai l'impression d'être complètement folle. Je ne peux pas m'empêcher de faire exactement le contraire de ce que je devrais faire.

Elle fixe ses pieds. Elle a l'air si jeune et si mal dans sa peau. Ben a raison. Gemma n'est pas méchante, elle est juste… perdue.

*C'est une épave.*

Les mots de Roméo flottent dans l'air, ravivant ma colère. Gemma ne va pas bien mais ce n'est pas une épave. Il y a toujours de l'espoir pour elle. Et pour Ben.

– Tu n'es pas folle.

– Si, je le suis certainement.

Elle croise les bras et s'appuie sur le plan de travail.

– J'ai présenté Ben à mon père la semaine dernière.

– Et alors ? Pourquoi ne l'aurais-tu pas…

– Arielle ! Réveille-toi ! On n'est pas à Oui-ouiland. Mon père a pratiquement fait une attaque quand il a découvert le passé judiciaire de Ben. C'était horrible. Tu sais qu'il est convaincu que les Mexicains envahissent l'Amérique, la vraie. Tu te souviens comment il a réagi quand ils ont commencé à proposer des interprètes pour les réunions parents-profs ?

– Il embauche bien des Mexicains pour travailler dans ses vignes.

– Bien sûr, parce qu'il les paye moins cher que des « vrais » Américains. Mais ça ne l'empêche pas de détester les Mexicains qui vivent aux États-Unis. Mon père est un paradoxe d'égoïsme enroulé dans un *burrito*.

Gemma prend un aimant sur le frigo et gratte la peinture du bout de l'ongle avant de le remettre.

– Je t'ai protégée de son mépris, mais je pensais que tu avais compris que c'était un sale type. Enfin, bref, quand je suis rentrée après avoir ramené Ben, mon père m'a interdit de le revoir. Je le savais. Mais j'ai quand même invité Ben à la maison.

Elle lève vers moi des yeux brillants.

– Quand je te dis que je suis cinglée.

– C'est pas toi qui es cinglée, c'est ton père. Et il est stupide en plus. Tous les Américains viennent d'un autre pays au départ. Et tout le monde commet des erreurs.

J'aurais aimé défendre Ben avec plus de force, mais j'ai besoin d'en savoir plus sur cette bagarre. Pourquoi a-t-il cassé le nez de ce type ? C'est tellement bizarre de l'imaginer en train de faire mal à quelqu'un. Je suis plus troublée que je ne l'ai jamais été avec une âme sœur.

– Je sais, soupire Gemma. Mais je ne peux rien faire contre mon père maintenant. Dans quelques mois, je serai à l'université. Je ne vivrai plus sous son toit. Et de toute façon, ça ne servirait à rien. Bob Sloop n'écoute personne et ne change jamais d'avis.

Elle traverse la pièce et s'empare du reste de mon milk-shake.

– Tu aurais dû me voir le supplier quand il m'a obligée à aller à ce stupide cocktail samedi prochain. Mais il n'a rien voulu entendre, parce que ma vie ne sera jamais aussi importante à ses yeux que sa vie à lui.

– Et Ben ? Il t'aime vraiment beaucoup.

Et même plus que ça. Je sais qu'il l'aime tout court. Gemma semble plus préoccupée par son père que par son âme sœur. Pourtant elle doit se battre pour le garder. Maintenant.

– Tu crois ?

Le visage de Gemma est pâle sous la lumière crue de la cuisine.

– Mais comment être sûre qu'un garçon vaut le coup que j'affronte ma famille ? Ça me fait tellement peur.

Ses mots me permettent de respirer plus librement. Rien de pire que la peur pour étouffer l'amour. Je ne suis pas surprise que Ben et elle aient des problèmes. Elle doit surmonter ses craintes et se concentrer sur l'amour qu'elle porte à ce garçon. Je peux l'y aider. Même si ça risque de me faire très mal.

– Je comprends que tu aies peur, mais c'est merveilleux aussi. Peut-être que Ben est la meilleure chose qui t'arrivera de toute ta vie.

– Peut-être. Peut-être pas.

Gemma fait la grimace.

– De toute façon, qu'est-ce que tu en sais ? Tu le connais depuis un jour et demi ! Je n'arrive pas à croire que c'est lui qui t'a ramenée chez toi. C'est dingue, non ? Et t'as été complètement dingue de faire du stop en pleine nuit.

Elle me prend le bras.

– Tu as eu de la veine de tomber sur Ben et pas sur un taré. Mais bon, de toute façon, tu sortais de la voiture d'un taré, alors…

– On a pas mal discuté, Ben et moi, hier soir.

J'essaie de ne pas me rappeler à quel point ça avait été agréable. Je reprends :

– Je suis sûre qu'il n'est pas comme les autres. Il vaudrait le coup que…

– D'accord ! sourit Gemma. Je l'invite chez moi demain après les cours.

Génial !

– Mais cette fois, je ne dis rien à mon père ! ajoute-t-elle en pointant un index accusateur vers moi. On rentrera par derrière après la répétition. On tapera dans les tonneaux de vin pour célébrer tes premiers pas sur scène !

– Quoi ?

– Mais oui, ma cocotte, tu viens aussi. Et pas de discussion.

Gemma me prend la main et m'entraîne dans le salon.

– Mais…

– Pas de mais. C'est décidé et tu sais que c'est moi le boss. Maintenant, travaillons un peu. J'ai apporté la musique de *West Side Story*. Tu veux commencer avec les voix ou tu te lances directement avec juste la version orchestrale ?

– Avec les voix d'abord.

Gemma branche son téléphone sur les enceintes de la télé et j'essaie de calmer l'anxiété qui monte dans ma gorge. Il s'agit juste de chanter un peu. Je ne peux pas être aussi mauvaise que ça.

– Allez, m'encourage Gemma. Lance-toi !

La musique emplit la pièce.

– Tu connais toutes les paroles !

– Oui, mais…

– Chante !

– Mais…

– Chante !

Je finis par obéir. Gemma éclate de rire. Moi aussi. J'essaie d'insister mais ma voix m'abandonne alors que j'essaie de tenir une note un peu trop longtemps. Je reprends et j'y arrive.

Ça aurait pu être nettement pire. Au moins, je ne traumatiserai pas le public à vie.

À la fin de notre séance de travail, tandis que Gemma retourne à sa voiture, je me dis que la soirée ne s'est pas trop mal passée. Gemma et Arielle sont redevenues très proches et j'ai posé les premiers jalons pour convaincre Gemma de prendre au sérieux sa relation avec Ben. Demain, on sera tous les trois.

Et puis, il y a pire que de partager du temps avec une amie autour de frites et de hamburgers, à chanter et à danser comme des folles. J'en ai presque oublié que le combat pour l'amour est le plus souvent fait d'angoisse et de désespoir. Parfois, mon travail est merveilleux.

*Et parfois horrible.*

Un quart d'heure plus tard, allongée dans le noir, les yeux fixés au plafond, je suis de nouveau en proie au doute et à l'angoisse.

*Et si Roméo disait vrai ? Si c'était ta dernière mission ? Si après ça, tu ne revenais jamais des brumes ? Et s'il y avait encore pire que les brumes… ?*

Je ferme les paupières et je tire ma couette sur ma tête. Déterminée à ne pas penser, et surtout à ne pas rêver.

## DOUZE

– Baissez-vous, vite. Cachez-vous sous la couverture ! nous souffle Gemma depuis le siège du conducteur de sa voiture.

Nous nous apprêtons à franchir l'imposant portail de la propriété Sloop. Le domaine est si étendu qu'on ne voit même pas la maison d'ici. Il va nous falloir parcourir plusieurs kilomètres à travers vignes avant d'arriver en haut de la colline où se dresse le manoir. Il pleut à seaux. On a presque l'impression que le monde va se noyer. Le monde ou au moins la Californie.

– On doit vraiment faire ça ?

Ben grimace en regardant la vieille couverture navajo que Gemma a sortie de son sac.

– Je ne me suis pas caché la dernière fois.

Je jette un regard interrogateur à Gemma mais elle détourne les yeux. Elle ne lui a donc pas dit qu'elle n'avait plus le droit de le voir. Je ne sais pas si c'est bon ou mauvais signe.

– La dernière fois, on n'avait pas l'intention de piller la cave. Si mon père s'en aperçoit, je préférerais qu'il ne sache pas que vous étiez avec moi.

Je soulève un pan de la couverture en me forçant à sourire.

– Une caméra enregistre les visiteurs qui passent le portail. Le père de Gemma a une peur bleue des intrus.

Ben hausse un sourcil.

– D'accord, mais si ça risque de le mettre à ce point en colère, peut-être que…

– Il ne sera pas en colère parce qu'on ne va pas se faire prendre, lui promet Gemma.

– Mais…

– Ben, tu veux bien jouer gentiment les super-espions ? insiste Gemma. Ou est-ce que je me gare pour te montrer quelques prises de ninja ?

– Ne l'oblige pas à te montrer ses prises, je supplie Ben en riant.

J'essaie de conserver la légèreté de l'atmosphère.

– Ça fiche vraiment la trouille, et je pense que le fait que je chante cet après-midi a traumatisé suffisamment de gens pour la journée.

Gemma acquiesce en ricanant.

Ma voix ne s'est pas beaucoup améliorée pendant la répétition. Stark m'a conseillé de réciter mon rôle sans chanter. Heureusement, côté danse, ça s'est un peu mieux passé. Je me suis rappelé tous les pas que Gemma m'avait montrés et j'ai mis tant de passion dans la scène de combat contre Tony que même Hannah a reconnu que je pouvais faire l'affaire. Enfin, pour une soirée.

Évidemment, Roméo se réjouit de me poignarder et de me regarder agoniser à ses pieds. Il a beaucoup répété hier qu'il avait besoin de mon amour mais la petite étincelle qui a allumé son œil alors qu'il me tuait avec l'arme en plastique ne m'a pas échappé. Une partie de lui – et à mon avis, une grande partie – se réjouit de répandre mon sang. Je ferais bien de ne pas l'oublier la prochaine fois qu'il viendra rôder autour de moi.

– Tu t'es super bien débrouillée, sirène, m'assure Ben. Et c'était ta première répétition.

– Non. Je chante faux.

Ben sourit.

– Mais non, c'est juste que tu ne chantes pas aussi bien que tu peins.

Je lui rends son sourire.

– Très diplomatique.

– Ben devrait peut-être se présenter au sénat à la place de mon père, commente Gemma. À moins qu'il ne soit comme toi, Arielle, dépourvu de toute oreille musicale.

Je sors la tête de sous la couverture et tire la langue à mon amie. Elle rit et m'ébouriffe les cheveux. Les choses se sont super bien passées entre nous aujourd'hui. Je commence à l'aimer. Du moins à l'apprécier.

Dommage que ça ne m'aide pas à imaginer Ben avec elle. Je voudrais juste… mieux pour lui.

– Maintenant mets-toi sous la couverture, Benjamin, ordonne Gemma. Ou alors, tu n'auras pas de vin.

– De toute façon, je n'aime pas ça.

– Tu n'en sais rien, tu n'en as jamais goûté.

– Si, j'ai…

– Le gros rouge qui tache ne compte pas, gros malin. Sous la couverture !

– Gemma, je…

Gemma émet un bruit censé ressembler à un cri de ninja et fait un mouvement de karaté sous le nez de Ben. Il rit.

– *Dios mios*. Très bien, espèce de folle !

Il lève les yeux au ciel mais finit par obéir. On se recroqueville sur le sol de la voiture à l'arrière et Gemma s'arrête devant le portail orné d'un S – pour Sloop, son nom de famille – et tape le code d'entrée.

La chaleur et l'odeur de Ben se répandent sous la couverture. Même après une longue journée, il sent incroyablement bon. Un parfum d'océan, salé et doux en même temps. Ça me fait penser à un plat mais je n'arrive pas à savoir lequel. Il sent aussi un peu la peinture. Il a passé l'après-midi à terminer les décors pendant que je doublais Gemma et il n'a pas réussi à enlever toutes les taches sur ses mains. Des éclaboussures de brun et de blanc constellent son T-shirt et ses avant-bras.

Je ressens l'étrange envie de gratter toutes ces petites gouttes séchées, comme si elles étaient sur ma propre peau.

– C'est quand même n'importe quoi, me souffle Ben. Je sais qu'on n'a pas l'âge de boire de l'alcool mais on ne va pas en boire tant que ça.

– Je sais. Son père est un peu bizarre.

– Il est plus que bizarre. Il me fiche les jetons.

Ben s'est rapproché pour murmurer à mon oreille, afin d'être sûr que Gemma n'entende pas. Sa proximité me coupe le souffle. J'aimerais ne pas apprécier autant son haleine sur ma joue, ses lèvres si proches qu'elles frôlent mes cheveux. Mais je n'arrive pas à faire autrement. Je suis obligée de me forcer à respirer doucement.

– Et je n'aime pas la manière dont Gemma se comporte avec lui. C'est comme si elle était différente.

– Gemma a plusieurs personnalités, mais tu apprendras à toutes les aimer.

Je souris mais Ben reste de marbre. Il me fixe un peu trop intensément. Nos regards se croisent.

– Qu'est-ce qu'il y a ?

– Rien, répond-il à voix basse. C'est juste… on est à l'étroit ici.

Il lève la tête vers Gemma qui conduit lentement. Je le rassure :

– On sera bientôt arrivés à la grange.

– Je croyais que Gemma nous emmenait dans une cave.

– Ce n'est pas vraiment une cave. C'est une immense grange où tous les tonneaux sont conservés le temps que le vin fermente. Ils sont empilés les uns sur les autres. Il y a des dizaines de rangées. C'est là qu'on jouait à cache-cache, Gemma et moi, quand on était petites.

– Vous vous connaissez depuis si longtemps ?

– Depuis le CE2.

– C'est ta meilleure amie ? murmure Ben.

Je le corrige :

– C'est ma seule amie.

– Non, c'est faux.

Je baisse les yeux, confuse. Regarder Ben dans les yeux est si… singulier. Ça me ferait presque oublier que je suis Arielle.

– Je suis contente que…

– Eh, vous deux !

D'une main, Gemma nous tapote sur la tête, affaissant un peu notre tente improvisée.

– On y est presque. Quand je vous le dis, vous sortez du côté de Ben et vous me suivez. Je couperai les caméras sur le chemin. Ils ne filment pas l'entrée, juste les barriques.

– Il y a vraiment des gens qui viennent pour voler du vin ? demande Ben.

Je hoche la tête.

– Je ne crois pas. Enfin, à part Gemma.

– C’est tout à fait exact, confirme mon amie. Je suis une menace pour la société et pour ma propre famille !

Elle conclut par un rire maléfique qui arrache un sourire à Ben. Je me demande s’il sait que Gemma m’a dit où ils se sont rencontrés. Comment réagira-t-il quand je lui poserai des questions sur son passé violent ?

– Et toi, sirène, me demande-t-il en me donnant un coup de coude qui me sort de mes pensées, tu as déjà fait ça ?

– Sûrement pas, j’avais bien trop la trouille.

Je remue une jambe qui commence à avoir des fourmis.

– Et puis, je ne bois presque jamais.

– Moi non plus, dit Ben. Ça n’est pas très bon pour moi.

– Vous ne voulez pas arrêter de dire que vous n’aimez pas boire, tous les deux ! lance Gemma en arrêtant la voiture. Vous cassez le délire ! Nous sommes ici pour voler du vin très cher, je vous rappelle. Alors maintenant sortez et amusez-vous avant que je vous y force à coups de pied !

Ben sourit et rejette la couverture. Ses cheveux sont tout ébouriffés. Je claque la portière derrière moi et quand je me retourne, Gemma est en train de lui lisser tendrement un épi. Il pleut toujours, ça ne s’est pas arrêté de la journée. Mais ça ne semble pas les déranger. Ils se regardent et se sourient. Pendant un instant, je vois ce qu’ils peuvent être l’un pour l’autre : meilleurs amis, amants… quelque chose de vraiment important.

Je devrais en être contente mais au contraire, j’ai un poids sur l’estomac. Gemma prend Ben par la main et l’entraîne dans la grange. Une image de Ben et moi dans la loge devant le miroir – ses bras autour de ma taille, mes mains accrochées à son sweat – apparaît dans ma tête. Je crois que je les envie.

C'est un sentiment honteux, interdit, peut-être même *mortel,* mais si fort que j'en vacille.

Qu'est-ce qui m'arrive ? Je ne peux pas être jalouse de Gemma. Je ne peux pas imaginer Ben comme… comme…

J'ai chaud, puis froid. Toute ma peau picote, comme si mon moment de faiblesse avait été épié. Je me retourne et scrute le parking boueux et les vignes au loin. Quelqu'un nous observerait-il ? Mais je ne vois rien d'autre que des hectares de raisin et un ciel gris où des nuages noirs s'amoncellent à l'horizon, signe d'une nouvelle tempête.

– Allez, viens, Arielle. Bouge tes fesses ! m'appelle Gemma.

Ben et elle sont devant une grande porte de métal qui ne ressemble pas du tout à une entrée de grange.

Je presse le pas pour les rejoindre et me force à rire quand Gemma me pince le bras. Ça fait toujours rire Arielle, alors je ris. Tant pis si je suis mal à l'aise et que je me sens honteuse. Arielle ne tomberait pas amoureuse du petit ami de Gemma, elle n'y penserait même pas et je dois faire mon travail d'ambassadrice. J'aurais dû me sermonner dès le début et désormais je me surveillerai mieux. Mes sentiments ne doivent pas entrer en ligne de compte.

– Qu'est-ce que tu as ? me demande Ben pendant que nous suivons Gemma dans la première allée.

Les tonneaux sont empilés jusqu'au plafond et sentent bon le bois.

– Rien.

Je me rapproche de Gemma.

– Je me demandais juste si la tempête allait arriver jusqu'ici.

– C'est ce qui est prévu, répond Ben. Mon frère m'a envoyé un texto pendant la répétition pour me demander de rentrer tout de suite après le lycée. Il y a une alerte à la tornade.

– Mais Ben a désobéi, n'est-ce pas, Ben ?

Gemma passe ses ongles vernis sur le bras de Ben. Ils sont assortis à sa chemise rouge et à son collant de danse à rayures rouges et noires qui lui donne un look super sexy.

– Tu es un vilain garçon, Ben, ajoute-t-elle.

– Ce n'est pas pour rien que je suis un programme pour adolescents perturbés le lundi et le mercredi, *mija*.

Il lui adresse un clin d'œil mais c'est le regard qu'il me jette par-dessus son épaule qui me fait frémir. J'essaie de me convaincre que c'est parce que ses mots me rendent nerveuse. Je refuse de croire que c'est parce que l'expression de son visage a changé, lui donnant un air plus… tellement plus…

– Est-ce que c'est le même vin dans tous les tonneaux ? je demande, déterminée à ne pas penser le mot « craquant ».

– Ils contiennent tous du chardonnay vieilli en fût de chêne français entre six mois et un an.

Gemma a pris son ton de guide touristique.

– Le chardonnay est le vin le plus vendu par les vignobles Sloop. Il représente 26 % du volume de vin mondial. Sloop est également fier de ses bordeaux mais nous n'en verrons pas aujourd'hui.

Elle penche la tête et rejette une mèche de cheveux en arrière comme une Barbie bizarre.

– Les bordeaux vieillissent dans la grange numéro 3 près du manoir, où le crétin de père de Gemma Sloop doit sans doute être en train de travailler en ce moment même.

– T'en connais un rayon dans ce domaine, rit Ben.

– Mon cher, j'ai été élevée avec une bouteille de vin dans la bouche. Alors forcément, je connais mon sujet.

– Tu penses reprendre l'affaire de ton père ? se renseigne Ben.

– Je ne veux rien faire que mon père ait fait avant moi, gronde Gemma.

Pendant un instant, son visage se ferme et elle semble presque en colère. Mais, très vite, son sourire revient et elle nous lance :

– Allez, venez !

Elle tourne à gauche, dans une autre allée. Des réservoirs sont alignés contre le mur. Elle s'agenouille sur le sol en béton près d'un des réservoirs et attrape juste en dessous un paquet de gobelets en carton ornés de personnages de dessins animés. Elle en remplit trois en ouvrant un robinet sur le côté du réservoir.

Ben rit quand Gemma lui tend un gobelet sur lequel est dessiné un monstre vert.

– Très *fantaisiste*, commente-t-il en me faisant un clin d'œil.

Il appuie sur le mot pour me rappeler notre première conversation dans sa voiture. Il m'avait dit aimer ma manière de prononcer « fantaisiste ». Il semble vouloir s'assurer que je n'ai pas oublié.

Et bien sûr, non, je n'ai pas oublié.

Je regarde le sol en me demandant si j'ai bien fait de venir. Je me fais peut-être des idées mais je me demande si Ben n'essaie pas de flirter avec moi. Juste devant son âme sœur. Ce serait horrible. Je grimace.

– Vous savez quoi, je ne suis pas sûre d'avoir envie de boire du vin, ce soir.

Je pose la main sur mon ventre.

– Je crois que je vais aller attendre dans la…

– N'y pense même pas, Arielle !

Gemma me met un gobelet avec un monstre rose dans la main.

– C'est notre dernier semestre de notre dernière année de lycée ! Nous sommes presque libres et je veux fêter ça avec ma meilleure amie.

– Gemma, je…

– Tu dois dire : « Oui, madame. »

– Vraiment, je ne crois pas…

– Dis-le.

Je soupire.

– Oui, madame.

– Maintenant, tu bois et tu vas voir que tu vas adorer ça.

J'obéis et elle a raison : c'est bon. Le vin est doux, presque sucré mais pas trop. Il laisse sur ma langue un goût de tartine beurrée tandis qu'une sensation de chaleur envahit ma poitrine.

Ça fait des années que je n'ai pas bu de vin. Je ne me suis jamais autorisé ce luxe. Je ne peux pas me permettre de me laisser aller. Même pas un peu. Mais aujourd'hui, ça semble inévitable. Je bois par petites gorgées, une quand Gemma et Ben en avalent deux. Mais alors que nous sommes assis par terre depuis une demi-heure, ma tête commence à tourner. Mes joues sont chaudes, mes paupières lourdes et mes muscles complètement détendus.

Je m'étire, me délectant du picotement dans mes orteils.

– On ne parle plus du lycée, décide Gemma pour mettre fin à une discussion où l'on se demandait si notre prof de physique savait que les poils de son nez touchaient sa lèvre supérieure.

– Faisons un jeu !

– Je déteste les jeux, dit Ben.

– Et moi, je déteste les gens, rétorque Gemma. Pourtant, vous êtes là tous les deux. Et si on faisait un « Je n'ai jamais » ?

Ou alors, on suit la tradition avec un bon vieux « Action ou vérité »…

– Pas Action ou vérité !

Les souvenirs d'Arielle m'affirment qu'elle déteste ce jeu.

– D'accord ! Alors c'est parti pour un « Je n'ai jamais », décide Gemma. Je commence.

– Mais je ne connais pas ce… commence Ben.

Gemma agite la main pour le faire taire.

– Chut. Écoute et apprends. Je n'ai jamais volé de vin dans la grange de mon père.

Elle lève son gobelet vers nous.

– Et maintenant, continue-t-elle, on boit parce que ce que je viens de dire est faux. Tu comprends ? Si tu l'as fait, tu bois, si tu ne l'as pas fait, tu ne bois pas, c'est facile.

Nous buvons tous une gorgée de vin. Je garde la mienne un moment dans ma bouche pour mieux profiter de son arôme avant de la laisser couler dans ma gorge.

– À toi, Benjamin, lance Gemma.

– D'accord… je n'ai jamais…

Ben étend sa jambe vers le centre du cercle que nous avons formé. Il fait sombre dans la grange mais je distingue quand même les taches de peinture sur son jean. Lavande et bleu foncé. Ce ne sont pas les couleurs des décors. Je me demande ce qu'il peignait la dernière fois qu'il portait ce jean.

Je ressens un soudain besoin de voir les œuvres de Ben, pour les comparer à celles d'Arielle. Pour les comparer aux portraits et aux paysages que je peignais, plus jeune.

– Allez, Ben, le presse Gemma en donnant un coup dans sa chaussure avec son chausson de danse. Dépêche-toi avant qu'on ne soit trop vieux pour nous rappeler ce qu'on a fait et pas fait !

Ben sourit.

– Je n'ai jamais fait le mur de chez moi au milieu de la nuit.

Il boit, Gemma boit et je me force à garder mon verre sur mes genoux. Arielle n'a jamais fait ça. Pour aller où ? Dans une ville comme Solvang où sa meilleure amie préfère passer ses soirées avec des garçons. Mes propres exploits du haut de mon balcon ne comptent pas.

– À ton tour, Arielle.

– Je n'ai jamais…

– Un truc bien, m'interrompt Gemma. Un truc que même moi je ne sais pas.

Je soupire. Ma tête tourne agréablement. Je fouille les souvenirs d'Arielle à la recherche de quelque chose d'un peu scandaleux mais pas trop intime. Je sais qu'elle a des secrets mais ils sont si bien cachés dans son subconscient que je n'arrive pas à y accéder. J'abandonne et je choisis un fait plus évident.

– Je n'ai jamais fait de stop au milieu de la nuit.

Gemma tire la langue.

– C'est pas juste. Je le savais déjà.

Elle ne boit pas, Ben non plus. Je ressens une petite satisfaction en avalant un peu de chardonnay.

– Bon, à mon tour. Je ne me suis jamais baignée toute nue.

Gemma et Ben boivent en échangeant un sourire entendu par-dessus leurs verres.

Je ne me suis jamais baignée toute nue. Jamais. Est-ce qu'ils l'ont fait ensemble ?

Jusqu'où est allée leur relation ? Je sais que Gemma est sortie avec beaucoup de garçons du lycée privé. Je ne l'ai jamais vu faire autre chose avec Ben que lui tenir la main mais ce sourire est… très révélateur.

Je m'éclaircis la gorge et fixe mes genoux. Pourtant leur complicité devrait me faire plaisir.

– Tu n'as jamais séché un cours, Arielle ? Pas un seul de toute ta vie ?

Ben donne un petit coup dans ma tennis. Je rougis parce que je n'ai pas entendu la question. Je suis trop occupée à penser à des choses qui ne me regardent pas. La vie sexuelle de Ben et Gemma ne me regarderait que si elle devenait un problème susceptible de les séparer.

– Non, Arielle est une petite fille sage, s'exclame Gemma, presque méchamment. Elle ne désobéit jamais à sa maman qui a même choisi ses études.

– Tu vas où l'an prochain ? me demande Ben.

– À l'école d'infirmières de Santa Barbara, répond Gemma à ma place, d'une voix faussement indulgente. Parce que Maman veut que sa petite fille devienne infirmière.

– Et toi, tu aurais choisi quoi ? se renseigne Ben sans me quitter des yeux.

– Je ne sais pas. Je n'étais pas sûre. Je pensais faire une école d'art. Mais infirmière, c'est bien.

– Oui, si tu aimes le sang, les microbes et torcher les gens, ricane Gemma. Et obéir à Maman, évidemment.

– Arrête de l'embêter, me défend Ben avec chaleur. Certains d'entre nous doivent penser à trouver un métier qui leur permettra de gagner leur vie. Tout le monde n'a pas un compte en banque plein à craquer.

Silence. Le visage de Gemma se durcit une seconde mais elle se force à sourire.

– C'est vrai. Je suis si gâtée par la vie. Pardonne-moi.

Elle finit son verre d'une seule gorgée.

– Ce n'est pas ce que je voulais dire, soupire Ben. C'est juste que…

– Laisse tomber, le coupe Gemma en se levant. Je vais chercher des chips dans la voiture. Quelqu'un veut quelque chose ? Bretzels, nounours à la guimauve ? Il paraît que ça accompagne super bien le chardonnay volé.

– Gemma, je…

– Dernière chance, annonce Gemma. Une commande ? Une fois, deux fois…

Je hoche la tête.

– Moi, ça va.

– Moi aussi, ajoute Ben.

Mais il n'a pas du tout l'air d'aller bien. Il a l'air en colère et frustré.

– D'accord, mais n'essayez pas de me piquer mes chips goût oignon tout à l'heure parce que je vous préviens, je ne partagerai pas. Servez-vous un autre verre si vous voulez.

Elle s'en va et disparaît derrière les tonneaux, nous laissant seuls.

J'observe le profil de Ben. C'est l'occasion pour moi de lui demander de pardonner à Gemma mais je ne sais pas très bien quoi lui dire. Mes sens sont un peu embrouillés par le vin et par l'inquiétude. Malgré leur bref moment de communion, Ben et Gemma ne semblent pas du tout faits l'un pour l'autre.

– Je suis désolé, murmure Ben. Je n'aime pas du tout sa façon de te parler.

– T'inquiète…

– Non, je suis vraiment désolé.

– Tu n'as pas à l'être.

– Pourtant, je le suis.

Je souris.

– On dirait moi.

Je me lève et me dirige vers le réservoir, sachant pourtant que je devrais arrêter de boire. Quand je me retourne, Ben est derrière moi et me tend son gobelet. J'essaie de ne pas tressaillir quand nos doigts se frôlent.

– Bon, tu as raison, m'accorde-t-il, je ne suis pas désolé. Il faut bien que, de temps en temps, quelqu'un lui rappelle qu'elle vit dans un univers ultraprivilégié.

Je remplis son verre en cherchant mes mots.

– Est-ce que tu prends toujours la défense de tout le monde, comme ça ?

– Pas de tout le monde, dit-il en prenant son verre.

Il ne fait pas mine de retourner s'asseoir.

– Seulement de ceux qui ne savent pas se défendre tout seuls.

– Je suis tout à fait capable de me défendre ! je proteste en le regardant dans les yeux.

Je souhaite de toutes mes forces qu'il me croie. Je ne veux pas de sa pitié. Ni pour moi, ni pour Arielle.

– Je sais que tu peux.

Il s'approche de moi si près que je sens sa chaleur à travers mon T-shirt et le pantalon de sport que j'ai mis pour la répétition.

– Mais tu ne le fais jamais. Pourquoi ?

Je soutiens son regard en retenant ma respiration. Il boit une gorgée et se lèche les lèvres. Mon cœur se met à battre plus vite.

– Je n'aime pas les conflits et Gemma est ma seule amie.

– Alors tu la laisses te marcher dessus ? Je ne crois pas que ça te ressemble.

Il plisse les yeux comme s'il me voyait à travers le personnage d'Arielle, comme s'il devinait mes secrets les plus intimes.

– Je sais qu'il y a une combattante en toi, sirène. Je t'ai vue sur la scène cet après-midi. Je n'aimerais pas que tu me regardes comme tu regardes Dylan.

– Ça n'arrivera jamais, à moins que…

– À moins que quoi ?

– À moins que tu ne brises le cœur de ma seule amie.

Ben serre la mâchoire, mais il ne détourne pas les yeux.

– Je ne sais pas ce qu'elle t'a dit, mais il n'y a rien entre Gemma et moi. Rien de ce genre, en tout cas. Nous sommes seulement amis. À un moment, j'ai cru qu'elle voulait que nous partagions plus mais…

Qu'est-ce qu'il raconte, là ? Il a perdu la tête…

– Je sais que tu es amoureux d'elle.

Il hausse un sourcil.

– Ah oui ?

Je me sens soudain anxieuse. Comment peut-il ne pas se rendre compte qu'il est amoureux ? Son aura est d'un rose plus foncé aujourd'hui qu'hier. J'insiste :

– Tu sais que tu l'aimes.

– Non. Je n'ai jamais été amoureux de ma vie.

Il se tait et m'observe avec attention.

– Et toi ?

– Ça n'a aucune importance.

– Tu crois ?

Il se penche vers moi jusqu'à ce que je sente le vin dans son haleine.

– J'en suis sûre.

Mon cœur bat plus vite que jamais, comme s'il voulait sortir de ma poitrine.

– Tu es importante pour moi, murmure-t-il.

# TREIZE

– Mais je ne suis pas…

Je ne trouve plus mes mots. Je pose la première question qui me traverse l'esprit.

– Pourquoi tu as été arrêté ? Pourquoi tu as frappé ce type ?

Ben ne se démonte pas une seconde.

– Il battait sa petite amie. Devant chez eux, sous les yeux de tout le quartier. Personne n'y est allé. Moi oui.

J'aurais dû m'en douter. Il défendait quelqu'un. Comme d'habitude.

– J'ai appelé la police, mais je me suis dit qu'ils n'arriveraient pas assez vite. La fille était enceinte. Je l'avais croisée plusieurs fois…

Il secoue la tête, empli d'une tristesse pour une femme qu'il connaissait à peine.

– Elle était si heureuse d'attendre ce bébé. Même si son *pedazo de mierda* de petit copain était le père.

Il boit un peu et laisse le silence nous envelopper. Après un moment, il me demande, sincèrement curieux :

– Tu crois que c'est vraiment ça, l'amour ? Être fou de quelqu'un même s'il te fait du mal.

– Tu sais que non.

Il secoue la tête.

– Je n'en sais rien. Je n'ai jamais vu de gens vraiment amoureux. Du moins pas comme je l'imagine. Même mon frère avec ma belle-sœur. Il ne lui ferait pas de mal mais il ne l'aime pas comme il devrait. Il ne partage pas toutes ses pensées avec elle, il ne la regarde pas comme si elle était la meilleure chose qui lui soit jamais arrivée.

– Ben…

Mon cœur se serre. C'est douloureux mais, en même temps, ça fait du bien. J'aimerais prendre son visage triste dans mes mains et lui dire à quel point je suis heureuse qu'il soit ce chevalier en armure, qu'il soit si romantique, même s'il ne le sait pas. J'aimerais lui dire qu'il n'est pas comme les autres et lui promettre qu'il rencontrera quelqu'un qui saura l'aimer comme il le mérite.

Mais c'est une promesse que je ne peux pas faire, car son âme sœur est Gemma. Une fille à l'humeur changeante, qu'il faut apprivoiser, qui peut être cruelle et dont la famille le déteste. Une fille qui, pour le moment, est plus préoccupée par son paquet de chips que par ses sentiments. Et aussi parce que mon expérience a affaibli ma foi en l'amour vrai.

– Ils ont abandonné les charges pour violence mais j'ai été obligé de faire vingt heures de travail d'intérêt général…

Il hausse les épaules.

– Je suppose que tu penses quand même que je suis une grosse brute.

– Non. Tu es quelqu'un de bien.

Je tends la main, incapable de résister à mon envie de le toucher. Je gratte un peu de peinture blanche sur son bras et je laisse ma main sur sa peau. Sa main caresse ma joue. Mes lèvres s'écartent légèrement et j'émets un petit cri, à peine audible mais trop révélateur de l'effet qu'il me fait.

– Je suis assez bien pour que tu me dises la vérité ? demande-t-il.

Pendant un instant, je crois qu'il parle de la vraie vérité, la mienne, pas celle d'Arielle, et je tressaille à cette idée. Révéler à Ben mon véritable nom, mes vraies pensées, tout ce que « je n'ai jamais fait » pour de vrai et tout ce que j'ai fait...

Je veux qu'il me connaisse. Même si c'est impossible. Et dangereux.

– Pourquoi étais-tu si perturbée hier ? reprend-il. C'était à cause de Dylan ?

Dylan. L'étincelle qui s'était allumée en moi s'éteint. On en revient toujours à Roméo, à la misérable vie à laquelle il nous a condamnés il y a si longtemps. Je secoue la tête, essayant de contenir ma tristesse, de la repousser le plus loin possible.

– Non, j'avais juste eu une sale journée.

– S'il te plaît, dis-moi la vérité, murmure Ben. Ça me rend fou. À chaque fois que je vois Dylan en classe, il me lance son sourire mielleux.

Son visage se durcit et, pendant un moment, je sens la violence qui l'habite, je devine le garçon capable de casser le nez de quelqu'un.

– C'est comme s'il détenait un terrible secret...

– Qui a des secrets ? demande Gemma en réapparaissant.

Ben et moi nous retournons et la découvrons à quelques pas. Je me rends soudain compte que la main de Ben est toujours posée sur ma joue. Nous ne devrions pas être si près l'un de l'autre, il ne devrait pas être en train de me toucher, je ne devrais pas aimer sa chaleur, son odeur, son énergie.

*Tu ne devrais pas, tu ne devrais pas, tu ne devrais pas.* J'enfreins toutes les règles, même celles que je m'étais juré de ne jamais enfreindre. Qu'il l'admette ou non, Ben est amoureux de Gemma. Mais ça ne le rend pas forcément complètement insensible. Comme des dizaines de filles authentiquement amoureuses ont été tentées par Roméo. Par un regard, un geste, un mot.

*Non. Tu es quelqu'un de bien.*

La panique m'envahit, balayant le plaisir de la caresse de Ben. Je baisse la tête, pose mon verre sur le bord de la cuve et m'apprête à m'éloigner quand une autre silhouette apparaît derrière Gemma.

– Oh, j'adore les secrets, ronronne Roméo en avançant dans la lumière.

Je me mords la lèvre et j'attends que Gemma lui demande ce qu'il fait là. Qu'elle exige qu'il parte. Au lieu de ça, elle prend une poignée de chips et l'enfourne.

– Dylan a encore sauté par-dessus la barrière de la propriété, lance-t-elle comme si c'était tout à fait normal.

Comme si elle ne m'avait jamais dit et répété que Dylan devait être évité à tout prix.

– Il rôdait à la porte comme un pauvre malheureux, alors je l'ai invité à entrer.

Roméo sourit et je sens Ben se raidir à côté de moi.

– C'est moi, le pauvre malheureux qui aime le vin et les secrets !

Roméo dévisage Ben et il y a du défi dans sa voix quand il s'exclame :

– Alors Benjamin, dis-nous tout. *Cuéntame todo el chisme.*

– Depuis quand tu parles espagnol ? lui demande Gemma en haussant un sourcil.

– Depuis quand vous êtes amis ? je m'écrie, incapable de tenir ma langue plus longtemps.

C'est impossible. Gemma déteste Dylan et ça doit absolument rester comme ça.

– On n'est pas amis, réplique Gemma. Il vient juste me tenir compagnie de temps en temps quand je n'ai pas envie de boire toute seule.

Nos regards se croisent mais la fille avec qui j'ai ri, chanté et dansé la veille au soir a disparu. Gemma est glaciale, sur ses gardes, et manifestement en colère.

Sans doute à cause de ce qu'elle vient de surprendre entre Ben et moi.

Mais ça ne change rien au fait qu'elle m'a menti, ou du moins qu'elle a menti à Arielle sur sa relation avec Dylan. Ni au fait qu'elle l'a invité alors qu'elle sait pertinemment que mon expérience de sortie avec lui a été plus que traumatisante. Au mieux, elle est inconsciente, au pire, elle est méchante et égoïste. J'aimerais que Ben trouve tellement mieux qu'elle. Il lui faut une personne généreuse, drôle, sensible, capable de le chérir comme un trésor.

Pourtant, je n'ai pas le choix : je dois accomplir cette mission ou Roméo gagnera et quelqu'un mourra.

Mais comment faire ? Ben pense qu'il n'est pas amoureux, Gemma est en colère et Roméo est au beau milieu. Sans compter que je n'ai rien fait pour éloigner la tentation du chemin de Ben. Comment réparer les dégâts ? Comment…

– C'est celui d'Arielle, dit Ben à Roméo qui s'approche de la cuve avec mon gobelet.

– Pas de problème, j'ai déjà partagé ses microbes, rétorque Roméo.

Il me fait un clin d'œil et se sert un grand verre. Et c'est à ce moment que j'ai ma réponse.

Si Arielle sort avec Dylan, Ben se tournera vers Gemma. Et si Roméo est occupé avec moi – à travailler à cette issue dont il m'a parlé –, il n'aura plus le temps de s'occuper de Gemma, de la faire boire, de la convaincre de sacrifier son amour à la cause des Mercenaires. Ma décision est prise, même si la simple idée de ce que je m'apprête à faire me révulse.

– Oui, c'est sûr, tu as déjà partagé mes microbes.

Je m'approche de Roméo.

– Mais on devrait s'en assurer, juste au cas où.

Pendant une seconde, Roméo est perdu, son éternelle assurance est ébranlée. J'essaie de profiter de cette petite victoire et j'enroule mes bras autour de son cou. Je l'attire vers moi et pose mes lèvres sur les siennes. Sa bouche sourit et il jette son gobelet avant de me prendre dans ses bras et de m'embrasser comme si la Terre allait s'écrouler et que c'était le dernier moment de plaisir que nous connaîtrons jamais.

Ses mains caressent mes hanches et sa langue glisse entre mes dents. Je fais de mon mieux pour ne pas vomir, pour faire semblant d'apprécier, pour ne pas hurler. Pour ignorer Ben qui nous regarde et son reniflement dégoûté qui me donne envie de pleurer. Sur moi. Sur lui. Sur ce qui ne peut être et ne sera jamais.

– Eh bien, ça c'est une révélation ! s'exclame Gemma.

Elle a l'air presque aussi écœurée que moi. J'écarte mon visage de celui de Roméo tout en restant dans ses bras et je la regarde.

– Bon, je crois que je vais y aller, lance-t-elle. Ben, tu viens ?

– Oh oui, je viens.

Je tourne la tête vers lui en essayant de ne pas éclater en sanglots. Le mélange de douleur, de déception, de colère et de désespoir que je lis sur son visage me déchire le cœur avec plus de force que le couteau qu'y avait plongé Roméo. Ben se sent trahi et j'ai envie de me jeter dans ses bras, de lui jurer que ce baiser ne voulait rien dire et que je n'aurais jamais touché Dylan si ça n'avait pas été pour lui sauver la vie. Une vie devenue incroyablement précieuse à mes yeux en deux jours à peine.

Mais je dois me taire. Je me colle à Roméo et passe mon bras autour de sa taille. Je le fais pour Ben. À présent, il va m'oublier et reporter toute son attention sur Gemma.

– Cool ! s'exclame cette dernière. On peut aller se balader dans les écuries. J'emprunterai la camionnette pour te ramener à la maison tout à l'heure.

Elle jette ses clés de voiture aux pieds de Roméo.

– Vous pouvez prendre ma voiture. J'effacerai la vidéo après votre départ.

La colère que je lis dans ses yeux me coupe le souffle. Je ne m'attendais pas à une telle réaction de sa part. Sa relation avec Ben est ma priorité, mais je ne veux pas gâcher son amitié avec Arielle.

– Attends, Gemma. Ne te fâche pas. Je voulais te le dire, mais…

Elle lève la main.

– Je n'ai aucune envie de parler de ça maintenant. Je préfère que tu t'en ailles. Tu n'auras qu'à garer ma voiture sur le parking du Moulin demain matin. Je demanderai à ma mère de me déposer en allant travailler.

Elle se retourne et prend la main de Ben qui la suit en évitant les gobelets posés par terre. Je suis soulagée et angoissée en même temps. Je bannis l'angoisse. J'ai fait ce qu'il fallait faire. Je n'avais pas le choix.

Je reste dans les bras de Roméo jusqu'à ce qu'ils soient sortis. Puis je le repousse. Il me laisse faire en riant.

– Je suppose que ça veut dire que tu as changé d'avis à mon sujet…

– Pas vraiment…

Je ramasse les clés par terre.

– Mais je ne te laisserai pas gagner cette bataille.

– Alors tu dois m'aimer. Si tu veux qu'ils vivent, si toi tu veux vivre, tu n'as pas le choix.

Je l'ignore et j'attrape les gobelets sur le sol en lui demandant :

– Il se passe quoi entre toi et Gemma ? Entre Dylan et Gemma ?

Il agite son doigt de gauche à droite en faisant un bruit d'horloge.

– Non, non. Je ne te donne plus rien si toi tu ne me donnes pas quelque chose.

– Quand est-ce que tu m'as donné quelque chose ?

– Eh bien je me rappelle une certaine nuit…

Je lève une main pour le faire taire.

– Tais-toi.

– Je voulais juste dire que je t'ai aidé à pousser ce garçon dans les bras de Gemma. Ce qui signifie que nous avons commencé à travailler ensemble, malgré ceci…

Il tend la main vers ma cicatrice mais je recule. Il sourit d'un air satisfait comme s'il se préparait à un jeu amusant.

– J'adore cette marque, dit-il. La laideur ne fait que rendre la beauté plus frappante, tu ne trouves pas ?

Je lui jette un regard noir.

– Arielle n'est pas laide. Et je me fiche de ce que tu aimes.

Il hausse les épaules.

– Ça n'a pas d'importance. Bientôt, tu récupéreras ton véritable corps.

Il tripote le robinet de la cuve, faisant couler quelques gouttes de vin sur le sol.

– Là aussi, je t'ai aidée : en découvrant le sort qui va nous permettre de fuir.

– Arrête ça.

Roméo sourit, ouvre en grand le robinet et s'éloigne. Je soupire, ferme le débit de vin et range les verres sous la cuve. Mais maintenant, je n'ai plus rien pour m'occuper les mains. Je dois lui parler. Je dois m'assurer qu'il laissera Ben et Gemma tranquilles.

– C'est un sortilège de mercenaire ? je lui demande en essayant d'avoir l'air intéressée.

Je me promets en même temps de ne pas tomber dans ces sornettes.

– C'est une très vieille magie, répond-il. Qui date d'avant que les Mercenaires et les Ambassadeurs décident de quel côté combattre. Du temps où ils étaient amis.

Son regard se fait perçant.

– Certains d'entre eux étaient même amants.

Je lève les yeux au ciel. Il est fou. S'il croit à ce qu'il dit, ça prouve qu'il a perdu la raison. Mercenaires et Ambassadeurs ont toujours été ennemis.

*Comme Roméo et toi, sauf qu'il y a très longtemps...*

C'est comme si Roméo pouvait lire mes pensées et déceler mes faiblesses au moment où je les ressens. Il commence son histoire d'une voix douce et assurée.

– Il y a des milliers d'années, un groupe d'anciens cherchait le moyen d'échapper au cycle de la vie et de la mort. C'étaient des mystiques doués de grands pouvoirs et ils mirent au point un sort qui leur accorderait la vie éternelle, dans des royaumes appartenant à un monde parallèle à la réalité terrestre. Ils deviendraient des dieux adorés de leurs fidèles. Mais le sort devait être équilibré : pas de lumière sans ombre, pas de bien sans mal… Une moitié de ces anciens choisirent le camp du bien, l'autre moitié, celui du mal. Ils utilisèrent leur propre sang pour sceller ce sort, abandonnant leurs vies mortelles. La magie réussit mais pas tout à fait comme ils s'y attendaient.

Roméo fait une pause et lèche un peu de vin sur ses doigts.

– Le temps passait et ceux qui avaient choisi le mal se nourrissaient de la méchanceté humaine. Ils eurent un jour la liberté de venir sur Terre et de se repaître du mal qu'ils aidaient à créer. Pendant des siècles, le bien souffrit et perdit de la puissance. Les Ambassadeurs convertirent des jeunes gens qui venaient de mourir pour les utiliser selon leurs besoins. Tu es une de ces âmes, piégée entre la vie et la mort, et qui ne connaîtra jamais ni l'une ni l'autre. Nous sommes tous deux des esclaves condamnés à obéir à des dieux que nous n'avons pas choisis.

Je croise les bras. Je frissonne bien qu'il ne fasse ni froid ni humide dans la grange. Roméo me regarde. Il attend que je le remercie pour son exposé.

– Les Ambassadeurs sont donc des… vampires. Qui se nourrissent du bien. C'est ce que tu essaies de me faire croire ?

– Tu dois me croire, insiste Roméo. Ils utilisent les bonnes actions pour nourrir leur éternité dans leur royaume doré, sans jamais révéler à leurs convertis qu'ils combattent un mal qu'ils ont eux-mêmes contribué à créer. Ni qu'il y a un moyen de se libérer de leur joug.

Je secoue la tête. Je ne veux pas le croire – bon sang, je ne veux vraiment pas. Mais une partie de moi ne peut pas s'en empêcher. Nourrice elle-même m'a tenu des propos qui confirment la version de Roméo. Il m'est interdit de le tuer, car le meurtre « nourrit » la cause des Mercenaires. « Nourrit ». Peut-être l'entendait-elle littéralement.

La colère, la tristesse et la douleur familière de la trahison m'envahissent. Pourtant, une voix continue de me murmurer que Roméo est un menteur et un égoïste. Il a besoin de mon aide et c'est la seule raison pour laquelle il se donne la peine d'essayer de me convaincre. Sinon, il se contenterait de prendre ce qu'il veut. Comme toujours.

– Mais leur magie n'est pas éternelle, continue-t-il. Ils ne peuvent retenir leurs convertis que pendant un temps donné. Quand la magie s'affaiblit, ils doivent faire renouveler leurs vœux aux convertis ou laisser les autres nous prendre.

– Les autres ?

Un frisson glacial me parcourt.

– Tu les as vus, souffle Roméo. Je sais que tu les as vus.

Je pourrais mentir, nier, mais à quoi cela servirait-il ? Roméo a vraiment peur, cet homme qui vit dans la violence et le meurtre depuis des siècles est terrifié. Il faut que je sache pourquoi.

– Je les ai vus. Je nous ai vus, toi et moi, je le reconnais. Mais comment est-ce possible ? Nos corps sont morts depuis…

– Ce ne sont pas nos véritables formes, lâche Roméo. Ce sont les spectres de nos âmes, venus nous prendre pour nous emmener dans cet enfer que tu m'as souhaité.

– L'enfer, je répète.

La notion ne me semble pas juste.

– Si un tel lieu existe – et tu m'as répété de nombreuses fois que ce n'était pas le cas –, pourquoi m'y enverrait-on ? Qu'ai-je fait qui…

– Tu t'es éloignée de l'ordre naturel, tu es devenue un minuscule cancer que l'univers doit détruire pour rééquilibrer l'équation cosmique.

– L'univers… tu veux dire… Dieu.

Roméo soupire.

– L'univers comme dans l'univers, les forces fondamentales de la création. Appelle-les Dieu si ça te chante. Les Ambassadeurs et les Mercenaires ont violé cet ordre universel mais c'est nous qui allons en payer le prix. Si les spectres…

– Qui sont ces spectres ? Si l'univers n'a pas de conscience, qui les contrôle ? Pourquoi…

– Ce sont seulement des parties de nous-mêmes, des restes de ce que nous aurions dû être, influencés par ce que nous sommes devenus, mais dirigés par des forces au-delà de l'imagination humaine. Tout ce que je sais, ajoute-t-il, agacé par mon ignorance, c'est que s'ils nous prennent avant que nous utilisions ce sortilège, nous nous retrouverons pour toujours dans cette brume que tu connais si bien, dans ce lieu inaccessible au temps, où l'univers jette ses déchets. Mais cette brume ne nous permettra pas l'oubli, nous y serons conscients de chaque instant qui passe, conscients mais désincarnés et seuls, pour l'éternité.

Je serre les lèvres. Voilà qui ressemble tout à fait à l'enfer, pour moi.

– Notre seule façon d'y échapper est de prendre le contrôle et de donner à nos spectres une apparence physique et pas seulement psychique…

– Tu as vu ton corps ? Tu as vu ce qu'il est devenu ?

Roméo pâlit et passe nerveusement sa main dans ses cheveux.

– Oui, j'ai vu. Je suppose que toutes mes mauvaises actions ont eu des conséquences. Avec un peu de chance, la magie réparera… ça.

Je hausse un sourcil, dubitative, et il tente de sourire.

– Il paraît que l'amour fait des miracles, grimace-t-il.

Je secoue de nouveau la tête, lentement. Même si tout ce qu'il dit est vrai, je ne pourrai jamais l'aimer, quelle que soit ma peur de cet enfer qu'il décrit. La peur peut forcer l'obéissance mais elle ne peut transformer un cœur. Avant que j'aie pu répondre, un rire nous interrompt.

Il résonne entre les tonneaux, tourne autour des poutres de la grange. Ma première pensée est que Gemma est revenue mais le rire reprend, étrangement familier. Je connais cette voix. Je l'ai sentie dans ma gorge, sur mes lèvres. C'est mon rire. Quelqu'un a conservé la joie qui m'habitait quand j'étais jeune fille et l'a libérée. La voilà qui danse, plus douce que le vin que nous venons de boire.

– C'est elle… c'est toi, marmonne Roméo.

Il attrape mon bras, ses doigts me serrent trop fort.

– Ne la rejoins pas, ne l'accueille pas avant que nous ayons utilisé le sortilège, sinon elle t'emmènera avec elle.

Un autre rire part de l'autre côté. Roméo et moi faisons volte-face. Mon cœur bat à cent à l'heure, la terreur me transperce.

J'aperçois un peu de bleu et mon ancien corps apparaît, entre les barriques. Elle me regarde de ses yeux vides et sourit.

*L'amour. Si près.*

Je reste bouche bée. C'est moi. Il n'y a aucun doute. Mais je ne suis plus comme avant. Il manque quelque chose. Du sang s'écoule à grosses gouttes du trou dans ma poitrine. Mon sourire est étrange et forcé.

Pourtant, j'ai envie d'aller vers elle, de prendre mon ancienne main. J'ai du mal à me retenir. J'irais la retrouver malgré les avertissements de Roméo s'il ne me tenait pas fermement en criant :

– Cours !

Une demi-seconde plus tard, j'aperçois le corps pourri accroupi dans l'ombre.

– *Aime.*

C'est un grognement qui sort de sa bouche, bas et féroce, une menace qui nous fait fuir à toutes jambes.

Nous tournons et tournons encore, le rythme de nos pas est plus rapide que celui de la pluie qui tombe sur le toit. De plus en plus vite, à droite, à gauche, dans les allées, trop effrayés pour nous arrêter et regarder s'ils sont sur nos talons ; j'entends le cadavre de Roméo derrière nous, ses pas claquent sur le sol lisse. C'est un cauchemar.

On tourne encore une fois à droite et soudain, la porte se dresse devant nous. Je me jette dessus et j'atteins la barre de métal une seconde avant Roméo. Je m'élance dans la tempête. En un instant, la pluie a plaqué mes cheveux sur mon crâne mais je cours jusqu'à la voiture de Gemma. Les mains tremblantes, je cherche les clés dans ma poche.

Roméo et moi nous faufilons à l'intérieur, claquant et verrouillant les portières derrière nous. Je mets le contact. Je ne me sentirai en sécurité qu'après m'être éloignée le plus loin possible de cette grange.

Je fais demi-tour et descends la route étroite à une vitesse raisonnable. J'inspire et expire longuement. Je regarde de temps en temps dans le rétroviseur. La peur ne m'abandonne pas. Mais je dois me reprendre. Et trouver un moyen de contacter les Ambassadeurs.

Ils ne m'ont jamais fait de mal, jamais punie, se sont toujours montrés bons avec moi. Je ne peux pas les trahir maintenant.

*Mais si Roméo disait vrai ? Si…*

– Tu veux que je conduise ? me demande Roméo.

– Non, ça va.

– Tu n'as pas l'air bien. On dirait que tu vas réduire le volant en miettes.

Je baisse les yeux vers mes mains aux jointures blanchies. Je relâche mon étreinte pendant que mes pensées continuent d'aller à mille à l'heure. Je tape le code pour ouvrir le portail et me dirige vers Solvang.

Roméo a raison. Quelque chose est différent. Il représente peut-être ma seule chance d'avoir un avenir. Mais oserais-je ? Oserais-je m'allier à l'ennemi ? Oserais-je lui poser des questions sur son sortilège ?

– Tu es prête maintenant ? s'enquiert-il d'une voix blanche.

Je ne l'avais jamais vu comme ça. Il est plus perturbé encore que le jour où il a tué mon cousin et est venu m'annoncer que nous devions fuir.

– On peut le faire. Ce soir.

Il a tué mon cousin. Et il m'a tuée. Et au cours de ces derniers siècles, il a détruit la vie de tant de gens, brisé tant de cœurs. Je ne peux pas l'oublier. Je ne dois pas. C'est un menteur, un traître, un monstre.

– Je sais que tu me hais, chuchote-t-il, mais s'il te plaît, penses-y. Va dormir et vois si tu peux rêver d'une vie dans laquelle je ne serai plus ton ennemi mais l'homme qui t'aime.

Tu as entendu les spectres. Nous devons nous aimer l'un l'autre ou nous sommes perdus.

Je ris. D'un rire étranglé et désespéré.

– Dépose-moi ici, me demande Roméo en me désignant un parking à l'entrée de la ville. Je vais rentrer à pied.

Je me gare sans arrêter le moteur. Je ne le regarde pas. Le ramener chez lui sain et sauf, rien que ça me paraît bizarre. Comment ai-je pu songer une seconde à m'allier à lui ?

– Oui, fais ça.

Il soupire.

– Tu dois essayer, Juliette, ou nous mourrons tous les deux. Tu as vingt-quatre heures pour y penser.

Il essaie de croiser mon regard.

– Vingt-quatre heures sans que j'intervienne ni auprès de toi, ni auprès de tes amoureux. Vingt-quatre heures que tu peux passer à méditer si tu veux, comme gage de ma sincérité. Et ensuite nous agirons. Avant qu'il ne soit trop tard.

Vingt-quatre heures. C'est plus que ce qu'il ne m'a jamais accordé. Mais je sais déjà que ça ne suffira pas. Je ne l'aimerai jamais, pas plus que je ne pourrai lui faire confiance, certainement pas dans vingt-quatre heures… mais peut-être… peut-être…

J'accepte :

– Vingt-quatre heures.

Roméo sourit comme si je lui avais rendu la vie.

– Tu ne le regretteras pas, Juliette. Tu es toujours ma lumière dans la nuit, la seule beauté que…

– Stop !

Il rit.

– Un homme peut tenter sa chance.

– Tu n'es pas un homme.

– Mais je pourrai en redevenir un. Crois-moi.

Il prend ma main et la serre, mais j'essaie de me défaire de son étreinte.

– Moi, j'y crois.

Je croise son regard halluciné et j'y distingue une étincelle d'humanité.

– Nous pourrions donner raison à la pièce et trouver le bonheur. Même au-delà de la mort.

– Va-t'en.

– Au revoir, mon amour, la séparation est une douleur si douce que je…

– Va-t'en.

Je me force à adoucir ma voix.

– Donne-moi vingt-quatre heures et je te promets d'y penser.

– C'est tout ce que je demande.

Il traverse le parking, nonchalamment, comme s'il ne pleuvait pas à verse. Je le regarde s'éloigner en me disant que je devrais sans doute me sentir coupable de lui avoir menti. Mais ce n'est pas le cas.

S'il tient sa promesse, j'ai vingt-quatre heures pour aider Ben et Gemma à tomber amoureux et les mettre hors d'atteinte de Roméo. Ensuite, c'en sera terminé. Les Ambassadeurs me renverront peut-être dans les brumes, ou bien mon ancien corps m'entraînera, sans espoir de retour. D'une façon ou d'une autre, ce sera fini.

Peut-être avant le coucher du soleil, demain.

# QUATORZE

Le lendemain matin, je suis assise dans la boulangerie, une tasse brûlante à la main, et j'essaie de ne pas paniquer.

Je ne serais pas étonnée que Gemma ait décidé de ne pas venir. Elle était très en colère hier soir. À deux heures du matin, elle a fini par m'envoyer un SMS me donnant rendez-vous ici. C'était sans doute pour que je cesse de la harceler.

Elle devait venir à sept heures. Elle a déjà une demi-heure de retard.

J'essaie de me rassurer. Je pourrai lui parler au lycée. Mais ça me rend malade de perdre une seule seconde d'un temps précieux sans Roméo sur le dos. Le pancake que j'ai avalé me pèse sur l'estomac. Il n'a pas le même goût que dans les souvenirs d'Arielle. Enfin, je crois. La mémoire d'Arielle est floue aujourd'hui. Je suis trop absorbée par mes propres pensées et mes propres peurs.

Une fois de plus, j'ai fait des rêves horribles. Des cadavres revenant à la vie, du sang sur une robe bleue et le froid glacial des parois de la tombe où j'avais autrefois hurlé jusqu'à m'écorcher la gorge. Et la brume… la brume partout et toujours.

*Toujours.*

Et si Roméo avait raison ? Et si j'étais stupide de passer mon dernier jour sur Terre au service des Ambassadeurs ?

Je lève les yeux vers l'horloge et me mords la lèvre. Sept heures trente-trois.

J'entends presque l'aiguille avancer. La boulangerie est inhabituellement silencieuse. Les rares clients ne prononcent pas un mot. Comme si le monde entier sentait que deux vies sont en danger.

Nancy n'est pas derrière le comptoir. Sa fille – une femme aux traits forts, aux cheveux noirs et gris tirés en arrière – la remplace. Elle sert d'un air triste et préoccupé comme si elle avait du mal à gérer les clients pourtant peu nombreux. C'est sans doute mieux si je dégage la place.

La porte tinte juste au moment où je me lève et Gemma apparaît. Le regard qu'elle me jette suffirait à faire fondre un iceberg. Son aura est d'un rouge étincelant ce matin. Le temps qu'elle a passé hier avec Ben a été plus que bénéfique.

Une âme sœur conquise, il n'en reste plus qu'une.

Ben ne doit pas être encore tout à fait prêt, sinon je ne serais pas assise ici. Quand les deux auras s'enflamment, je suis immédiatement renvoyée dans les brumes. À moins que...

Si je croise Ben aujourd'hui et que son aura a changé, je saurai que je ne retournerai pas dans les brumes. Je devrais me décider : me rallier à Roméo ou laisser le spectre de mon âme m'emporter. Je devrais avoir peur mais Ben occupe toutes mes pensées. Ben et Gemma... J'aurais tellement voulu que...

Non. Je n'ai pas le droit.

– Eh.

Je me force à sourire, repoussant mes inquiétudes, tandis que Gemma s'approche de moi.

– Je suis contente que tu sois venue.

Gemma ne s'assoit pas. Elle a les bras croisés et me toise. Je me tortille.

– Je vois. Je me demande seulement comment tu fais avec ce qui se passe.

– De quoi tu parles ?

– Tu n'as pas regardé la télé ces quinze dernières heures, tu n'as pas lu les infos sur ton ordi ?

Elle lève les yeux au ciel.

– Tu devais être trop occupée avec Dylan…

– Je n'étais pas avec Dylan et je veux t'expliquer pourquoi…

– Nancy a disparu, me coupe Gemma avec un geste agacé. On ne parle que de ça sur Facebook.

Je fronce les sourcils.

– Nancy ? Disparue ?

– Oui, officiellement disparue. La police la recherche !

– Oh non.

Je comprends mieux pourquoi sa fille a l'air si inquiet.

– Oui, ces derniers jours ont été horribles, acquiesce Gemma. Je n'arrive pas à croire que Dylan et toi… je veux dire que ça ne m'étonne pas qu'il t'ait menti mais je ne m'attendais pas à ça de ta part. Je te croyais plus franche.

– Et toi, quand tu m'as dit de ne pas m'approcher de Dylan, c'était pas un mensonge ?

J'essaie de garder un ton amical.

– Non, c'était un bon conseil.

Elle regarde à travers la vitrine dégoulinante. Une nouvelle journée de pluie. Je commence à me dire que je ne reverrai jamais le soleil.

– Mais tu as raison, reprend Gemma. Je t'ai menti, tu m'as menti. On ne peut vraiment faire confiance à personne.

Elle serre les lèvres.

– Je devrais le savoir depuis longtemps.

Son gloss rose fuchsia est assorti à sa robe qui lui tombe jusqu'aux pieds. Ses épaules sont couvertes d'un top court, orné de rubans de dentelle. Elle est plus belle et plus éclatante que jamais, alors qu'Arielle est toujours aussi invisible, dans son pull rose et marron. À rayures cette fois. Elle semble avoir une collection infinie du même pull fadasse. Gemma et elle sont si différentes. C'est incroyable qu'elles soient restées amies si longtemps.

Mais mon avis n'a aucune importance. Je ne peux pas laisser Arielle perdre sa seule amie. Je serai sans doute partie à la fin de la journée.

– Gemma, s'il te plaît.

Je me lève de ma banquette. Je suis maintenant face à elle.

– Je ne t'ai jamais menti. C'est juste que je n'ai pas réfléchi.

– Oh que si, me contredit Gemma. Mais tu savais que je n'apprécierais pas du tout ce que tu avais à me dire.

– Tu as fait la même chose. Si on se pardonnait mutuellement et que…

– Je sais, j'ai fait la même chose.

La colère pointe dans le ton de Gemma.

– Et j'aurais dû continuer !

– Qu'est-ce que tu veux dire ?

Je ne comprends pas. Elle irradie l'amour. Ne devrait-elle pas être plus heureuse ? Plus indulgente ?

– Je n'aurais jamais dû te présenter Ben.

Mes yeux s'écarquillent. Pourquoi dit-elle ça ? Alors que j'ai essayé de les rapprocher tous les deux !

*En ne pensant qu'à ce que tu ressentais pour lui.*

– Je ne suis pas idiote, Arielle.

*En tressaillant à chaque fois qu'il t'effleurait.*

La bouche de Gemma a pris une moue méprisante.

– C'est évident.

*En pensant secrètement que Ben serait mieux avec... toi.*

– Je sais que tu es attirée par lui.

– Pas du tout.

Je ne mens pas. Il s'agit de bien plus qu'une simple attirance. J'éprouve pour lui des sentiments honteux et interdits, des sentiments que je n'avais éprouvés qu'une seule fois, il y a sept siècles, quand je suis tombée amoureuse pour la première fois. Et que je pensais que ce serait la dernière.

Mon Dieu, est-il possible que...

Je n'avais pas osé penser à ça, mais c'est évident. La pensée que Ben puisse être amoureux de Gemma est une torture. Ça ne peut être que parce que... j'ai la tête qui tourne... je parviens à articuler :

– Ben est seulement un ami. Je suis avec Dylan. Tu l'as vu toi-même hier soir.

– Que tu aies embrassé Dylan ne prouve rien. Tu me prends vraiment pour une imbécile. Je vois parfaitement ton petit manège et je le trouve pathétique.

– Quoi ?

Elle plonge son regard dans le mien.

– Tu m'as très bien entendue. Tu es pathétique.

Je me retiens de lui hurler d'aller en enfer.

– Tu es... cruelle, Gemma.

– Tu sais ce qui est cruel ? me crache-t-elle. C'est de piquer les jouets des autres. Tu crois que je ne te vois pas essayer de rendre Ben jaloux ?

Elle a haussé le ton et chacun de ses mots est plus méprisant que le précédent.

– Essayer de le rendre si inquiet pour la pauvre Arielle qu'il doit passer tout son temps avec elle et la protéger de son grand méchant petit copain. Il m'a raconté que Dylan avait cassé sa vitre. Il m'a parlé aussi de ton soi-disant malaise dans les coulisses.

Elle rit, du rire le plus amer que j'aie jamais entendu.

– Arielle, ma pauvre… tu devrais avoir honte… quand t'es-tu jamais évanouie ?

– Gemma, je ne sais pas…

– Mais Ben n'a aucune intention de te protéger, et Dylan n'est pas amoureux de toi !

Elle remonte son sac sur son épaule.

– Il n'aime personne et tu n'es pas capable de jouer à son niveau. Alors arrête d'essayer de me voler ma vie ! Elle est nulle mais c'est quand même la mienne.

Je suis médusée. Gemma dit n'importe quoi et j'ai de plus en plus de mal à accepter qu'une fille aussi méchante soit l'âme sœur de Ben. Mais je dois me contrôler et me concentrer sur mon objectif. Tout ce que je fais, c'est pour protéger Ben.

– Gemma, je te jure que je ne joue à aucun jeu. Je te le promets. Je veux juste…

– Laisse tomber, Arielle !

Elle recule en secouant la tête d'un air dégoûté.

– Arrête de te ridiculiser. Ben n'est pas intéressé et tout le monde sait que Dylan n'a couché avec toi que pour gagner son pari.

Ses mots m'atteignent comme un coup dans la poitrine. Tout le monde est donc au courant pour ce pari ? Roméo a raconté aux autres que Dylan et Arielle avaient… je n'ai pas entendu de ragots au lycée, mais comment aurais-je pu ? Personne ne parle à Arielle. Tout le monde l'évite sauf Ben et Gemma. Quand elle récupérera son corps, elle sera triste, seule et honteuse. Et ce sera ma faute.

Noyée dans un tsunami d'émotions, je fixe Gemma.

– Gemma, s'il te plaît…

– Désolée, Arielle, je n'ai pas le temps pour tes petits stratagèmes aujourd'hui. J'ai de grandes décisions à prendre et toi tu devrais te comporter un peu moins comme un monstre de foire !

Je vacille. Comment peut-elle dire ça ? À sa meilleure amie ? Alors que j'ai proposé de monter sur scène malgré la timidité qui est censée me dévorer ? Alors que je l'ai toujours défendue ? Que je me suis toujours montrée gentille et compréhensive avec elle ? Cette fille est vindicative, égoïste, gâtée. Elle ne mérite pas Arielle. Pas plus qu'elle ne mérite Ben.

Soudain, je la déteste. Je la hais. J'ai envie de lui cracher au visage que Ben refuse d'admettre qu'il sort avec elle, qu'il pense ne pas être amoureux d'elle. Je voudrais détruire toutes ses chances avec quelques mots bien choisis.

Mais je me contente de serrer les poings. J'enfonce mes ongles dans mes paumes.

Gemma est l'âme sœur que j'ai le devoir de protéger. Tant que l'aura de Ben ne sera pas aussi éclatante que la sienne, je ne peux pas me permettre de brûler mes vaisseaux. Quant à Arielle… je dois la laisser prendre elle-même la décision et ne pas me fâcher définitivement avec cette fille qui ressemble de plus en plus à ma pire ennemie.

– Salut Arielle, lance Gemma en prenant ses clés sur la table.

– Gemma ! Attends !

Elle s'en va sans se retourner, traverse le parking sous la pluie et monte dans sa voiture. Je suis soulagée. D'une certaine façon, Gemma n'est plus vraiment mon problème. Son cœur sait ce qu'il veut. Quand une aura est devenue rouge, il n'y a pas de retour en arrière possible. Je n'ai plus qu'à aller voir Ben et trouver les mots pour le convaincre de tomber amoureux de la fille qui vient de me traiter comme une moins que rien.

J'en pleurerais presque de frustration et de rage. Mais au lieu de ça, je prends mon sac de classe et je sors de la boulangerie, ignorant le regard curieux des autres élèves. Dehors, je maudis la pluie et je réalise que j'ai laissé mon parapluie dans la voiture de Gemma. Encore une bonne raison de la détester. La porte tinte derrière moi.

– Eh, ça va ?

Jason Kim, l'ami de Dylan, se tient devant moi. Je ne l'avais pas remarqué à l'intérieur mais les serpents ont toujours excellé dans l'art du camouflage. Il s'approche, le menton en avant. Son blouson de motard sent le cuir. Il m'observe de bas en haut et plisse le nez en s'arrêtant sur mon sweat bon marché.

– T'es canon aujourd'hui.

– Merci.

J'ignore son ton sarcastique et je baisse les yeux. Arielle a peur de ce garçon. Elle essaierait de ne pas attirer son attention. Peut-être que si je regarde par terre assez longtemps, il finira par partir.

– Je t'en prie, susurre-t-il.

Je n'ai pas besoin de le voir pour comprendre qu'il se moque de moi. Il reprend :

– Dylan m'a beaucoup parlé de toi.

– Ah oui ?

Mon estomac se serre. J'avais justement besoin de ça. Merci Roméo. Pour un type qui veut faire la paix, il ne s'est pas gêné pour transformer ma vie en enfer.

– Ouais. Il s'est vraiment bien amusé, lundi soir.

Jason hésite puis sourit de nouveau en découvrant ses dents.
– Et toi ? Tu t'es bien amusée ?
– Pas mal.
– Pas mal ?
Il hausse les sourcils, surpris.
– C'est tout ?
– Oui, c'est tout.
– Waouh. J'aurais cru qu'une nuit comme celle-là…
Il avance d'un pas et se retrouve à la limite de l'auvent de la boulangerie. Il tend la main pour jouer avec les gouttes qui tombent.
– Pour un mec, c'est un truc de fou. Enfin, je veux dire un truc de fou super cool. Je pensais que c'était pareil pour une fille. Je suis très branché égalité des sexes. Ma mère est avocate.
Je hoche la tête, essayant de trouver une logique à ce qu'il vient de dire. Il se penche vers moi, si près que je sens le café dans son haleine.
– Dylan et le nouveau la même nuit ! En même temps ! Wouah !
– Quoi ?
Roméo ! Je vais le tuer.
– Je le croyais pas au début. Dylan est mon pote mais c'est un sacré menteur, continue Jason, mais ce Ben est dans mon cours de sport et lui aussi dit que c'est vrai.
Je n'y crois pas. Pas une seconde.
– Tu mens.
– Je te jure que c'est ce qu'il m'a dit. Et il a pas l'air du genre à raconter des craques !
La porte de la boulangerie tinte de nouveau. Deux fois. Les élèves et les profs commencent à se diriger vers le lycée. Je pose sur Jason mon regard le plus neutre.

– Pourquoi tu me parles ?

Il émet un ricanement condescendant.

– On est dans le même établissement depuis le collège, Arielle. Pourquoi je te parlerai pas ?

– Parce que tu ne m'as jamais parlé.

– Désolé.

Son hypocrisie me donne envie de lui coller une droite dans le nez.

– Ça t'a fait de la peine ?

– Non. Je préférais.

Il semble prendre l'insulte pour un jeu de séduction.

– Cool, on n'est pas obligés de parler, alors. Je voulais juste te faire savoir que je suis libre pour toi.

Libre pour moi ?

– Je veux t'aider à assouvir tes besoins. Ben et Dylan sont d'accord pour partager. Et moi aussi.

Je secoue la tête, tellement dégoûtée que je ne trouve même pas de repartie.

– Mes parents ne sont pas à la maison ce soir, reprend-il. Tu pourrais passer après la répèt' et…

– Même si tu étais le dernier être vivant sur Terre, je ne viendrais pas !

Le rire de Jason me poursuit alors que je remonte vers le lycée. Je serre les dents, refusant de fermer les paupières quand la pluie me tombe dans les yeux, refusant de regarder par-dessus mon épaule ou de repenser à Jason. C'est un cinglé et un menteur. Ben n'aurait jamais raconté une chose comme ça. C'est impossible. Je n'ai aucun doute à son sujet. C'est un garçon bien et j'ai confiance en lui.

*Tu avais également confiance en Roméo Montaigu…*

Je me mets à courir.

Ça n'a rien à voir. Je ne connais Ben que depuis deux ou trois jours mais il m'a déjà prouvé qu'il valait dix fois Roméo. Roméo ne s'est jamais inquiété des autres ou de leur bien-être, il ne parlait pas avec tendresse de sa famille et ignorait la douleur. Roméo n'a jamais décelé ma force, ne m'a jamais assez bien regardée pour comprendre que j'étais autre chose qu'une jolie fille, que j'étais une personne avec des espoirs et des rêves. Roméo louait ma beauté en vers, mais il ne m'a jamais fait me sentir aussi belle que Ben avec sept mots simples.

*Tu as de l'importance pour moi.*

Je m'arrête brusquement. Je suis trempée. La vérité, l'inévitable vérité me heurte de plein fouet. Je suis amoureuse. De Ben. Un garçon qui ne m'est pas destiné. Jamais. Même si j'étais assez cruelle et égoïste pour essayer de le prendre. Ce corps n'est pas le mien, cette vie ne m'appartient pas et bientôt, je ne serai plus là.

Tomber amoureuse de lui est la pire chose que j'aie jamais faite. Stupide, inutile, inexcus…

Mon téléphone vibre dans mon sac. Je me réfugie sous un Abribus mais quand je sors mon portable, l'appel est terminé. J'ai un message. De Roméo. Mes vingt-quatre heures seront passées bien vite.

Mais quand je lis, je frissonne :

*Retrouve-moi dans les coulisses dans un quart d'heure. Si tu me croises avant, nous sommes ennemis comme d'habitude. Les circonstances ont changé. Tu es surveillée. Nous ne sommes pas seuls. Mon créateur est ici.*

# QUINZE

La deuxième sonnerie retentissait quand je suis arrivée au lycée. Les élèves allongeaient le pas pour rejoindre leur classe. Après avoir croisé M. Stark qui était de service du matin, j'ai bifurqué à droite et dépassé le bureau de la proviseur en baissant la tête pour ne pas prendre le risque d'être vue. Le sol est boueux et mes bottes s'enfoncent dans un bruit de succion.

Quand j'arrive devant la porte du théâtre, mon sweat est trempé et mes bottes couvertes de boue. J'ouvre la porte en silence. Le théâtre est plongé dans l'obscurité ; seule la lumière de sécurité au-dessus de la scène éclaire faiblement le velours carmin et diffuse un halo pâle sur les planches. La lourde porte se referme derrière moi. Je suis prisonnière. Le silence est encore plus étrange dans les endroits habituellement bruyants.

Je m'accroche à la bretelle de mon sac et me dirige vers les loges. Mes pas ne font quasiment aucun bruit sur le sol constellé de taches de peinture. Cet après-midi, Ben et moi sommes censés le repeindre en noir avant la répétition en costume.

Je me demande s'il viendra ou s'il a déjà décidé de m'éviter. J'ouvre la porte des loges mais la laisse aussitôt se refermer.

Il y a quelqu'un. La lumière est allumée et j'ai perçu un mouvement dans le coin. Je n'ai aucune idée de qui c'est mais je ne veux surtout pas me faire repérer. Roméo et moi allons devoir trouver un autre lieu de rendez-vous.

À moins qu'il ne soit déjà là.

Je glisse un œil dans l'entrebâillement. J'aperçois l'évier où je lave mes pinceaux et devant, une silhouette, de dos. Ben. Il a les épaules voûtées comme s'il nettoyait quelque chose. Ses cheveux sont ébouriffés et je peux contempler son dos musclé et ses hanches étroites qui retiennent un jean plein de peinture. Mon cœur sursaute et ma bouche devient sèche.

Son aura est toujours rose.

Le simple fait de le regarder me donne envie de le toucher, de caresser son visage, de m'accrocher à son cou, de poser mes lèvres sur les siennes et de lui livrer tous mes secrets par un baiser. Je veux sentir ses bras autour de moi, son corps contre le mien. Je veux plonger dans son regard et découvrir que nous sommes seuls au monde. Qu'il est… tout.

*Tout.* Comme l'était Roméo avant cette dernière nuit, avant qu'il me sorte de ma tombe pour m'enfoncer un poignard dans le cœur.

Je frissonne, la peur suinte par tous les pores de ma peau.

Comment ai-je pu tomber une nouvelle fois amoureuse ? Même si ça ne m'était pas interdit, j'aurais dû retenir la leçon. N'ai-je pas assez payé pour savoir qu'on ne doit jamais avoir confiance en l'amour ?

*Tu peux me faire confiance.* Les mots de Ben résonnent dans ma tête. Peut-être est-ce possible ? Si je ne peux pas m'en remettre à l'amour, peut-être puis-je au moins lui faire confiance à lui ? Mais c'est sans importance ; Ben ne sera jamais à moi.

Ma gorge se serre et une chaleur insupportable enflamme mon cerveau. Je recule en refermant doucement la porte. Je retourne dans l'obscurité teintée de rose, signe de la condamnation de ma faiblesse, confirmation de mon péché. Je ne mérite ni la confiance de Ben ni son amitié. Je les ai mis en danger, lui et Gemma, et c'est impardonnable. Je dois réparer mon erreur, je dois le rendre amoureux ou passer l'éternité à m'en vouloir.

Absorbée dans mes pensées, je ne sens pas Roméo approcher. Il me saisit le bras et m'entraîne entre les rideaux. Il pose la main sur ma bouche, étouffant mon cri.

– Chut, siffle-t-il. Il peut nous repérer à tout instant.

Son visage est beaucoup trop près du mien, son souffle est chaud à mon oreille. Je respire un relent métallique, comme une odeur de viande périmée. Sa chair est comme un steak en train de se gâter.

Me retenant de vomir, je hoche la tête et me défais de son étreinte. Ses yeux écarquillés sont cernés de noir, ses pupilles sont dilatées comme s'il était atteint d'une maladie qui le ronge de l'intérieur.

Il y a quelque chose qui cloche chez lui. Encore plus que d'habitude. Il faut que je le sorte d'ici. Je ne veux pas qu'il s'approche de Ben dans cet état. Qu'il s'approche de Ben tout court. J'ouvre la bouche mais il m'arrête d'une main tremblante.

– On n'a pas le temps, murmure-t-il d'une voix rauque.

– Mais, je…

– Il est là. Celui qui m'a créé. C'est pour ça qu'il n'y a pas d'autres mercenaires en ville. Ils ne s'attardent pas quand un des anciens est dans les parages. Il a dissimulé son aura par magie mais je l'ai vu la nuit dernière. J'en suis certain. Et je pense qu'il sait.

Il me serre le poignet, pressant le tissu mouillé de mon sweat sur ma peau.

– Il me surveille. Il veut que je m'occupe d'une des âmes sœurs. Il veut que je te tue une seconde fois, pour me faire grimper dans la hiérarchie des Mercenaires.

– Quoi ? Comment sais-tu…

– On peut encore fuir, mais nous devons faire vite !

Il est essoufflé comme s'il venait de courir.

– Nous ne pouvons pas laisser passer notre chance. Nous devons utiliser le sortilège avant qu'il ne soit trop tard.

Je secoue la tête.

– Je ne…

– Tu peux m'aimer. Tu étais amoureuse de moi autrefois. Tu peux l'être à nouveau.

Ses yeux ne cessent de scruter l'obscurité derrière moi. Sa bouche tremble comme si elle hésitait entre le rire et les larmes.

– On doit y aller. Maintenant.

Ses doigts me serrent plus fort et je grimace. Je regrette d'avoir accepté ce rendez-vous. Roméo a perdu le peu de raison qui lui restait.

– Pourquoi n'allons-nous pas dehors, je ne te vois pas b…

– Il est inutile que tu me voies, me coupe-t-il. Tu dois agir.

Il me secoue comme si ça pouvait m'aider à comprendre ses élucubrations.

– Qu'est-ce qu'il te faut de plus ?

Je le repousse avant qu'il ne me brusque de nouveau.

– Explique-moi tout. Sinon, je m'en vais.

Il prend une longue inspiration, tentant manifestement de se calmer.

– Tu as raison, dit-il en croisant les bras. Je vais le faire mais tu dois me promettre que nous prononcerons le sortilège tout de suite après. Jure-le-moi.

Il tend la main mais je lui fais comprendre d'un geste que je ne supporterai pas qu'il me touche encore une fois.

– Je ne promets rien tant que je ne comprends pas ce que je promets.

Roméo éclate d'un rire hystérique, étouffé par les lourds rideaux.

– Comme la première fois ? Quand tu as prêté serment à une cause dont tu ne savais rien et dont tu ne sais toujours rien sept cents ans plus tard ?

Je serre les lèvres. Ben va bientôt partir. Il sèche la demi-heure d'accueil mais son premier cours commence dans vingt minutes. Il passera obligatoirement par ici. Il faut que Roméo soit parti avant.

– Bon, vas-y ! Explique-moi. Et vite puisque ton temps est si précieux.

– La chance qui s'offre à nous n'est pas accordée à tous les ambassadeurs et à tous les mercenaires mais nous étions autrefois liés par l'amour, une force qui possède sa propre magie. Si nous retombons amoureux, si nous prononçons le sortilège et scellons notre serment par le sang, comme l'ont fait les Ambassadeurs et les Mercenaires il y a des milliers d'années, nous nous emparerons de leur magie. Nos âmes seront guéries, nous réintégrerons nos corps spectraux et vivrons éternellement. Nous devons juste nous aimer. Comme nous le demandent nos spectres.

– Pourquoi nous aideraient-ils ?

Quelque chose sonne faux dans son explication.

– Je croyais qu'ils voulaient nous posséder…

– Peut-être qu'ils n'ont pas envie de remplir leur mission, répond Roméo. J'ai l'impression qu'ils ont envie de vivre de nouveau…

– Mais la magie dont tu parles ne risque-t-elle pas de créer un plus grand déséquilibre ?

– Je ne sais pas, Juliette, me rembarre-t-il. Et je m'en fous ! Ce qui nous arrivera après le sortilège ne peut pas être pire que d'attendre qu'un monstre me traîne en enfer ou qu'un mercenaire se rende compte que je suis en train de comploter avec toi.

Je me mords la lèvre. La sonnerie ne va pas tarder à retentir, il faut vraiment que j'aie quitté le théâtre avant.

– Tu m'avais promis une journée pour réfléchir.

– On n'a plus le temps ! Je t'aime ! Aime-moi en retour et faisons ce que nous avons à faire !

Il lance ces mots comme s'il récitait une recette de cuisine, comme s'il ne demandait pas la lune.

Aimer. L'aimer lui. C'est impossible. Même si ce sortilège est notre seule porte de sortie. Même si je trahis mon âme et mon allégeance aux Ambassadeurs, même si je fais couler mon sang, c'est impossible. Je suis amoureuse de Ben.

– Je ne peux pas.

– Tu es mon âme sœur, Juliette. Pour toujours. Notre amour ne peut disparaître.

– C'est pourtant ce qui est arrivé quand tu as vendu ma vie aux Mercenaires.

– Qu'aurais-je pu faire d'autre ?

La voix de Roméo est rauque.

– Qu'aurais-tu pu faire d'autre ?

Je serre les poings, frustrée et dégoûtée par sa question.

– Tu avais mille autres choix ! Des centaines de milliers d'autres choix.

– J'étais banni de la ville. Mon père m'avait déshérité et ma belle-famille voulait ma mort. J'avais seize ans, ni amis, ni argent, et je ne savais rien faire pour gagner ma vie. J'étais le fils d'un homme riche, de quoi aurais-je vécu, comment aurais-je nourri ma femme et d'inévitables enfants ?

Je secoue la tête, refusant d'en entendre plus, refusant de comprendre les raisons de sa trahison. Rien ne justifiait son acte. Rien.

– On aurait trouvé une solution. Nous étions jeunes, en bonne santé, intelligents… et nous étions amoureux. Nous aurions pu…

– On serait morts de faim ! On se serait fait égorger au détour d'une ruelle pour les bijoux sur tes souliers avant même d'avoir atteint Mantoue.

Il se tait et me regarde, les yeux pleins de tristesse.

– Tu serais morte en me maudissant, en maudissant le jour de notre rencontre et le jour où j'ai tué ton cousin. Tu serais morte habitée par la haine et tu aurais détruit mon âme. Et la tienne. Je ne pouvais supporter cette idée. Je t'aimais trop pour ça. Je te jure que je t'aimais… que je t'aime toujours… ou du moins que je t'aimerai de nouveau si tu me laisses une chance.

Ma poitrine se serre. Le destin qu'il décrit est trop facile à imaginer, beaucoup trop facile. Mais je préférerais avaler ma langue plutôt que d'être d'accord avec lui. Si travailler pour les Ambassadeurs m'a appris quelque chose, c'est qu'on a toujours le choix entre le bien et le mal.

– Si tu voyais réellement mon avenir comme ça, alors tu aurais dû m'abandonner.

– Quoi ?

À son expression hagarde, on pourrait croire que l'idée ne lui a jamais traversé l'esprit.

– Tu aurais dû me laisser avec ma famille à Vérone.

Il secoue la tête.

– Tu te serais suicidée de désespoir.

– Au moins, ça aurait été mon choix. Ma mort.

Il soupire et reprend dans un murmure :

– Et qui prétend que ce n'est pas ce qui s'est passé ?

J'ignore son insinuation et je serre la mâchoire.

– J'aurais eu une chance de survivre ! J'aurais peut-être compris que ça ne valait pas la peine de mourir pour un lâche comme toi !

Il ricane.

– Tu oublies à quelle époque nous vivions, ma douce. Tu n'aurais plus été rien ! Une femme rejetée après une nuit d'amour…

– J'aurais préféré, j'aurais…

Je me tais. Quelque chose dans son visage me glace les sangs.

– Tu le savais. Cette nuit-là. Avant que nous…

Ma gorge se serre.

– Tu savais que tu me vendrais aux Mercenaires…

Il hausse les épaules mais ses yeux restent fixés sur le sol comme s'il avait honte de me regarder en face.

– Le passé n'a plus aucune importance.

– Il en a pour moi. Il me rappelle quel monstre tu es.

– Nous perdons notre temps. Ce que tu penses de mes choix ne compte plus aujourd'hui. Tu dois m'aimer ou passer l'éternité en enfer. Voilà les choix qui se présentent à toi !

– Alors je choisis l'enfer.

Et je sais que je le pense, au plus profond de moi. Je ne veux pas de son sortilège. Je ne trahirai pas les Ambassadeurs. Même s'ils se sont servis de moi, ça a toujours été pour de bonnes causes, pour que le monde soit meilleur. Je refuse d'aider Roméo à récupérer son ancienne vie. Je n'ai pas le droit de le tuer mais je n'ai aucune raison de l'aider à vivre, ou survivre.

Je me sens soudain plus légère. Même l'enfer ne me semble pas aussi terrible maintenant que je sais que Roméo connaîtra le même destin.

– Tu ne peux pas faire ça, gronde-t-il.

– Oh si. Et toi aussi, tu iras en enfer.

Je souris.

– Ce n'est pas très agréable que quelqu'un choisisse ton avenir à ta place, n'est-ce pas ?

Ses mains s'élancent vers ma nuque comme des serpents, empoignent mes cheveux mouillés. Je ferme les yeux sous la douleur mais je ne crie pas. Je ne dois surtout pas attirer l'attention de Ben.

– Je ne laisserai pas tes tendances suicidaires gâcher mes chances de survie. Je l'interdis.

Roméo attire mon visage contre le sien et murmure à mon oreille.

– Tu vas m'aimer. Je te le jure.

Ses lèvres s'approchent des miennes et sa puanteur m'emplit les narines. Je le repousse de toutes mes forces.

– Lâche-moi !

Il continue de me tirer les cheveux.

– Nos deux destinées ne font qu'une, notre avenir est lié…

Soudain, les lumières crues de l'arrière-scène s'allument. Roméo desserre son étreinte et je le repousse, au risque de sacrifier la chevelure d'Arielle pour gagner ma liberté, mais Roméo me lâche. Je vacille, j'ai la nausée. Ses lèvres sont bleues, ses yeux cernés, sa peau terne. Comme un ado en manque de sommeil pour avoir trop fait la fête mais je connais la vérité. La mort est déjà en lui et ça le terrifie.

Pourtant, il arrive encore à éclater de rire.

– Je sais que tu m'aimes toujours. Tu ne peux pas t'en empêcher.

Il fait un pas vers moi.

– Ne me touche pas !

Je dresse les poings.

– Éloigne-toi d'elle ! Tout de suite !

La voix de Ben vient de derrière moi. C'est lui qui a allumé les spots. J'ai peur pour lui mais son apparition me rassure. Je recule vers lui sans lâcher Roméo des yeux.

– Tu m'aimes, tu...

– Non. Je ne t'aimerai jamais ! Jamais !

Je ne peux plus mentir, même pour faire croire à Ben que je suis avec Dylan.

– Tu l'as entendue ! gronde Ben.

Il me prend la main et me place derrière lui.

– Elle n'est plus intéressée.

La menace est évidente dans sa voix sourde.

Roméo ricane.

– Alors pourquoi...

Son sourire s'évanouit tandis que son regard va de Ben à moi. Il laisse échapper un cri étranglé :

– Qu'est-ce que tu as fait ?

Roméo me fixe, le regard halluciné.

– Qu'est-ce que tu as fait ?

Le choc durcit ses traits.

– Tire-toi, *pendejo* ! lâche Ben.

– Non !

Le désespoir de Roméo a laissé place à la rage. Il avance, un doigt accusateur pointé vers moi.

– Tu seras toujours mienne. Ça ne change rien ! Tu es à moi !

Il se jette sur moi mais Ben est plus rapide et le frappe – fort – à l'épaule.

Roméo tombe en arrière. Il se redresse. Ben me prend par la taille et me pousse vers la sortie. Je me retourne, essayant de ne pas lâcher Roméo des yeux, mais Ben m'en empêche.

– Viens, me presse-t-il. Sortons d'i...

Il termine sa phrase par un halètement. Roméo l'a saisi par derrière, l'oblige à se retourner et le plaque au sol dans un cri de rage. Les deux garçons roulent sur le sol dans un enchevêtrement de bras, de poings et de jambes.

– Je vais te tuer ! Je vais te tuer de mes mains ! rugit Ben.

Roméo s'apprête à cogner mais Ben esquive et le poing de Roméo va frapper le plancher.

Je m'élance et arrive près d'eux juste au moment où les jointures de Roméo fissurent le parquet. Je lui prends les bras mais il balance ses jambes pour me faire tomber. Roméo se jette de nouveau sur Ben. Mais Ben est prêt cette fois. Il saisit les épaules de Roméo et le bloque avant de lui enfoncer son genou dans l'estomac et de le frapper au visage et à la poitrine, de cogner sur tout ce qui lui tombe sous les poings. Il ne retient pas ses coups et il est si brutal qu'il en devient terrifiant. Si Roméo avait été au mieux de sa forme, Ben n'aurait eu aucune chance, mais son adversaire est faible. Si Ben continue, il pourrait gravement blesser Roméo et... ruiner son avenir. Je dois empêcher ça.

– Ben ! Arrête ! Ben !

Mais il ne m'entend pas. Ses yeux ont un éclat que je ne leur connaissais pas. Je n'ai plus qu'à espérer qu'il reprendra ses esprits si je le tire en arrière.

Je viens de faire un pas en avant quand une voix masculine résonne dans le théâtre.

– Qu'est-ce qui se passe ici ? Ben ! Dylan ! Arrêtez ça tout de suite !

M. Stark, accompagné de Mike, le professeur stagiaire, traverse la salle en courant. Ils séparent les garçons qui ont le visage en charpie.

Roméo a un coquard et du sang coule sur le côté de sa bouche ; Ben n'est pas en aussi mauvais état mais il arrive à peine à se mettre debout, même avec l'aide de Mike.

– Dans mon bureau ! Tout de suite ! tonne M. Stark. Toi aussi, Arielle, ajoute-t-il avant de sortir sous la pluie.

Mike et Ben lui emboîtent le pas. Ben croise mon regard et je lis dans ses yeux qu'il ne regrette rien. Si c'était à refaire, il agirait exactement de la même façon. Il est prêt à détruire ceux qui me feraient du mal, qui que ce soit. Déterminé à protéger de toutes ses forces la fille qu'il… qu'il…

Non, c'est impossible. Il ne peut pas ressentir ça pour moi ! Même s'il croit être amoureux de moi, c'est impossible. Gemma est son âme sœur. C'est pour elle que son aura rayonne.

– Ne dis pas que tu es désolée, me souffle-t-il en se plaçant à côté de moi.

– Mais…

Mais je le suis. Je suis tellement désolée. Peu importe que les Ambassadeurs soient des menteurs. Je ne peux croire que j'ai mis la vie de Ben en danger !

– Allez, avancez !

Mike ne semble pas très à l'aise dans son rôle de policier avec des ados à peine moins âgés que lui.

Tandis que nous marchons sous la pluie, je ne quitte pas le sol des yeux, la tristesse et le regret se répandant dans chaque parcelle de mon corps. Je peux renier mes propres sentiments, du moins tenter de les contrôler. Mais que vais-je faire maintenant que Ben est persuadé d'être amoureux de la mauvaise personne ?

# SEIZE

La pluie tambourine sur le toit métallique du préau. Un solo de batterie de mauvais augure qui présage de la punition qui nous est réservée. Je suppose que je n'y échapperai pas. Après tout, je suis la cause de cette bagarre. Même si je ne suis pas tout à fait sûre d'avoir compris ce qui a mis Roméo dans cet état.

Mon refus de prononcer le sortilège ? Ce qu'il a lu dans mes yeux ? Une étincelle qui a trahi mes sentiments pour Ben ?

Si c'est le cas, on va au-devant de gros ennuis. Quand Roméo se sera remis de sa jalousie, il utilisera cette information contre Ben, Gemma et moi. Il m'a promis de s'en prendre à eux si je n'entrais pas dans son jeu. Cette simple idée me fait ralentir. Mike ralentit également. Il ne tient plus le bras de Ben. M. Stark, lui, traîne Roméo de force.

– Vous n'aurez pas de soucis, nous souffle Mike. M. Stark sait que Dylan est un faiseur d'embrouilles. Il ne lui aurait pas confié le rôle principal de la comédie musicale s'il avait pu dénicher un autre chanteur aussi bon que lui.

– Merci.

Je me force à sourire. C'est gentil de sa part d'essayer de nous remonter le moral.

– Et je… je ne sais pas ce que tu sais, poursuit-il, mais j'essaie seulement de… de faire ce qui me semble juste. Je prendrai votre défense.

Je trébuche dans un trou de la cour. Je me rattrape de justesse. De quoi parle-t-il ? Que croit-il que je sais ?

– Ça va ? s'enquiert Mike en s'arrêtant derrière moi.

J'acquiesce.

– Oui, ça va. Merci.

Je plonge mon regard dans ses yeux verts, à la recherche d'un indice que j'espère ne pas trouver.

Roméo m'a dit que le mercenaire qui l'avait créé était là, qu'il se cachait pour nous espionner. Il pourrait être dans n'importe qui. Dans ce jeune homme particulièrement inquiet de ce que je pourrais avoir entendu, par exemple. Je souffle :

– Je pense que je sais tout.

Mike a perdu toute autorité et se demande quelle sorte de menace je représente.

Ben se retourne vers nous.

– Vous venez ?

– Pars devant, on arrive, renifle Mike.

Ben hésite mais je suppose qu'il estime s'être attiré assez d'ennuis pour la journée. Mike attend qu'il ait disparu avant de murmurer :

– Et lui ? Il sait ?

– Il sait quoi ?

Ma respiration s'accélère. Mike est-il réellement l'un d'entre eux ? Un mercenaire de haut rang me poserait-il ce genre de question ? Il croise les bras et son expression est de moins en moins amicale.

– Tu sais très bien de quoi je parle. Dis-moi seulement si tu en as parlé à Ben.

– Non.

J'essaie d'avoir l'air sûre de moi.

– Mais je ne laisserai personne lui faire du mal.

Mike soupire.

– Si tu lui dis...

Soudain, un hurlement déchire la grisaille du matin. Je tressaille. C'est un cri féminin, aigu et terrifié, qui vibre le long de ma colonne vertébrale. Je me retourne, cherchant l'origine de la plainte. Quand mes yeux tombent dessus, un petit gémissement m'échappe.

– Qu'est-ce qui se passe ? demande Mike.

Je secoue la tête. Mon pouls, plus rapide que le martèlement de la pluie, absorbe tous les autres sons excepté le hurlement qui continue.

Là, à la lisière du parc du lycée, je me vois sous mon ancienne forme. La silhouette court derrière le théâtre, elle se fraie un chemin dans l'herbe haute, essaie d'atteindre les arbres, trébuchant, tombant, se relevant pour tomber et se relever à nouveau. Elle est rapide pour une jeune fille encombrée de lourdes jupes. Mais elle ne sera pas assez rapide.

Rien ne ralentit ce qui la poursuit. La chose court à la manière d'un animal, cabriolant sur la hauteur comme si cette chasse n'était qu'un jeu. Le cadavre de Roméo est encore plus squelettique que la dernière fois, ses vêtements sont encore plus en haillons et trempés par la pluie. Je pourrais lui compter les côtes, je perçois les mouvements de son bassin. Il n'est plus très loin de mon ancien moi.

Je ne sais pas pourquoi il la poursuit mais je ne le laisserai pas faire. Je devrais être terrifiée par mon âme spectrale mais mes entrailles me hurlent de m'élancer à son secours. Tout de suite.

– Arielle ! Qu'est-ce que tu fais ? me demande Mike d'une voix teintée d'incompréhension.

Est-il sincère ou essaie-t-il de donner le change à d'éventuels témoins ? Je l'ignore et ça m'est égal. Tout ce qui m'importe est de rejoindre mon ancien moi à temps.

Je me rue à travers la pelouse détrempée, les bras le long du corps, mes pieds touchant à peine le sol. De plus en plus vite. J'ai l'estomac noué et une crampe menace mais je ne m'arrête pas. Je ne faillis pas. Je me précipite vers la créature bondissante, à la chasse au chasseur.

La pluie s'intensifie. Je n'y vois pas à un mètre. Mais je ne ralentis pas. Je l'entends crier et j'entends le grognement avide de la créature qui se rapproche d'elle. Le spectre de Roméo y prend du plaisir, il se nourrit de la terreur de sa proie avant de s'abreuver de son sang.

Je tombe. Mon pull s'est pris dans une branche. Au lieu de me débattre, je le retire, me retrouvant en débardeur. Mes bras se hérissent de chair de poule et mes dents claquent si fort que je n'entends plus les cris.

Ses cris. *Mes cris.*

Je ne sais plus. Je ne sais plus ce qui est réel et ce qui ne l'est pas. Je sais seulement qu'au moment où j'atteins la limite des arbres, une part de moi n'est pas surprise de découvrir mon corps et celui de Roméo en train de m'attendre. Ils sont devant moi, main dans la main, comme si le monde était à eux. Ma vieille robe est toujours trempée et tachée de sang, Roméo est toujours aussi effrayant, mais les deux êtres sont unis comme Roméo et moi ne l'avons plus été depuis des siècles.

– *Fuis*, grogne Roméo.

Je me raidis, supposant qu'il a l'intention de me poursuivre mais mon ancien moi se met à rire :

– *Ne fuis pas, aime.*

Nos regards se croisent et de nouveau, je sens ce vide en elle. Il lui manque une chose essentielle.

– Que veux-tu dire ?

Ma voix tremble.

– Je ne peux plus aimer Roméo. C'est imp…

– *Aime,* répète-t-elle comme si elle ne m'avait pas entendue.

Avant que j'aie le temps de poser une autre question, ils ont disparu. Je scrute les vignes, puis je les cherche dans toutes les directions, mais ils ne sont plus là. Je l'ai perdue de nouveau. Je *me* suis perdue de nouveau.

Je devrais être contente. D'après Roméo, ce spectre est une manifestation psychique destinée à me consumer. Mais je ne suis pas contente. Des sanglots me montent dans la gorge et je tombe à genoux. Je ne peux pas lui obéir. Je ne peux pas aimer Roméo. Je ne peux pas. Je le déteste. Je le détesterai toujours. Mon cœur rétrécit dans ma poitrine, comme s'il allait disparaître lui aussi.

*Amour. Haine. Amour.*

Je suis déchirée. Écartelée. J'ai l'estomac retourné et la terre vacille. Je me demande si tout ça n'est pas seulement le fruit de mon imagination.

Et si tout ce en quoi je crois n'était qu'une création de mon cerveau ?

Peut-être n'ai-je jamais été Juliette ? Peut-être ne suis-je jamais morte dans une tombe ? Peut-être n'ai-je jamais mené ce combat contre mon ancien amour ? Peut-être suis-je juste Arielle Dragland, une adolescente de dix-huit ans, souffrant d'une blessure à la tête et atteinte d'une maladie mentale ?

– Non, je ne suis pas folle. Non.

Je sanglote. J'essaie de respirer calmement mais je m'étrangle. Je m'essuie le nez et les yeux, je suis en colère contre la forme de mon visage, la couleur de mes yeux, les cicatrices qui parcheminent ma joue. Je déteste ce corps – pas à cause des marques, mais parce que ce n'est pas le mien. J'en suis sûre. Je ne suis pas folle, pas encore. Je suis épuisée de n'avoir rien à moi ! Ce n'est pas ma mission, ce ne sont pas mes choix, ce ne sont même pas ma chair et mon sang. Je déteste ça !

Je déteste voyager dans le temps, voir le monde se transformer tout en restant si pathétiquement le même. Je déteste ce monde qui crée des monstres comme Roméo, l'avidité, la peur et la méchanceté qui donnent à des gens comme eux le besoin de tuer. Je déteste les Mercenaires qui volent mes rares moments de bonheur. Je déteste Nourrice qui ne me dit pas toute la vérité. Je déteste les Ambassadeurs qui se servent de ma compassion pour me forcer à travailler pour le bien de l'humanité même quand l'humanité ne semble pas receler une once de bien. Je déteste toutes ces années passées à me battre pour l'amour alors que mon amour m'a été volé, qu'il n'a duré que le temps d'un battement de cils avant de s'évanouir, sans même me laisser une seconde chance.

Et plus que tout, je déteste cet espoir qui renaît en moi pour mourir aussitôt. J'ai trop côtoyé la misère pour ignorer que l'espoir est un leurre.

Des larmes, encore des larmes, assez de larmes pour remplir un océan. Elles cascadent sur mes joues et me donnent l'impression que la pluie n'a pas cessé. Pourtant, l'averse s'est arrêtée depuis un bon moment, laissant une atmosphère froide et pesante. J'essaie de me lever mais je n'y arrive pas. La rage et le désespoir m'empêchent de trouver mon équilibre.

Et tout à coup, il est là, derrière moi, et m'enlace, m'attirant contre lui.

– Tout va bien, me murmure-t-il alors que j'essaie de m'éloigner de lui.

J'articule à travers mes pleurs :

– Non, ça ne va pas. Ça n'ira jamais.

– Bien sûr que si. Tu es forte, tu te rappelles ?

– Non, je ne le suis pas.

Je secoue la tête. Je ne suis pas forte. Je suis faible et égoïste. Je déteste et j'adore la sensation de la peau de Ben contre la mienne, de sa chaleur contre moi. Je le veux à moi. Je veux lui appartenir. Je veux passer ma vie dans ses bras.

– Mais si, tu l'es, me chuchote-t-il, posant son menton sur mon épaule comme si c'était la chose la plus naturelle du monde. C'est une des choses que j'aime le plus chez toi.

J'émets un bruit de gorge, mi-pleur, mi-rire. Toutes mes peurs ont été confirmées mais une partie de moi est soulagée. Il pense qu'il m'aime. Il l'a dit. Même si je sais qu'il se trompe, ces paroles sont précieuses pour moi.

– Tu ne peux pas m'aimer.

Je fais de mon mieux pour dissimuler le regret dans ma voix.

– Tu es amoureux de Gemma.

– Je ne suis pas amoureux de Gemma. Je n'ai jamais aimé Gemma et je ne l'aimerai jamais, ajoute-t-il, répétant les mots que j'ai moi-même employés pour parler à Roméo moins d'une heure plus tôt. C'est toi que j'aime.

– Tu me connais si peu.

– Je te connais parfaitement, affirme-t-il avec une assurance calme qui me fait de nouveau monter les larmes aux yeux. Je sais que tu es forte et aussi belle à l'intérieur qu'à l'extérieur. Je sais que tu aimes manger et que tu détestes Shakespeare

– du moins ses histoires d'amour. Je sais que tu ferais n'importe quoi pour une amie. Je sais que tu es une artiste capable de peindre un mur de briques qui mériterait d'être accroché dans un musée. Je sais que tu as traversé l'enfer mais que tu ne te laisses pas dévorer par tes problèmes.

Il se tait un moment et me serre plus fort.

– Et je sais aussi que tu m'aides à penser que l'enfer que j'ai traversé valait la peine… c'est grâce à cet enfer que j'ai su reconnaître le paradis quand il est monté dans ma voiture.

Ma gorge se serre ; j'arrive à peine à respirer. Il vient de parler de moi. Pas d'Arielle, de la vraie moi, l'âme qui habite ce corps qui ne m'appartient pas. Ben me voit. Il me connaît. Peut-être y a-t-il une chance pour que…

Non, il n'y en a pas. J'ai déjà eu ma chance. Une âme sœur, une chance, c'est tout. Je n'ai pas été envoyée ici pour moi mais pour Gemma et Ben. La couleur de leur aura est formelle.

– Non, tu crois que tu es amoureux de moi, mais tu te trompes.

– Je sais ce que je ressens, me contredit Ben. Mais si tu ne ressens pas la même chose…

La douleur dans sa voix fait de nouveau couler mes larmes. Je ne supporte pas l'idée de le faire souffrir encore mais je n'ai pas le choix. Il doit m'oublier.

– Je ne t'aime pas.

– Tu mens, chuchote-t-il. Comme tu as menti quand tu as embrassé ce crétin hier. Tu n'avais pas la moindre envie de le toucher. Tu le faisais pour Gemma.

– Tu te trompes. C'est avec elle que tu dois être.

– Comment peux-tu en être aussi sûre ?

La colère fait vibrer sa voix.

– Je ne suis jamais sorti avec elle. C'est vrai, on s'est embrassés une fois dans une grange de son père, près de chez moi, mais je n'y ai pris aucun plaisir. Et ça n'est jamais allé plus loin. Je te le jure. Même avant de te rencontrer, je savais que Gemma et moi ne serions jamais autre chose que des amis. Et peut-être même pas. C'est une *lunatica* et elle n'est sûrement pas mon âme sœur.

Je me tourne pour voir son visage. L'intensité de son regard me fait oublier mon argumentation, me fait tout oublier, sauf à quel point je l'aime. La lueur orange foncé de son aura, cette couleur qui prouve son amour pour une autre, n'arrive pas à me convaincre de m'éloigner de lui. Je crois que rien ne le pourrait. Pas là, maintenant, alors qu'il est si près de moi et que ses yeux brûlent avec ardeur. Il me fait tant penser à moi et à ma façon d'exprimer mon amour.

– Je le lui ai dit quand nous sommes allés boire un café, poursuit-il avec passion. Elle sait que je ne veux pas sortir avec elle. Elle le savait déjà hier soir. Nous avons juste discuté et donné des carottes aux chevaux, parce que c'est avec toi que je veux être.

Il écarte mes cheveux mouillés de mon visage.

– Je l'ai su dès que nous nous sommes battus pour la pédale d'accélérateur. Et j'étais déjà amoureux de toi quand je t'ai déposée chez toi.

– Mais…

– J'ai détesté que tu sois amie avec Gemma, parce que je savais que ça réduirait mes chances avec toi.

Sa détermination est plus forte à chaque phrase.

– Hier soir, quand je t'imaginais avec Dylan, penser qu'il te touchait, t'embrassait… je…

Il s'arrête en soupirant.

– Je ne dis pas ce qu'il faudrait et tu dois avoir l'impression que je suis fou mais… je t'aime. Et c'est comme si je t'aimais depuis toujours.

Ma respiration s'accélère.

– J'aimerais ressentir la même chose que toi.

À présent, mes larmes coulent à torrent. Il me brise le cœur en mille morceaux. L'avoir si près sans pouvoir l'atteindre me tue littéralement.

– Tout ce qui te rend triste me rend triste, reprend-il en approchant son visage du mien.

Je sens maintenant sa chaleur sur mes lèvres.

– Je ferais n'importe quoi pour te consoler et t'aider.

Il est de plus en plus près. Nos haleines se mêlent, je le respire.

– Je veux être celui qui sera toujours à tes côtés.

Si nous bougeons encore d'un millimètre, nos lèvres se toucheront. Je murmure :

– On ne peut pas.

– Si, on peut.

Il caresse mes joues avec une insistance tendre qui provoque des étincelles sur ma peau.

– Et si tu me laisses une chance, je peux te le prouver.

Il m'embrasse et ses lèvres me font oublier toute protestation. Ce baiser est parfait. Aussi parfait que je pouvais l'espérer. Comme si un soleil entrait en moi, brûlait toute ma tristesse, éclairant l'obscurité qui me pèse tant depuis que je sais l'avenir qui m'attend.

À cet instant, alors que les bras de Ben sont autour de moi, que je goûte ses lèvres, que nos respirations sont à l'unisson, je réalise que je me suis trompée. Le bonheur existe.

Mais qui protégera Ben quand Roméo aura convaincu Gemma qu'elle doit le tuer ? Mon sang se glace dans mes veines. Gemma est vulnérable. Elle est en colère contre Arielle et le sera plus encore quand Ben lui annoncera ce qu'il éprouve pour moi. Et il le lui dira. Il ignore qu'elle ne peut pas le comprendre, que sa confession ne fera que mettre sa vie en danger. Si Ben et Gemma ne tombent pas follement amoureux l'un de l'autre, ils mourront.

Et je refuse de mettre la vie de Ben en danger.

Je détourne le visage, ignorant la clameur déçue de mon âme.

– Je ne peux pas.

Je fais un pas en arrière, frissonnante.

– Arielle, s'il te plaît…

– Je ne peux pas faire ça. Je ne t'aime pas.

Ben est blessé.

– Tu ne m'aurais pas embrassé comme ça si tu ne m'aimais pas !

– C'était juste un baiser. Ça ne veut pas dire que je t'aime. Et je sais que tu ne m'aimes pas.

Je crache presque ces mots, dans l'intention de lui faire mal.

– On se connaît à peine et il y a trois jours encore, tu te croyais amoureux de ma meilleure amie !

– Non, c'est faux ! Je te le jure. Elle ne m'a jamais attiré, même avant qu'on se rencontre. Mais elle ne veut rien entendre. Quand je le lui ai dit, elle m'a interrompu en m'embrassant. Elle est folle, Arielle, je…

– Ça m'est égal.

– S'il te plaît, ne fais pas ça.

Il tend sa main dans un geste de telle supplication que mon cœur se serre.

– Je sais que c'est difficile pour toi de me croire, souffle-t-il. J'aurais du mal moi aussi, si j'étais à ta place. Mais si tu me donnes un peu de temps, je…

– Je ne te crois pas et je ne te croirai jamais.

Je recule encore.

– Nous devrions retourner au lycée.

– *Olvida la escuela* ! tonne-t-il, les yeux brillants de colère. Tout ceci est beaucoup plus important que…

– Retourne au lycée, Ben !

Je croise les bras sur ma poitrine, essayant de mon mieux de prendre une contenance.

– Va parler à Gemma et dis-lui que tu veux te réconcilier avec elle. Nous allons faire comme si rien ne s'était passé entre nous.

– Non.

Il prend un air buté. Ses lèvres forment une ligne fine que j'ai envie de suivre du bout du doigt. Mais au lieu de ça, j'insiste :

– Tu n'as pas le choix. Tu dois tout faire pour la convaincre de te pardonner… sinon tu le regretteras.

– Non.

– Si, tu peux me croire.

Au-dessus de nous, le ciel s'est obscurci et le tonnerre gronde. Son écho se répercute dans toute la vallée. Tandis que Ben lève les yeux, j'en profite pour m'échapper et me rapprocher de la lisière du bois avant de lui murmurer :

– Aime-la ou fuis-nous toutes les deux aussi vite que tu le pourras.

– De quoi parles-tu ?

Il me suit, ignorant ma main levée qui voudrait l'empêcher d'approcher.

– Aime-la.

Un éclair illumine le ciel, telle une menace : *Ne partage pas tes secrets*. Pourtant, je poursuis :

– Si tu ne peux pas aimer Gemma, quitte Solvang et ne reviens jamais.

– Quoi ?

– Tu es en danger si Gemma et toi ne restez pas ensemble. Alors, sois prudent.

Je lis la confusion sur son visage mais je continue avant qu'il ait le temps d'ouvrir la bouche.

– Je sais que tu ne comprends pas mais je ne pourrais plus me supporter si je n'essayais pas de te prévenir. J'aurais voulu que quelqu'un le fasse pour moi.

Ma voix tremble mais je parle de plus en plus vite.

– Arielle, je ne compr…

– S'il te plaît, Ben, écoute-moi. Nous ne serons jamais ensemble. Jamais. Quoi qu'il arrive. C'est encore plus impossible que tu ne peux l'imaginer. Le mieux est que tu oublies jusqu'à notre rencontre.

Sans un mot de plus, je tourne les talons et me dirige dans la direction opposée au lycée. Je ne veux pas risquer de croiser Roméo alors que j'ai encore le goût du baiser de Ben sur les lèvres.

# DIX-SEPT

Je rentre à la maison sous la pluie – une fois de plus. À peine vêtue d'un jean et d'un débardeur, je suis frigorifiée, mes dents claquent, mes os sont douloureux. Chaque seconde qui passe me rappelle à quel point je suis devenue fragile.

Je décide finalement de tenter de me faire prendre en stop. Ceux que j'essaie d'éviter ne quitteront pas le lycée avant six bonnes heures ; je ne risque rien pour le moment. J'attends depuis moins de deux minutes quand une voiture s'arrête.

Malheureusement, je connais cette voiture. Et je connais encore mieux la femme en colère qui la conduit.

La mère d'Arielle se penche pour ouvrir la portière du côté passager.

– Arielle Dragland, qu'est-ce que tu fiches ici ?

Sa voix aiguë me fait grincer des dents.

– Je peux savoir ce qui t'arrive ?

– Maman, je...

Prise à sécher et faire du stop... je vais me faire tuer. Sur le front de Mélanie, une veine palpite.

– Je croyais que tu étais au...

– J'étais au travail quand le lycée m'a appelée pour m'annoncer que tu t'étais battue et que tu t'étais enfuie dans les bois avec un garçon.

Elle claque des doigts et agite impatiemment la main.

– Monte, tu vas attraper la mort et le siège va être trempé.

Je me glisse à côté d'elle et referme la portière. Le chauffage de la voiture me brûle la peau, mais ça me fait du bien. J'attache ma ceinture et je tends les mains vers la soufflerie, espérant que la chaleur se répande dans tout mon corps.

Mélanie me fixe.

– Tu es bleue de froid. Tu vas attraper une pneumonie.

– Je suis désolée.

Je serre les dents, essayant de ne pas frissonner.

– J'espère bien.

Elle redémarre ; les roues projettent l'eau boueuse jusque sur ma vitre.

– Qu'est-ce qui t'arrive ? Pourquoi es-tu partie du lycée ? Pourquoi t'es-tu battue ? Où est ton pull ?

– Je l'ai déchiré sur une branche dans les bois, je l'ai laissé là-bas.

Je choisis de répondre à la question la plus facile.

– Tu l'as laissé dans les bois ? répète mécaniquement Mélanie. Avec ce garçon ? Celui qui a été renvoyé de son autre lycée ?

Je secoue la tête.

– Ben n'a pas été renvoyé de son lycée. Il est venu ici pour vivre avec son frère.

– En tout cas, il va probablement être renvoyé, lâche ma mère en plissant les paupières pour voir à travers le rideau de pluie qui s'abat sur le pare-brise. Et toi aussi. Tu te rends compte à quel point c'est sérieux ? Tu ne pourras peut-être pas passer tes examens !

– Mais si, Maman.

Les examens sont dans trois mois et les notes d'Arielle sont excellentes, hormis aux cours d'expression orale. Il n'y a aucun risque qu'elle soit virée à cause d'une seule faute après quatre années de perfection, d'invisibilité et de bonne conduite.

– Arielle, je ne te permets pas de prendre cette histoire à la légère. Tes actes sont graves ! Très graves ! s'emporte Mélanie. Nous sommes convoquées par la proviseur et le proviseur adjoint demain matin et ça ne se présente pas bien pour toi, je peux te l'assurer. Se battre au lycée est très sérieux. Tu vas forcément être exclue. Et peut-être définitivement !

– Quoi ? Mais je ne me battais pas, j'étais juste…

– Ne me prends pas pour une idiote !

Mélanie tourne vivement à droite et la voiture se retrouve sur la route d'El Camino.

– Qu'est-ce que tu croyais qu'il se passerait quand toi et ton petit ami avez agressé Dylan avant de quitter le lycée en courant ? Et juste devant…

– Nous n'avons agressé personne !

Je n'ai aucune envie de débattre sur le terme de « petit ami ». Roméo a entamé sa revanche. Il n'a pas perdu de temps.

– C'est Dylan qui m'a attaquée. Quand Ben l'a vu…

– Ce n'est pas ce que la proviseur a dit…

– La proviseur n'était pas là.

Je me tourne vers la mère d'Arielle alors que nous entrons dans le garage.

– Et tout ce qu'elle sait, c'est ce que Dylan lui a raconté. Des mensonges !

– Ce n'est pas lui qui est parti du lycée en courant, Arielle.

– Et alors quoi ?

J'essaie de ne pas crier.

– J'étais bouleversée et en colère. Tu n'as jamais été bouleversée ?

Mélanie secoue la tête de haut en bas et coupe le contact.

– Oh si, je suis bouleversée et en colère en ce moment même, mais je ne fuis pas pour autant mes responsabilités.

– Peut-être que tu devrais ! Puisque tu trouves que tes « responsabilités » sont si décevantes !

– Je t'interdis de me mettre ça sur le dos, me coupe Mélanie avec hargne.

Elle prend son sac sur la banquette arrière et le jette sur ses genoux de la même manière qu'elle jetait Arielle quand elle l'arrachait au terrain de jeux pour enfants. Avec colère et ressentiment.

– C'est toi qui t'es mise dans cette situation et…

– Et c'est toi qui es tombée enceinte à dix-neuf ans !

Arielle n'aurait jamais osé dire ça : mais peu importe. Je ne sais pas combien de temps il me reste à passer dans ce corps mais il est temps que les non-dits éclatent au grand jour.

– C'est vrai, ça n'a pas été facile de t'élever toute seule. Je n'avais personne pour m'aider. Personne. Je commençais à peine ma vie et…

– Et je l'ai complètement gâchée !

Le ton accusateur de Mélanie rend le mien coupant et sec. Je ne supporte plus d'écouter cette femme qui me demande de la prendre en pitié. J'ai eu assez de ma propre mère, de cette sensation permanente de devoir m'excuser d'être née.

– Arielle, s'il te plaît, je n'ai jamais…

– Et je l'ai gâchée encore en me mettant dans tes pattes dans la cuisine.

Une partie de moi sait que je vais trop loin mais je ne peux plus m'arrêter.

– Tu as tout fait pour constamment me le rappeler !

Mélanie a pâli.

– Comment… je….

Elle s'étrangle.

– C'est injuste !

– Tu sais ce qui est injuste, c'est que tu me répètes sans arrêt que je suis trop laide pour sortir sans maquillage. Ce qui est injuste, c'est que tu affirmes sans cesse que personne ne m'engagera à cause des brûlures sur mon visage !

Mélanie serre son sac contre elle.

– Je n'ai jamais dit ça. Ce n'est pas ce que…

– Ce qui est injuste, c'est que tu penses que je n'aurai jamais de petit ami parce que je suis trop hideuse.

Les larmes coulent sur mes joues. Je ne sais pas sur qui je pleure : moi, Arielle ou toutes les mères et les filles du monde qui ne parviennent pas à s'aimer.

– Je ne suis pas hideuse, Maman. Tu es la seule à me voir de cette façon.

– Je ne… je…

– La plupart des gens me trouvent normale. Certains pensent même que je suis jolie.

Des gens comme Ben, par exemple. Ben qui a essuyé le sang sur le visage d'Arielle sans hésiter. Qui a embrassé ses lèvres comme si elles étaient magiques, sacrées. Qui pourrait bien rester amoureux d'Arielle alors que son âme est destinée à une autre.

Après tout, les gens ne passent pas forcément leur vie avec leur âme sœur. Des centaines de couples unis n'attirent jamais l'attention des Ambassadeurs ou des Mercenaires. Roméo et moi ne pourrons jamais nous séparer dans la paix, mais si…

Si Roméo ne fait pas partie de l'équation… Si Gemma partait à l'université de Stanford dans quelques mois, laissant Arielle et Ben seuls. Peut-être pourraient-ils essayer de voir où leur amour les mène ? Œil pour œil, voilà ce qui est juste, quoi qu'en dise Nourrice. De toute façon, Nourrice n'est pas là et je ne veux plus faire confiance aux Ambassadeurs. Et je ne peux imaginer un monde sans Ben.

Même s'il m'est impossible de partager ce monde avec lui.

Même si je dois l'abandonner à une autre.

Je serre les poings sur mon estomac, comme pour empêcher mes entrailles de se répandre. C'est une pensée presque inimaginable mais…

– Je te trouve magnifique, Arielle. Je t'ai toujours dit que je te trouvais belle, murmure Mélanie.

Des larmes silencieuses coulent sur son visage, miroir parfait de mon propre chagrin.

J'aimerais la consoler mais j'en suis incapable. Je ne peux pas me forcer à mentir.

– C'est faux. Tu le sais bien. Je ne me rappelle pas une fois, pas une seule fois dans toute ma vie.

Le visage de Mélanie se décompose. Ses rides se creusent, son visage n'est plus qu'un masque de tristesse.

– Je… je suis désolée.

Elle se met à sangloter. En silence d'abord puis en s'étouffant presque. Ma gorge se serre.

Elle est désolée. Sincèrement. Et je le suis aussi.

Je passe ma main derrière son dos et j'appuie mon front sur son épaule.

– Je regrette. Je veux devenir quelqu'un d'autre. Je veux que nous changions, toi et moi.

La main de Mélanie, légère, se pose sur mon poignet.

– Je t'aime. Tu le sais, n'est-ce pas ?

Elle s'écarte.

– Je t'ai toujours aimée. Même quand je souhaitais avoir plus de temps, plus d'argent ou plus d'aide… je n'ai jamais regretté ma décision…

Elle prend une longue inspiration et saisit un mouchoir en papier froissé sur le tableau de bord.

– Pourtant, tu as raison. Il m'est arrivé d'avoir des regrets. Trop peut-être. C'est juste que… j'ai toujours cru que…

– Que quoi ?

Ses yeux rougis s'emplissent de nouveau de larmes.

– J'ai toujours cru que tu me haïssais. Après l'accident, quand tu étais à l'hôpital, tu pleurais, tu me réclamais, mais je n'arrivais pas à te prendre dans mes bras et je… je jure que j'ai lu dans tes yeux ce jour-là que tu avais décidé de me détester.

– Maman, bien sûr que non. Je ne te détestais pas. Je ne te déteste pas.

Mon Dieu, je n'aurais jamais cru… J'ai soudain le sentiment d'être une imbécile, et une imbécile cruelle de surcroît. Celle qui ne regarde le monde que de son propre point de vue. Exactement comme Gemma. Je me demande à présent sur quoi d'autre je me suis trompée. Et si j'avais parlé à ma mère à moi au lieu de la fuir ? Les choses auraient-elles été différentes ? Meilleures ? Aurions-nous découvert que nous avions plus en commun que nous ne le croyions ?

Pour la première fois depuis des siècles, j'ai envie de voir ma mère, de la regarder en face et d'essayer de comprendre si c'était la haine, la peur ou le regret qui l'a rendue si froide à mon égard. Je ne le saurai jamais. Dame Capulet est hors d'atteinte, mais pas Mélanie.

– Ce n'était pas ta faute.

Je veux de toutes mes forces qu'elle me croie. C'était un accident.

– Non, renifle-t-elle. J'avais bu trois verres de vin sans rien manger. Je n'étais pas soûle, mais…

Elle se mouche et s'étrangle de nouveau de sanglots.

– … mais si je n'avais pas pris ce troisième verre, peut-être n'aurais-je pas lâché prise. Je n'aurais peut-être pas tout renversé… Peut-être même que je n'aurais pas apporté cette stupide casserole au…

– Maman ! Arrête !

J'essaie de lui prendre la main mais elle me repousse.

– C'est la vérité.

Elle se recroqueville sur elle-même et cache son visage.

– Tu sais que c'est vrai, tu…

– Maman ! Ça m'est égal !

Je me penche pour m'arrimer à son regard, je veux qu'elle sache qu'Arielle ne cultive aucun ressentiment à son égard. Du moins pas à cause de cet accident.

– Cesse de te faire du mal. Tous ces peut-être ne changeront rien. Tu as commis des erreurs, j'ai commis des erreurs. Le plus important, c'est que nous ne sommes pas obligées de continuer. Nous pouvons arrêter de nous demander qui déteste qui et essayer de nous aimer.

Elle lève la tête, les sourcils en arc de cercle.

– Tu ne… tu ne penses pas que je suis une horrible femme ?

Je lis toute la vulnérabilité et l'espoir du monde dans ses yeux. Non, je ne pense pas que Mélanie est une horrible femme. Arielle ne le pense pas non plus. Elle ne l'a jamais pensé. Elle a seulement recherché l'approbation et le soutien de sa mère.

– Non, je ne le pense pas, Maman.

Mélanie pleure plus calmement maintenant.

– Je… c'est si bon de l'entendre.

Elle renifle et rit.

– Quand es-tu devenue si intelligente ?

– J'ai beaucoup travaillé, il paraît qu'il faut être très intelligent pour devenir une infirmière artiste maudite.

Elle sourit.

– Je t'aime, Arielle.

– Moi aussi, je t'aime, Maman.

– Mais je ne veux pas que tu tombes enceinte, ajoute-t-elle soudain. Pas avant que tu sois mariée et que tu te sentes prête.

J'acquiesce, un peu gênée par la tournure de la conversation.

– D'accord.

– Je suis très sérieuse, reprend ma mère en me prenant la main. On peut aller à la clinique maintenant. Ils te donneront une ordonnance pour la pilule. Ils peuvent aussi te poser un stérilet, si tu préfères ne pas avoir à y penser tous les jours. Ça marche parfaitement. Mais de toute façon, tu devras quand même utiliser un préservatif contre les maladies sexuellement transmissibles parce que…

– Maman, s'il te plaît, je n'ai aucun souci de ce côté-là, je te le jure. Ben et moi ne sommes même pas…

Ben et moi. Je ne sais même pas ce que nous sommes, et il vaut mieux que j'évite le sujet.

– Ben et moi sommes juste amis.

– Je veux seulement que tu sois prudente, insiste Mélanie, le front plissé par l'inquiétude. En particulier avec ce garçon. Il a l'air… dur.

– Il ne l'est pas.

Je soupire, regrettant que nous n'ayons pas arrêté cette conversation deux minutes plus tôt.

– Je sais que Dylan est loin d'être un ange, reprend Mélanie, mais au moins, il n'a jamais eu affaire à la justice. M^me^ Félix m'a dit que Ben avait un casier.

Elle enfourne son mouchoir usé dans son sac.

– Il a fallu que son frère et quelques autres policiers se portent garants pour qu'il soit accepté au lycée.

– Je sais pourquoi il a été arrêté, Maman.

J'essaie d'être patiente et de comprendre ses inquiétudes.

– Il a vu un de ses voisins battre sa femme. Il a appelé la police mais il a eu peur pour la jeune femme. De toute façon, la police a abandonné les poursuites et…

– Ah, parfait ! lâche Mélanie en levant les yeux au ciel.

– Il voulait seulement la protéger.

– Comme il voulait te protéger aujourd'hui ?

– Ou… oui.

Quelque chose dans sa voix me fait penser que ma réponse ne va pas la satisfaire.

– Arielle, les gens violents cherchent toujours des excuses. Mais la meilleure des excuses reste toujours une excuse.

L'argument que je préparais meurt sur mes lèvres. *La meilleure des excuses reste toujours une excuse.* Aurait-elle raison ? J'ai de bonnes raisons pour tuer Roméo, mais un meurtre est injustifiable. Mon amour pour Ben, mon désir de le protéger serait-il un mensonge destiné à excuser mon envie de tuer ?

– Tu devrais peut-être prendre du recul et réfléchir à tout ça avant que ton amitié pour Ben ne devienne autre chose, murmure Mélanie.

– Ben est quelqu'un de bien.

Moi, en revanche…

– Je ne dis pas le contraire…

Elle soupire et ouvre la portière.

– Mais avant que nous nous rendions à cette convocation demain, je veux que tu réfléchisses à ton avenir.

– Je ne comprends pas.

Je sors à mon tour de la voiture. J'ai aussitôt la chair de poule. Je suis toujours trempée. J'ai besoin d'une douche chaude, pas d'un nouveau sermon.

– Mme Félix et M. Neville savent peut-être mieux que toi que ni Ben ni Dylan ne sont des garçons que tu devrais fréquenter.

Elle glisse la clé dans la serrure.

– Ben est peut-être un criminel mais pas toi.

– Ce n'est pas un…

– Tu es une jeune fille sage qui…

Je l'interromps, le pied sur la première marche du perron alors qu'elle entre dans la cuisine.

– Alors qu'est-ce que tu voudrais ? Que je rejette toute la faute sur lui ?

– Non.

Mélanie se tourne vers moi en poussant un soupir frustré.

– Mais Dylan affirme que Ben et toi aviez préparé cette agression.

– Je te l'ai déjà dit, il ment.

– Un témoin confirme vous avoir entendus, Ben et toi, parler de le coincer dans le théâtre.

– Quoi ?

Un témoin ? Je suppose que c'est Jason Kim, la seule personne du lycée prête à soutenir n'importe quel mensonge de Roméo.

– C'est impossible. Dylan a juste arrangé le coup avec un de ses amis pour éviter les ennuis. C'est un type monstrueux, Maman.

Mélanie agite la main.

– Viens, entre. Tu me donnes froid à rester dehors comme ça.

– Tu me crois ?

Je n'ai pas bougé du perron. Mélanie hoche la tête.

– Je te crois.

Je pousse un soupir de soulagement et entre enfin dans la maison. La cuisine sent toujours l'aigre mais, au moins, il y fait chaud. Et il y a du pain et du beurre de cacahouètes dans le placard. J'ai beau être bouleversée et perdue, je n'en ai pas moins une faim de loup. Et puis je dois manger pour garder des forces.

Je me dirige vers la réserve, espérant que Mélanie comprendra que la conversation est terminée si je me prépare un sandwich.

– Mais, Arielle…

Elle pose son sac sur le plan de travail et croise les bras. Je prends une assiette et un couteau.

– Mais quoi ?

– Je me demande ce que tout le monde va penser. Gemma et toi avez été amies presque toute votre vie.

– Gemma ?

Elle se mord la lèvre, refusant manifestement de m'en dire davantage.

– S'il te plaît, Maman, je n'ai pas…

– C'est Gemma qui a dit qu'elle vous avait entendus préparer cette attaque. Elle affirme que tu lui en as parlé ce matin, à la boulangerie.

– Gemma.

Je répète bêtement le prénom de l'amie d'Arielle. Pourquoi mentirait-elle en faveur de Roméo ? Parce qu'elle est en colère après moi ou…

Elle ment depuis le début sur sa relation avec Dylan et puis elle l'a accueilli dans la grange l'autre soir. Qui sait à quel point ils sont proches ? Pour ce que j'en sais, elle s'apprête peut-être à enfoncer un poignard dans le cœur de Ben alors que je perds du temps à manger un sandwich au beurre de cacahouètes.

Je pose brutalement le couteau sur le plan de travail.

– Je dois retourner au lycée.

Je me dirige vers la porte mais Mélanie m'arrête.

– C'est hors de question !

– Il le faut. Je dois voir Gemma et savoir pourquoi elle ment.

– Chérie, je suis désolée qu'elle…

– Ça n'a pas d'importance. Il faut juste que…

Je prends une longue inspiration, essayant de ne pas devenir hystérique.

– Je dois avoir une conversation avec Gemma.

Je dois lui dire que je ne la laisserai jamais poser une main sur Ben. Que je la tuerai si elle pactise avec Roméo. Gemma ne doit pas devenir une mercenaire. Je ferai ce qu'il faut pour que ça n'arrive jamais.

– Maman, s'il te plaît.

Je la pousse doucement et j'attrape une veste. Si je suis sèche, j'aurais moins froid.

– Ramène-moi au lycée ou laisse-moi prendre la voiture.

– Arielle, tu n'es pas autorisée à remettre les pieds au lycée avant la convocation de demain.

– Mais il faut absolument que j'y aille.

Je n'ai pas le choix. Je dois parler à Gemma avant que Roméo la gagne entièrement à sa cause. Elle accepte déjà de mentir pour lui. Jusqu'où est-elle prête à aller ?

– C'est impossible, insiste Mélanie avec une patience admirable. Va prendre une douche et réchauffe-toi. Je te prépare un sandwich. Tu me raconteras exactement ce qui s'est passé. Tu me diras tout à propos de Ben, Dylan et Gemma. Les gens qui mentent finissent toujours par se trahir. Nous trouverons les incohérences et nous les pointerons demain matin devant la proviseur. Tout se passera bien.

Je secoue la tête, essayant de réfléchir posément. Comme j'aimerais qu'une simple discussion résolve tous les problèmes. Mélanie me prend dans ses bras et m'attire contre elle.

– Viens, tu te sentiras mieux quand tu seras propre et sèche. Et je suis sûre qu'à toutes les deux, on va trouver des tas de moyens pour faire payer à Gemma d'être une telle garce.

Je fronce les sourcils. Elle sourit en découvrant la surprise sur mon visage.

– Quoi ? Tu sais que je ne l'ai jamais beaucoup aimée. Sa mère est snob et je pense que cette gamine souffre de troubles de la personnalité. Elle t'a toujours traitée comme son petit chien. Le genre de petit chien à qui on donne des coups de pied.

– C'est vrai.

Ça m'est égal maintenant qu'Arielle soit si attachée à Gemma. Elle devra l'oublier. Gemma n'est pas une véritable amie. Et malgré la lueur de son aura, elle n'a rien d'une âme sœur non plus.

J'ai pris ma décision. Les Ambassadeurs peuvent aller se faire voir avec leur mission. Je ne ferai plus rien pour tenter de rapprocher Ben et Gemma. Peu importe la punition que j'encours. Ils peuvent m'ôter mes pouvoirs et me renvoyer dans la brume mais avant, je vais m'occuper du cas Gemma. Et si je l'enfermais avec Dylan dans une cave aussi sombre et étroite que la tombe où j'ai passé mes derniers jours ? Je les laisserais croupir là pendant que j'éloignerais Ben.

– À l'expression de ton visage, j'ai l'impression que le petit chien a appris à mordre, sourit Mélanie. Allez, va prendre ta douche.

J'hésite. Mon poing se referme sur la veste. J'ai toujours le sentiment qu'il faut que je parle Gemma mais si Mélanie dit vrai – si je ne suis pas autorisée à retourner au lycée avant demain –, il y a de grandes chances que Ben soit dans la même situation. Ce qui veut dire qu'il est probablement en sécurité chez lui, sous l'œil de son geôlier de frère. Il me suffit de l'appeler pour m'en assurer. Avec un peu de chance, son frère me laissera lui parler, lui dire que je me suis trompée, que peut-être lui et moi... enfin, lui et Arielle...

Bonheur et chagrin, espoir et désespoir. Cette situation est tout simplement impossible. Mais le seul fait de penser à Ben me remonte le moral. Enfin, un être vaut la peine que l'on se batte pour lui. Mais cette fois, je vais me battre pour éteindre sa lueur, comme tant de mercenaires l'ont fait avant moi. Si je n'ai pas réellement changé de camp, je suis vraiment à la frontière. Un mauvais pas et... je sombre dans l'obscurité.

– D'accord.

Dans l'ivresse de ma décision, je raccroche la veste et sors de la cuisine. En jetant un coup d'œil par-dessus mon épaule, je découvre le visage apaisé de Mélanie. Je souris. J'ai échoué sur un grand nombre de plans mais pas entièrement. Arielle et sa mère auront une relation différente à présent, j'en suis sûre.

– Merci, Maman.

– De rien. Et au cas où tu te poserais la question, tu n'es pas punie.

– Oh... tant mieux.

Je n'avais pas pensé à cette éventualité. Jusqu'à présent, Arielle n'avait jamais rien fait qui mérite une punition.

Mélanie hausse les épaules.

– On a réussi pendant dix-huit ans, je ne vois pas pourquoi je me mettrais à te punir maintenant, alors qu'il est temps que je t'accorde plus de confiance.

Elle agite néanmoins son index vers moi.

– Du moins tant que ma confiance ne débouche pas sur d'autres convocations chez la proviseur, ou de fuites dans les bois qui me font mourir d'inquiétude. Ou de stop. Surtout le stop, d'ailleurs. C'est le meilleur moyen de se faire tuer par un pervers sexuel.

Je pourrais probablement faire du stop jusqu'à New York sans tomber sur des gens à moitié aussi pervers que Roméo mais bon, j'apprécie qu'elle s'inquiète pour moi. Même si ce n'est pas vraiment pour moi.

– Je te le promets.

J'espère seulement que Roméo me permettra de tenir cette promesse.

Je vais à la salle de bains pour me remplir la baignoire puis dans ma chambre où j'allume l'ordinateur. J'ouvre Internet et tape *Luna Solvang*. Je n'ai pas le numéro du portable de Ben. Une déclaration d'amour, un baiser que je n'oublierai jamais, mais pas de numéro de téléphone. J'ai un peu tout fait à l'envers. Ça n'a pas d'importance. Même si son aura luit pour une autre, je sens qu'Arielle et lui peuvent être heureux ensemble.

Et entre-temps, je pense que ça ne pose pas de problèmes de me laisser aimer à la place d'Arielle. Je décroche le combiné et compose le numéro apparu à l'écran.

– Allô ?

Une voix de femme me répond dès la deuxième sonnerie. La belle-sœur de Ben, j'imagine.

– Allô, bonjour, je suis Arielle Dragland…

Je m'éclaircis la gorge.

– Je… puis-je parler à Ben ?

– Bien sûr. Ben nous dit toujours tellement de bien de toi. Attends, je vais le chercher.

Je l'entends appeler et quand elle reprend la ligne, elle murmure :

– Attends deux minutes. Il est avec Gemma mais je pense qu'il sera ravi d'avoir une excuse pour abréger leur discussion.

Gemma ? Pourquoi n'est-elle pas au lycée ?

– Gemma est là ?

– Oui, mais Ben essaie de lui expliquer qu'il ne veut plus la voir. Il lui parle gentiment mais très clairement, crois-moi. Je reconnais que j'ai un peu tendu l'oreille pendant que le bébé dormait, je n'ai pas pu m'en empêcher. Ben est un garçon bien et je voudrais vraiment qu'il trouve quelqu'un qui…

Elle s'interrompt soudain et lance d'une voix inquiète :

– Attends une seconde, Arielle.

Elle pose le téléphone. J'entends le bruit de ses pas qui s'éloignent, puis elle appelle Ben. Une fois, deux fois, trois fois. De plus en plus fort et sur un ton de plus en plus inquiet. Il y a un problème. Je le sais avant même qu'elle ne reprenne le combiné.

– Je suis désolée, Arielle. Je dois y aller. Ben est parti.

Parti ! Avec Gemma. Oh non !

– Il faut que je prévienne son frère, poursuit la jeune femme. Je suis vraiment désolée. Rappelle plus tard et surtout ne le laisse pas tomber. Il a tellement bon cœur.

Je murmure :

– Je sais.

Je ne le laisserai jamais tomber. *Jamais*. Et je vais le retrouver. Je vais empêcher Gemma de lui faire du mal.

Je raccroche et me dirige vers la fenêtre de la chambre. Puis je m'immobilise. Je ne peux pas faire ça. Je ne peux pas détruire la confiance fragile et toute neuve entre Arielle et sa mère. Ce serait mal pour Arielle, qui récupérera très bientôt son corps si Gemma a l'intention de sacrifier Ben aujourd'hui.

Sacrifice. Ben. Je n'ai pas une seconde à perdre.

Pourtant, je ne passe pas par la fenêtre. Mes pas me mènent dans la cuisine où Mélanie est en train de ranger le pain. Elle me sourit mais son sourire s'efface quand elle voit mon visage.

– Qu'est-ce qu'il y a ? Un problème ?

– Ben a besoin de moi. Je dois aller le retrouver, Maman.

Mélanie secoue la tête.

– Je ne crois pas que ce soit une bonne idée, Arielle. Vous avez déjà eu une journée difficile tous les deux. Tu devrais lui laisser un peu de temps et…

– Je dois le voir. S'il te plaît, Maman.

Je la supplie.

– Laisse-moi prendre la voiture.

Elle n'hésite qu'une seconde.

– Non, Arielle. Tu dois rester à la maison. Tu es stressée et épuisée et…

– Je l'aime, Maman.

Ces mots sont si sincères qu'ils me font mal.

– Et il m'aime. Il me l'a dit mais j'avais trop peur pour lui avouer que je partage ses sentiments. Et maintenant, j'ai peur d'avoir tout gâché. Je crois qu'il est…

Quel mensonge serait le plus efficace pour convaincre Mélanie ?

– Je crois qu'il a fait une fugue. Je dois le retrouver et lui expliquer que nous pouvons faire front tous les deux au lycée demain matin.

Mélanie me fixe un long moment avant d'ouvrir la bouche.

– Va mettre des vêtements propres.

Mon espoir s'évanouit. Je vais devoir passer par la fenêtre. Je n'ai pas le choix.

– Ensuite tu pourras prendre les clés.

– Je… je peux ?

La surprise me fait bégayer.

– Oui, mais tu vas prendre mon téléphone portable et tu répondras immédiatement quand je t'appelle. Tu vas aussi mettre un imperméable et ne pas conduire trop vite, ou faire quoi que ce soit de stupide avec ce garçon.

– Je te le promets, Maman.

Je me précipite vers elle et la serre dans mes bras.

– Merci Maman.

– De rien. Il a de la chance de t'avoir, ce garçon.

J'aimerais lui dire la valeur que ses mots ont pour moi. À la place, je la serre une nouvelle fois dans mes bras avant de retourner dans ma chambre et d'enfiler des vêtements secs en quatrième vitesse.

*Ne t'inquiète pas, Ben. J'arrive.*

# DIX-HUIT

Où peuvent-ils être ? Où l'ont-ils emmené ? Où irait Gemma si elle cherchait un endroit assez sûr et discret pour commettre un meurtre ?

*Meurtre. Le sang de Ben sur le sol. Le regard vide de Ben tourné vers...*

Je m'agrippe au volant. Peut-être sont-ils juste en train de discuter. Peut-être la situation n'est-elle pas aussi tragique que je le crains. Gemma ne peut pas déjà avoir été pleinement convaincue par Roméo. Hier encore, elle semblait tenir à Ben. Ce matin, elle m'a demandé de ne plus m'approcher de lui. Peu importe ce que Roméo lui a promis, peu importe ce que Ben lui a dit cet après-midi, elle n'est certainement pas prête à le tuer. Pas encore.

Je m'accroche à cet espoir en traversant les rues de Solvang, à la recherche de la voiture de Ben ou de Gemma. La pluie tombe si fort que mes essuie-glaces ne suivent pas la cadence. Je dois me pencher en avant, le nez pratiquement contre le pare-brise pour distinguer quelque chose à travers les trombes d'eau.

Ce n'est pas encore l'heure de sortie du lycée mais la moitié des boutiques ont fermé plus tôt. Les touristes ont été chassés par la météo et la ville semble déserte. Ce vide attise mon anxiété.

Où sont-ils ? Où ?

Je fouille dans les souvenirs d'Arielle, à la recherche d'un indice, en vain. La vie d'Arielle me paraît beaucoup plus distante qu'elle ne le devrait. J'ai laissé mes propres désirs prendre le dessus. Je manque d'informations pour protéger Ben.

Il faut qu'il soit en vie. Que se passera-t-il sinon ? Que ferai-je si j'arrive trop tard ? Si Roméo a…

*Roméo.* Je ne connais pas Gemma aussi bien que je le voudrais mais je connais Roméo. Je sais comment il fonctionne et je n'ai aucun mal à imaginer le genre d'endroits où il emmènerait un de ses convertis. Il aime les lieux isolés et macabres. Cimetières, bâtiments abandonnés, églises en ruines. Il n'y a pas d'église en ruines à Solvang ; en revanche, il y a des tas de cimetières mais il pleut trop fort pour que ce soit l'emplacement idéal. Gemma connaît peut-être un bâtiment abandonné où elle sait qu'ils seront tranquilles.

Un endroit où elle pourra éteindre les caméras de sécurité et qu'elle pourra nettoyer à sa guise après.

Une des granges de son père. Mais pas sur la propriété des Sloop comme l'autre soir. Ben refuserait certainement de se cacher sous une couverture, cette fois. Les Sloop possèdent des hectares et des hectares de vignes avec des granges où est stocké l'équipement pour les vendanges. Ben n'a-t-il pas dit quelque chose l'autre jour à propos d'une grange où Gemma l'avait emmené ?

*On s'est embrassés une fois dans une grange de son père, près de chez moi.*

Je tourne vers chez le frère de Ben, espérant que mon instinct me mène dans la bonne direction. Je ne peux pas imaginer que Ben ait accepté de suivre Gemma. À moins qu'elle ne l'ait forcé en pointant une arme sur lui.

*Une arme…* son père a toute une collection de fusils et de pistolets. Gemma n'aurait eu aucune difficulté à en prendre un. J'aurais dû m'armer d'autre chose qu'un pauvre couteau de peinture, mais Mélanie était dans la cuisine, juste devant le tiroir.

J'accélère, scrutant les panneaux. Ils indiquent le nom du cépage et identifient presque à chaque fois le nom du vin qui sera fabriqué à partir des grappes. Les Sloop y ajoutent leur marque et ils ont installé des clôtures inutiles autour des parcelles. Les seules personnes qui s'aventurent par ici sont des touristes soûls qui veulent être pris en photo avec les vignes en arrière-plan.

J'imagine que même les Sloop le savent. La vigne de chardonnay qui s'étend derrière chez Ben est entourée de fil de fer barbelé, mais aucune barrière n'empêche d'entrer dans le champ. Je freine si fort que l'arrière de la voiture dérape. J'ai repéré des traces de pneus fraîches dans la boue du chemin.

Un peu plus loin, le terrain est pentu ; en contrebas, les vignes ont plus que les pieds dans l'eau. Je ralentis, doutant de mon instinct, quand je remarque de nouvelles traces de l'autre côté de la mare. Quelqu'un est venu ici en voiture il n'y a pas longtemps. Il a manifestement failli s'embourber. Les grappes couvertes de boue témoignent du combat des roues pour sortir de la zone inondée.

C'est probablement pour ça que Roméo a donné rendez-vous à Gemma dans un lieu quasiment inaccessible. Afin d'avoir tout le temps pour la convaincre de tuer Ben et de faire d'elle une mercenaire.

J'observe la surface immobile de l'eau. Je pourrais traverser à pied mais je n'ai aucune idée de la distance que Gemma a ensuite parcourue avec la voiture. Certaines parcelles font plusieurs hectares et d'ici je n'aperçois aucun bâtiment. Si je laisse la voiture, je risque d'arriver trop tard.

J'appuie doucement sur l'accélérateur et je laisse la voiture pénétrer lentement dans l'eau. De plus en plus profondément. La petite Hyundai de Mélanie ne pèse pas bien lourd et l'eau continue de monter. Je pourrais la toucher en passant la main par la fenêtre. La voiture halète et crachote dangereusement, les roues tournent dans le vide pendant quelques instants.

– S'il te plaît, s'il te plaît, s'il te plaît.

Penchée sur le volant, je prie pour que la voiture avance encore, ne serait-ce que, d'un petit mètre.

Les roues tournent dans le vide, puis s'accrochent et recommencent… soudain, je suis de l'autre côté. Des gerbes de boue giclent à gauche et à droite. Je monte la petite pente. Je suis passée. Et là, à une centaine de mètres, je les vois : une grange et la BMW de Gemma garée devant.

Le soulagement se mêle à la peur. Je tremble. Je me gare sur le bas-côté et coupe le contact. Je ne peux pas prendre le risque qu'ils m'entendent. Je rabats ma capuche et tapote ma poche, m'assurant que le couteau est bien là. Puis je sors sous l'averse. Le tonnerre roule et la pluie s'abat sur ma tête et mes épaules, comme des milliers de minuscules poings essayant de me forcer à rentrer dans ma voiture.

Je marche aussi vite que je peux. J'atteins l'entrée de la grange. Il n'y a pas de porte et le bâtiment n'est pas immense. Ben et Gemma m'ont peut-être déjà vue. Je ralentis pour ne pas attirer l'attention. Au cas où.

Mais j'ai du mal à me retenir de courir. Je veux voir Ben. Je veux le toucher, sentir la chaleur de sa peau et m'assurer qu'il est toujours en vie.

*Par pitié, par pitié, par pitié.* Je ne sais pas ce que je ferais si Gemma lui a fait du mal. Serais-je capable de me jeter sur elle avec mon arme ridicule et de la tuer ? Je crois que oui. Peu importent les conséquences, pour mon âme ou le corps d'Arielle.

Les secondes passent à une lenteur effrayante. Chacun de mes pas dure une éternité. Et tout à coup un bruit de moteur résonne et le temps s'arrête.

Je fais volte-face, juste à temps pour voir la voiture de Gemma foncer sur moi. Son visage est blanc comme un linceul. Son regard ne laisse aucun doute sur ses intentions. Elle ne s'arrêtera pas.

Je saute sur le côté. De justesse. Je sens la chaleur du moteur sur ma jambe. Le pneu arrière patine et me couvre de boue. la voiture s'éloigne. Je suis étendue par terre, tremblante de peur, incapable de bouger, incapable de me lever.

Elle est partie. Elle a voulu me renverser. Pourquoi ? Pourquoi si elle n'a pas déjà le sang de Ben sur les mains ?

Un sanglot m'étrangle. Je ne sais pas si je suis capable d'y aller. Entrer dans la grange et contempler son cadavre. Cette fois, il ne s'agira pas d'une âme sœur que j'ai à peine eu le temps de connaître mais du garçon que j'aime. Un garçon que j'ai repoussé alors que j'aurais dû le protéger. Un garçon si bon et si…

Des mains se referment sur mes bras et me soulèvent. Je retiens un cri de soulagement. Je connais ces mains. Avant de voir son visage, je sais que c'est Ben qui est là devant moi.

Ben en vie ! En vie !

À peine sommes-nous à l'abri dans la grange que je me jette dans ses bras, que j'enlace son cou, que je couvre son visage de baisers. Ses joues, son menton, ses lèvres, son nez, ses lèvres et ses lèvres encore. Il est chaud, sa barbe de plusieurs jours est rugueuse et pourtant il est doux. Ben.

*Ben, Ben, Ben.* Je pourrais répéter son nom des milliers de fois sans jamais m'en lasser. Je pourrais l'embrasser des nuits et des jours durant. Des années, des siècles. Mais il y a une chose qu'il doit savoir.

Je m'écarte légèrement de lui.

– Je t'aime.

C'est vrai. J'ai déjà eu une âme sœur, l'aura de Ben luit pour une autre et ce ne sont pas mes bras qui le caressent, ni mes lèvres qui prononcent ces mots, mais mon cœur est entièrement à lui. Ben est mon amour. Mon amour impossible, maudit et indéniable.

– Je t'aime, me répond-il en prenant mon visage dans ses mains tremblantes. Je suis si heureux. Je n'arrive pas à y croire… elle a failli t'écraser.

– Et toi ? Comment vas-tu ? Est-ce qu'elle t'a fait du mal ?

Je passe mes mains sur ses épaules, sa poitrine, sentant les battements de son cœur sous son pull mouillé. C'est un pull noir avec quelques taches rouges. Je touche une des taches du bout de l'ongle. C'est de la peinture, pas du sang.

– Je vais bien mais…

– Mais rien du tout !

J'écarte une mèche mouillée de devant ses yeux.

– Je t'avais dit d'être prudent…

– Elle voulait seulement m'emmener dans un endroit où nous pourrions parler sans être dérangés, m'interrompt Ben. Ma belle-sœur n'arrêtait pas de venir nous proposer des boissons ou des trucs à manger pour écouter notre conversation. C'était gênant et je savais que cette grange n'était pas très loin. Quand le téléphone a sonné, Marianne est allée décrocher et on en a profité pour filer dans la voiture de Gemma. Je pensais qu'on n'en aurait pas pour longtemps. Que je serais revenu avant que Marianne se rende compte de mon absence.

Le tonnerre gronde et il me serre contre lui. Je m'accroche de nouveau à son cou.

– Mais j'ai tout de suite compris que je n'aurais pas dû, reprend-il. Gemma a *perdio la mente*. Tu ne croirais pas ce qu'elle m'a débité.

*Peut-être que si.*

– Du genre ?

– Du genre... des trucs de cinglés. Apparemment, Dylan et elle sont...

– Amis ?

– Plus qu'amis.

Il émet un ricanement désabusé.

– Ils ont une relation. Purement physique, je pense, mais ça dure depuis un moment. Elle m'a dit que tu étais au courant.

Je secoue la tête.

– Absolument pas.

Mais j'aurais dû le deviner. Telle que je la connais, elle ne traîne jamais avec des garçons pour des raisons purement amicales.

– Je savais qu'elle mentait, poursuit Ben. Et je le lui ai dit. Mais elle m'a raconté que c'était pour ça que tu étais sortie avec Dylan et que c'était pour la même raison que toi et moi... elle pense que tu essaies de voler son identité, que tu es trop mal dans ta peau. Elle est convaincue que tu m'as tendu un piège pour que je me batte avec Dylan et… elle a encore dit des tas de trucs tellement débiles que je n'arrive pas à croire qu'elle ait pu les prononcer en me regardant dans les yeux.

Je plisse le nez. Si nous faisions un concours pour savoir laquelle de Gemma et moi est le plus mal dans sa peau, Gemma aurait plusieurs longueurs d'avance.

– Je lui ai dit que tu ne m'avais pas piégé.

Ben pose son front sur le mien.

– Et je lui ai dit ce que je ressentais pour toi.

Je plonge mon regard dans le sien.

– Tu lui as dit ? Malgré…

– J'espérais que tu changerais d'avis.

Il m'adresse un de ses sourires légèrement de travers.

– Mais de toute façon, même si ça n'avait pas été le cas, ça ne change rien à ce que j'éprouve pour toi. Et ça ne changera jamais.

– Qu'est-ce qu'elle a répondu ?

Il me caresse le dos d'une manière rassurante et troublante à la fois.

– Elle m'a avoué qu'elle aussi était amoureuse. D'un autre garçon.

– Quoi ?

Je fronce les sourcils.

– Elle n'a pas voulu me dire de qui il s'agissait mais j'imagine très bien un troisième type dans le tableau. Un qui « vaut la peine ». Elle affirme qu'ils sont amoureux l'un de l'autre et qu'il l'a convaincue de changer de vie. Elle ne veut plus de petits jeux. Elle a même eu le culot de prétendre qu'elle voulait seulement me protéger de toi, parce que tu es folle et que tu es rongée par une terrible rage intérieure. Et elle a continué de délirer jusqu'à ce que j'éclate de rire.

– Non ? Tu n'as pas fait ça ?

Je ne peux pas m'empêcher de sourire malgré mon inquiétude.

– Oh si. J'ai même ajouté que j'aimais ta terrible rage intérieure. C'est là qu'elle a pété les plombs.

Il hausse les épaules et me serre contre lui. Nos ventres sont pressés l'un contre l'autre.

– Je me fiche de tout ça, murmure-t-il à mon oreille. Gemma ne représente rien pour moi. Je n'ai jamais ressenti d'amour pour elle. Ni pour personne avant toi.

– Moi non plus.

Même à l'époque où je vénérais Roméo, je n'éprouvais pas de telles sensations. Je n'avais pas le sentiment de pouvoir tout partager avec lui, ni qu'il voyait dans mon cœur, ni qu'il aimait mes forces et mes faiblesses. L'adoration que Roméo me vouait m'étourdissait mais il ne m'a jamais regardée de cette manière et ne m'a jamais donné l'impression que nous pouvions construire ensemble.

Une vie humaine, librement offerte. C'est le plus beau des dons. Et Ben est prêt à ça. Son aura rose devient plus foncée sous mes yeux jusqu'à devenir d'un beau rouge lie-de-vin. C'est une lumière dans la nuit, dans tous les sens du terme.

Je porte la main à ma poitrine. Je ne peux pas voir ma propre aura. J'ai toujours supposé que l'on n'en avait pas après être mort mais… et si… et si… si mon aura diffusait la même lumière que celle de Ben ?

Ça expliquerait pourquoi Roméo était si excité quand les lumières se sont allumées dans le théâtre. Il voyait mon aura et croyait qu'elle brillait pour lui. Et puis il m'a vue avec Ben et c'est pour cette raison qu'il a réagi ainsi…

*Qu'est-ce que tu as fait ?… Ça ne change rien !*

Qu'ai-je fait ? Je suis tombée amoureuse de quelqu'un d'autre. Et ça change tout.

Je demande à Ben :

– Tu penses qu'une personne peut avoir plus d'une âme sœur au cours de sa vie ?

Mon pouls bat la chamade, alors que j'attends sa réponse.

Il penche la tête sur le côté.

– Pourquoi ? Tu as déjà envie de me remplacer ?

Son assurance m'illumine de l'intérieur. Il est sûr que je suis sa moitié. Celle qu'il devait trouver.

– Non, c'est juste que… j'ai cru que j'étais amoureuse, il y a très longtemps, quand j'étais plus jeune…

Plus jeune de sept cents ans.

– J'étais si sûre que c'était le bon et…

– Gemma m'a dit que Dylan était le premier garçon avec qui tu sortais.

Je me mords la lèvre. Je ne veux pas mentir mais j'ai bien trop peur pour lui révéler toute la vérité.

– J'ai rencontré un garçon à une fête. On n'est jamais sortis ensemble. Il venait chez moi en cachette la nuit et on parlait. Ça n'a pas duré longtemps. Cinq jours après notre rencontre, il a… quitté la ville.

– Tu ne me connais que depuis trois jours.

C'est vrai. Je n'arrive pas à y croire. J'ai l'impression de connaître Ben depuis toujours. J'ai cette impression depuis que nous nous sommes rencontrés. Comme si une partie de moi l'avait attendu toute ma vie. Toute mon après-vie.

– J'ai su dès que je t'ai vue, cette première nuit, murmure Ben. Immédiatement. Quand j'ai essuyé le sang de ton visage. Je me suis dit…

– Quoi ?

– Voilà la fille avec qui je vais passer ma vie entière. J'en étais certain, termine-t-il avec un air vulnérable qui me serre la gorge.

Peut-être est-il réellement tombé amoureux de moi ce premier soir. Avant que je distingue son aura. Peut-être Ben n'est-il pas l'âme sœur que j'avais à protéger. Peut-être suis-je là pour Gemma et quelqu'un d'autre. Ce garçon dont elle a parlé à Ben. Celui qui « vaut la peine ».

– Je n'ai pas besoin de plus de temps pour savoir que je n'ai jamais ressenti ça et que je ne le ressentirai plus jamais, ajoute Ben avec un geste de la main qui termine sur ma taille. Mais ça m'est égal que ce soit différent pour toi.

Je hausse les sourcils.

– Ça t'est égal de ne pas être le premier ?

– Oui.

Il se penche vers moi et ses lèvres effleurent les miennes.

– Du moment que je suis le dernier.

Il m'embrasse et le monde autour de moi se met à tourner. Mon cœur bat la chamade et j'oublie tout le reste.

Ben est parfait, il est droit et bon, et je l'aime. Je me fiche que ce soit impossible. Je me fiche que ce soit interdit. Il n'y a rien de mal dans ce que je ressens pour lui, rien de mal à ce que nos cœurs battent à l'unisson, rien de mal au fait qu'il ouvre ma veste. Je veux sentir sa peau contre ma peau, je veux…

*Peau*. Ma veste glisse et tombe sur le sol. Je ne peux m'empêcher de penser aux cicatrices qui émergent du col de mon T-shirt. Cicatrices. Peau. Cette peau n'est pas la mienne.

– Attends.

Je m'éloigne en vacillant, les mains collées sur la bouche.

Ce corps ne m'appartient pas. Ben et moi sommes peut-être des âmes sœurs, mais je ne possède aucune forme physique. Cette époque n'est pas la mienne et je n'y resterai pas. Malgré l'étrangeté de cette mission, malgré le miracle d'être à nouveau tombée amoureuse, je ne peux rien promettre à Ben. Je ne peux pas être à lui, même pour une seule nuit. L'âme d'Arielle est dans les brumes, mais elle va revenir. Tôt ou tard.

Roméo a très bien pu découvrir le véritable amour de Gemma et si c'est le cas, il aura tout fait pour le convaincre de sacrifier son aimée. Ben et moi avons peut-être vingt-quatre heures devant nous. Probablement moins. Ensuite Arielle reprendra sa place. Si je dispose de son corps, je commettrai une abomination. Je franchirai la frontière sur laquelle je suis en équilibre instable depuis trois jours. Et je deviendrai un monstre. Quand l'heure viendra pour Ben et Arielle, ce devra être la décision d'Arielle.

J'enfonce mes paumes sur mes yeux et essaie de vaincre le désespoir qui m'envahit. Je tente de repousser la jalousie qui me tord quand j'imagine les lèvres d'Arielle sur celles de Ben.

– Je suis désolée…

Ben n'a pas tout à fait repris son souffle.

– On peut attendre bien sûr. Aussi longtemps que tu le voudras. On peut même attendre de se marier si c'est ce que tu désires.

– Marier…

Je sanglote.

– Oui, bien sûr. Pourquoi pas ?

Ben me prend les poignets et écarte mes mains de mes yeux. L'amour évident que je lis sur son visage fait couler mes larmes.

– Je t'aime. Je veux tout partager avec toi. Je veux t'épouser, avoir des enfants de toi, vieillir avec toi. Je veux mourir avant toi pour n'avoir jamais à vivre sans toi.

Je suis incapable de lui répondre, je ne peux que pleurer plus fort. Qu'ai-je fait ? Comment ai-je pu laisser une telle chose se produire ? Comment ai-je pu exposer Ben à la douleur qu'il ressentira quand je serai partie ? Je pensais qu'il pouvait aimer Arielle mais à présent, je sais que c'est de moi qu'il est amoureux. Il sentira que quelque chose a changé. Il verra les différences entre l'âme d'Arielle et la mienne. Et ça le détruira de ne pas comprendre comment un tel amour a pu s'évanouir si rapidement.

– Pourquoi pleures-tu ?

– Parce que… je ne peux pas être à toi. Même si c'est ce que je souhaite le plus au monde.

– Pourquoi ?

Il a presque crié, comme si la simple idée de ne pas passer son existence avec moi mettait sa vie en danger.

– Je ne peux pas te le dire. Tu ne me croirais pas.

– Je te croirai. Je te le jure.

Il tend la main vers moi mais je recule vers l'entrée de la grange. Dehors, la pluie n'a pas cessé.

– Quoi que tu me dises, je le croirai, je…

– Tu ne comprends pas… je ne suis pas celle que tu crois…

– Mais si, bien sûr que si.

Il s'approche encore de moi, cette fois je le laisse m'enlacer. Je ne peux pas m'en empêcher.

– Je t'aime, Arielle, je…

– Je ne suis pas Arielle.

Ben secoue la tête, les sourcils froncés.

– Je ne comprends pas.

– Je ne suis pas…

*Je ne suis pas Arielle Dragland. Je m'appelle Juliette. J'ai passé les derniers siècles à passer de corps en corps, à me battre au nom de l'amour, à tenter de protéger des âmes sœurs de Roméo, l'homme qui m'a tué. Oui, cette Juliette. Ce Roméo. Il est dans le corps de Dylan. Et moi, je n'ai emprunté le corps d'Arielle que pour un temps déterminé. Ensuite, je partirai et l'âme d'Arielle reviendra. Peu importe ce qu'elle se rappellera, elle ne t'aimera jamais comme je t'aime moi. Jamais.*

Non, c'est impossible. Il ne me croira jamais. Personne ne m'a jamais crue et personne ne me croira jamais.

– Je… je suis désolée…

– Non, tu ne peux pas faire ça ! Ne te dérobe pas !

Ben me serre plus fort contre lui. Je sens ses doigts dans mon dos.

– Je t'écoute. Tu n'es pas Arielle, alors comment dois-je t'appeler ? Ça m'est égal. Je t'aimerai, quel que soit ton nom.

Si seulement ça pouvait être aussi simple. Mais même sous un autre nom, une rose reste une rose. Pas moi. C'est d'un corps que j'ai besoin, pas d'un nom.

Un corps. Le mot danse dans mon esprit. La tentation est grande. Si j'utilise le sortilège et que je réclame mon propre corps, Ben me reconnaîtra-t-il et m'aimera-t-il ? Saura-t-il me regarder dans les yeux et lire mon âme ? Si impossible que cela paraisse ?

– Sirène ?

Sa main caresse mon front, il me tapote la tempe.

– Qu'est-ce qui se passe là-dedans ?

Je lève les yeux vers lui.

– Rien.

Si je me sauve, je sauve en même temps Roméo et Roméo mérite de mourir.

*Il pourrait mourir après que tu auras prononcé le sortilège. Surtout si tu as de l'aide…*

Et m'y revoilà. À l'idée de commettre un meurtre. Mais pour garder mon amour cette fois et pas seulement pour le sauver.

Je prends la main de Ben.

– Nous devrions partir. J'ai déjà eu du mal à passer tout à l'heure et la pluie n'a pas diminué. On risque de…

– Oh merde ! lance Ben en regardant par-dessus mon épaule.

Je me retourne pour découvrir la catastrophe. L'eau est montée. Beaucoup. Et va bientôt atteindre le toit de la voiture de Mélanie. Nous n'avons plus aucun moyen de quitter cet endroit.

Mélanie va me tuer.

Je me retourne vers Ben.

– Il faut que j'appelle ma mère. Tu as ton portable ? Le mien est dans la voiture mais…

– Laisse tomber.

Ben a sorti son mobile et me montre l'écran.

– Il n'y a pas de réseau ici, j'ai déjà essayé quand Gemma a pété les plombs. Je voulais appeler mon frère.

Je soupire.

– On va devoir marcher. Ta maison n'est pas si…

Un éclair déchire le ciel et le tonnerre explose une seconde plus tard. Ben et moi nous mettons à l'abri.

– Ce ne serait pas prudent de partir maintenant, décrète Ben en passant son bras autour de mon épaule. Je crois qu'on est coincés ici pour le moment.

– On dirait…

Si j'étais une fille normale, bloquée dans une grange avec le garçon qu'elle aime, ce serait le paradis. Mais je ne suis pas une fille normale. Et ma tentative d'en être une me glisse entre les doigts. Ben me glisse entre les doigts.

Je l'enlace et appuie ma joue contre sa poitrine. Je ferme les yeux et m'accroche à lui comme une noyée.

# INTERMEZZO 2

Roméo

Du sang, du sang partout et pas une goutte à boire. Ça dégouline de la gorge déchiquetée de la vieille femme, s'étale sur la robe qu'il lui a laissée sur le dos ces deux derniers jours, tombe sur le sol de pierre qui absorbe sa chaleur. Pour tuer l'ambassadrice selon le rituel, il a choisi une tombe non loin de la ville.

Par nostalgie. Par goût du gothique. Parce qu'il trouvait ça drôle aussi.

Mais il n'a plus envie de rire à présent.

Il agrippe les cheveux de la femme pour lui tirer la tête en arrière, élargissant l'ouverture béante sous son cou. La plaie me sourit, m'adresse un clin d'œil, comme à un vieil ami. Pas de magie ici, pas de lumière dans l'obscurité, pas de lamentations, pas de deuil, comme cela devrait se produire quand un ancien est projeté hors de son paradis.

La boulangère ne mentait pas en affirmant qu'elle ne comprenait pas de quoi il parlait, en criant qu'elle n'avait jamais entendu parler des Ambassadeurs et des Mercenaires. En dépit de la lumière dorée qui émanait de son aura, Nancy n'était pas celle qu'il cherchait.

Il s'est trompé sur toute la ligne. Il était pourtant sûr de lui.

– Sourirais-tu, Roméo ? me demande-t-il d'une voix plus coupante que la lame qu'il serre toujours dans son poing. Je ne vois pas ce qui peut te faire sourire.

– Moi non plus.

Un brusque éclair de lucidité me crie d'effacer ce sourire de mon visage. Mais je n'en fais rien. Au contraire, mon sourire s'élargit.

Elle ne m'aime pas. Elle en aime un autre. Son aura rougit comme un bouton de rose en train d'éclore. Pourtant, j'ai arraché ses racines cette nuit-là, il y a sept cents ans. Elle est mon âme sœur. Elle ne devrait brûler d'amour que pour moi. Ça me donne envie de la tuer. De le tuer, lui aussi. De tuer tout le monde dans cette ville, tous les témoins de leur amour naissant, de leurs œillades et de leurs soupirs.

Mais il y a autre chose derrière cette soif de sang, derrière la haine, derrière la peur et la colère. Pendant une seconde, une sublime seconde ce matin, quand j'ai cru que l'aura de Juliette brillait pour moi… j'ai… j'ai espéré. C'était comme une étincelle de pureté fissurant tout ce qui me constitue.

– Bon…

Il soupire profondément et laisse tomber le couteau qui atterrit sur le sol dans un bruit métallique.

– Voilà qui est très… malheureux.

– Oui, très malheureux, je répète, en reculant alors que le sang s'étale à mes pieds.

Pour la première fois depuis très longtemps, je n'ai aucune envie de toucher ce sang, aucune envie de plonger mes mains dans la mort.

– Je suppose qu'elle doit être quelque part en train de se cacher, pour aider Juliette à trouver sa voie.

Je secoue la tête.

– Je ne pense pas. Sa nourrice n'a pas pris contact. Juliette est effrayée et seule. Si elle recevait de l'aide, je le verrais dans ses yeux. Elle n'a pas de secrets pour moi.

– Tu es un crétin !

Il fait tomber la chaise d'un coup de pied, renversant le cadavre de la vieille femme. Cette nouvelle chose en moi se crispe. Elle est morte et… je ne ressens aucun plaisir.

– Les Ambassadeurs ont des secrets dont tu n'as pas idée et, à présent, Juliette connaît certains des nôtres, n'est-ce pas ?

Je feins l'innocence comme je sais si bien le faire.

– Ça m'étonnerait.

– Oh, tu ne lui as donc pas livré nos secrets ?

– Bien sûr que non. Je ne lui ai rien dit.

– Tu lui as tout dit !

Il essuie sa main ensanglantée sur ma veste et prend mon téléphone portable dans ma poche.

– J'ai placé un micro dans ton mobile. Il y a deux jours. J'ai entendu tout ce que tu lui as dit dans le théâtre.

Il sourit. Ses yeux luisent de plaisir alors que la peur doit assombrir les miens.

– La technologie est presque aussi extraordinaire que la magie, n'est-ce pas ? ajoute-t-il.

J'acquiesce et les restes squelettiques de mon sourire explosent en mille morceaux sur le sol.

Il sait. Il sait que j'ai seulement fait semblant d'accomplir ma mission, et que je travaillais en réalité pour moi et moi seul. Il sait que j'ai des connaissances bien supérieures à celles de tout autre mercenaire de mon niveau. Il sait que j'ai menti, triché et volé un sortilège sacré à leurs gardiens.

À leurs gardiens morts.

Il doit savoir cela aussi. Il n'y avait pas trente-six mille façons de mettre la main sur les anciens sortilèges. Il est forcément au courant que j'ai tué les mercenaires gardiens en les décapitant avant de leur ôter les yeux, en prononçant les sorts de rejet, pour les empêcher de revenir raconter qui avait osé les défier. J'ai commis ces meurtres il y a près de deux siècles mais le temps est relatif. Flexible. Sans pitié.

Surtout pour eux.

– Tu as trahi les tiens, Roméo Montaigu, lance-t-il, appuyé contre le mur de la crypte.

Il m'observe du coin de l'œil, amusé. Mais je sais que je ne l'amuse pas, il savoure seulement ma douleur à venir, réfléchit au châtiment qu'il va m'infliger. J'ai affronté les dieux et à présent, je vais souffrir aussi longtemps qu'un dieu peut faire souffrir un homme.

Je frissonne tandis qu'il s'approche de moi. Ses mains se referment sur mon cou. À la seconde où sa chair emplie de magie entre en contact avec moi, ma peau se réveille. Je sens. Pour la première fois depuis des siècles, je sens la chaleur et la pression qu'il exerce, les vêtements que je porte et la douceur insupportable de sa main.

Je le hais de toutes mes forces, je sais que la douleur va venir, mais je frissonne à nouveau. Cette fois de plaisir. Je sens. Je suis vivant. Voilà ce que Juliette et moi pourrions avoir. Une éternité de ces instants. Ensemble. Voilà qui valait la peine. Peu importe l'échec.

Ses ongles s'enfoncent dans mon cou, jusqu'à me déchirer la peau, ses doigts pénètrent ma chair. Je tombe à genoux, hurlant, suppliant, réclamant Juliette.

Mes lèvres forment son nom, encore et encore. *Juliette !* Je sais qu'il est inutile de prier et pourtant, quelque chose me pousse à implorer le pardon de l'univers. Laissez-lui quelqu'un auprès d'elle, quelqu'un qui la sauvera du spectre qui la traînera en enfer. Quelqu'un qui la sauvera de moi.

Je sais quelle pénitence mon supérieur va me demander et je sais que je lui obéirai. Juste pour ne plus souffrir et retourner dans ma prison éternelle. Je ne veux plus de cette douleur qui me rappelle tout ce que j'ai rejeté quand j'ai cru envoyer danser Juliette avec les anges en la tuant.

Mais au lieu de ça, elle est devenue elle-même un ange. Malgré la férocité et l'amertume qui la durcissent, elle est restée bonne et pure. Je l'ai aidée à ma manière. Je n'ai jamais réellement essayé de l'entraîner vers l'obscurité.

– Tu vas la convertir.

Il a murmuré ces mots en desserrant son étreinte juste assez pour que s'estompe le plus fort de la douleur et que je comprenne ses ordres.

– Son allégeance à notre cause nous apportera un grand pouvoir. Tu vas la convertir ou tu ressentiras pour l'éternité ce que je viens de te faire subir. Tu ne connaîtras plus que la douleur, tu deviendras une chose hurlante qui hante la Terre, une leçon immortelle pour tous ceux qui croient pouvoir défier les dieux.

– Tu n'as aucun pouvoir sur moi !

Je le défie.

– Je ne serai bientôt plus à votre service. Je ne la convertirai pas, je ne renouvellerai pas mes vœux ! Tu ne peux pas…

– Tu renouvelleras tes vœux et tu m'obéiras ou je te rendrai à ta propre chair !

Un espoir naît en moi. Ma propre chair ? Serait-ce possible ?

– Mais sans le sortilège, sans son amour et avec seulement les ravages du temps et de tes péchés.

Un sourire sarcastique découvre ses dents trop blanches.

– Tu erreras sous cette forme de pourriture et de maladie, jusqu'à ce que tes os retournent à la poussière. Et même à ce moment-là, ton âme restera prisonnière, sans voix ni apparence physique. Tu seras incapable de rejoindre les brumes de l'oubli ou de te hisser au rang supérieur des Mercenaires.

Il pose ses lèvres sur mon oreille, adressant directement à mon cerveau sa dernière promesse.

– Tu as trouvé longues ces sept cents dernières années ? Que penserais-tu d'un million d'années sous la forme d'un fantôme que personne ne verra ni n'entendra ?

Ses doigts s'enfoncent de nouveau dans ma chair, provoquant une douleur brûlante et sans pitié. Et soudain, je sens l'odeur de la mort. L'odeur de Nancy, de son sang sur les pierres. Je hurle, je m'étouffe.

– Tes sens te manquaient tellement, Montaigu ! Profites-en à présent. Ils te manqueront de nouveau quand tu seras un esprit damné.

Il appuie mon visage dans la flaque de sang. Il n'y a pas d'échappatoire, pas de bons ou de mauvais choix, pas de pitié. Ni pour moi, ni pour elle, ni pour personne.

L'espoir qui était né meurt, en braillant comme un enfant qu'on abandonne dans le noir.

## DIX-NEUF

L'après-midi a laissé place au soir. La tempête montre les dents et gronde à la porte, assombrissant l'intérieur de la grange. Nous nous sommes réfugiés dans le grenier et nous nous sommes fait un lit avec de la paille et nos vestes. Nous nous sommes allongés dans les bras l'un de l'autre, protégés par l'obscurité bienveillante.

Il me parle de son enfance, de tout ce qu'il a peint et de tout ce qu'il voudrait peindre, des emplois qu'il a occupés pour gagner de quoi s'acheter des fournitures. Il me parle de son frère et de sa belle-sœur, de sa nièce qui fait rire tout le monde avec son imitation de dinosaure. Il me parle de sa mère, combien elle les aimait, lui et son frère, du soin qu'il a pris d'elle avant sa mort, du manque de temps pour ses études qui en a résulté et de son échec scolaire.

Il me raconte la colère qu'il éprouvait envers son frère absent alors que leur mère agonisait, il m'avoue que c'est cette colère qui lui a fait partager un minuscule appartement avec ses cousins qu'il savait dangereux malgré l'insistance de son frère pour le faire venir.

Moi, je reste vague sur mon passé, me contentant d'évoquer mes désirs, mes valeurs, mes joies simples, mes doutes et mes peurs. Alors que la nuit se rafraîchit, je me serre contre lui et lui murmure la question qui me hante depuis des heures.

– À quoi serais-tu prêt pour sauver quelqu'un ? Pour te sauver toi-même ?

– Que veux-tu dire ?

– Jusqu'où irais-tu pour sauver la personne que tu aimes ?

Il se raidit, ses muscles sous ma joue se tendent.

– Écoute… je comprends que tu aies eu peur aujourd'hui en me voyant me battre avec Dylan, mais je te jure que ça ne se reproduira plus. Je suis devenu fou quand je l'ai vu te traîner par les cheveux. J'ai… pété les plombs mais normalement…

– Non, Ben, ce n'est pas…

– Mon obligation de thérapie pour adolescents en difficulté se termine dans deux semaines et après, je ne veux plus jamais revoir Gemma. Mais si tu veux, je verrai un autre psy. Mon frère pense que je devrais. Au début, je trouvais ça stupide mais il a raison. Je suis encore en colère. Contre beaucoup de gens. Et je dois apprendre à contrôler cette rage pour que ce qui s'est passé aujourd'hui ne se reproduise plus.

Je prends sa main et la serre dans la mienne.

– Je sais. Je ne m'inquiète pas pour ça. C'est ce que Dylan est capable de faire qui m'inquiète.

– Il ne recommencera pas, affirme Ben avec l'assurance de quelqu'un qui ne sait rien du mal absolu. On racontera à mon frère ce qui est arrivé et on obtiendra une ordonnance restrictive. Dylan n'aura pas le droit de s'approcher de nous à moins de quinze mètres.

– Je ne pense pas que ça suffira. Il doit partir… pour toujours.

Ben se redresse sur un coude.

– Est-ce que tu es en train de dire ce que je crois ?

– Il ne s'arrêtera pas avant que quelqu'un soit blessé. Ou mort. Crois-moi, le monde sera meilleur sans Dylan Stroud.

– C'est pour ça que tu as un couteau à peinture dans la poche ?

– Comment as-tu…

– Est-ce que c'est pour ça ?

J'hésite.

– Peut-être.

– Sirène. Tu es…

– Folle ?

– *La persona más temerosa…* la personne la plus féroce que j'aie jamais rencontrée.

Cette fois, c'est sa main qui serre la mienne.

– Je comprends ce que tu dis et pourquoi tu as peur mais je te promets que ce type n'en vaut pas la peine. Le seul fait d'y penser… le monde n'en sera pas meilleur. Ça ne fera que te rendre moins bonne. Crois-moi.

Je frissonne mais je laisse ma joue contre sa poitrine. Quelque chose dans sa voix me rappelle la fois où il m'a promis qu'il savait garder un secret.

– Comment peux-tu en être aussi sûr ?

C'est à son tour d'hésiter.

– Je n'en ai jamais parlé à personne.

Je souris.

– Je ne suis pas personne.

– Non, tu n'es pas personne.

Sa voix me déchire et me répare en même temps.

– Alors, dis-moi.

– Je… mon frère…

Il soupire et me serre contre lui.

– Tu te rappelles la brûlure de cigarette dont je t'ai parlé ? Celle qu'on m'a faite quand j'étais petit ?

– Oui.

– C'est mon beau-père, Ray, qui m'a fait ça. Un après-midi, ma mère était au travail et je courais dans la maison. Sans faire exprès, j'ai renversé la table, près de sa chaise. Le cendrier a volé et ça a mis des cendres et des mégots partout. Ray s'est mis en colère et il... sans même y penser, il m'a attrapé le bras et a écrasé sa cigarette dessus.

Ben s'arrête avant de reprendre :

– Je pensais qu'il regretterait son geste en me voyant pleurer mais...

Je ne dis rien. Je me contente de rester collée contre lui et d'écouter. Je n'ai rien à lui dire qui n'aurait été dit des dizaines de fois, pas un mot ne pourrait exprimer à quel point je suis triste pour lui.

– Mon frère Victor était là et il a tout vu. Je n'avais que cinq ans, Victor en avait onze. Il m'a entraîné dans la salle de bains et nous y a enfermés à clé. Ray a tapé à la porte et nous a crié dessus un moment. Il nous menaçait de bien pire qu'une brûlure si on racontait quoi que ce soit à notre mère. Il répétait que tout était ma faute. Victor et moi sommes restés assis dans la salle de bains pendant des heures. Victor maintenait ma brûlure sous l'eau froide et essayait de ne pas écouter Ray.

Les muscles de Ben se raidissent un peu plus.

– Ray a fini par se soûler et s'est endormi sur sa chaise. Victor a entrouvert la porte et s'est assuré qu'on ne risquait rien, puis il est allé chercher le revolver de Ray dans le placard de la chambre. Il l'avait chargé et il visait la tête de Ray avant même que j'aie compris ce qu'il allait faire.

Je ferme les yeux, regrettant de ne pouvoir effacer cette image de son passé et lui rendre son innocence volée.

– J'ai crié et je me suis précipité vers Victor. Je l'ai poussé. J'ai réussi à le renverser au moment où il tirait. La balle a filé dans la cuisine et détruit notre micro-ondes. Plus de pop-corn pendant au moins un an.

Son ton laisse penser que l'histoire est terminée et j'hésite à lui demander ce qui s'est passé après.

Comment sa famille a-t-elle traversé cette épreuve ? Qu'est-ce que son beau-père a fait à son frère ? Qu'a dit sa mère en rentrant à la maison ? Combien de temps ont-ils dû vivre avec ce monstre ? Sa mère savait-elle qu'elle obligeait ses enfants à vivre avec un homme si dangereux ?

Je choisis de me taire. C'est l'histoire de Ben. Il doit la raconter à sa manière.

– Ma mère a divorcé et elle n'a jamais revécu avec un homme après ça. Pourtant, elle était super jolie. Enfin, ça paraît évident quand on me regarde.

Il essaie d'instiller un peu de légèreté dans son récit.

– Mais Victor n'a plus jamais été le même. Même s'il n'a pas tué Ray, c'est comme si une partie de lui l'avait fait. Il sait qu'il n'aurait pas dû prendre ce revolver et il ne se l'est jamais pardonné.

Ben hausse les épaules.

– Je pense que c'est pour ça qu'il est devenu policier. Il se met à l'épreuve pour savoir s'il peut porter une arme et ne l'utiliser qu'à bon escient.

Nous restons silencieux un long moment et nous écoutons la pluie qui martèle le toit, le vent qui siffle entre les planches disjointes et le tonnerre qui s'éloigne en roulant vers le sud. J'ai envie de lever la tête et de poser mes lèvres sur celles de

Ben pour lui prouver combien la confiance qu'il vient de m'accorder est importante à mes yeux.

Mais ce serait dangereux, alors à la place, je murmure :

– Je t'aime.

Il rit.

– Je préfère largement ça à « Je suis désolée ».

– Moi aussi.

Sa main caresse mon dos de plus en plus lentement. Il est en train de s'endormir.

– Ben ?

– Mmmh ?

– Merci de m'avoir raconté. Ça m'a aidée.

Ses lèvres se posent tendrement sur mon front.

– Tu n'aurais jamais pu faire de mal à qui que ce soit, de toute façon.

Peut-être a-t-il raison. Je ne suis pas sûre que je pourrais tuer Roméo. À chaque fois que je me suis battue avec lui, j'étais horrifiée. Mais de toute façon, je ne dois pas. Ben a raison. Nourrice a raison. Prendre une vie est un acte sombre, même si la victime est l'être le plus malfaisant de la Terre. Même si les Ambassadeurs m'ont menti, voilà une vérité à laquelle je dois m'accrocher.

Je vais trouver un autre moyen de gérer le problème. Je chuchote dans le cou de Ben :

– Promets-moi seulement d'être prudent. Promets-moi de ne jamais te retrouver seul avec Gemma ou Dylan. Promets-moi de rester en vie.

Ben reste un long moment silencieux. Puis il se met à ronfler doucement et je me rends compte qu'il s'est endormi. Je souris, chérissant cette nouveauté que je viens de découvrir chez le garçon que j'aime. Je prie pour avoir le temps d'en apprendre plus encore. De tout apprendre.

Et si je passais un marché avec Roméo, si j'arrivais à le persuader de quitter la ville ou même la Californie, dès que le sortilège sera accompli ? Il n'a de toute façon aucun intérêt à rester près de moi. Je ne l'aime pas et je ne l'aimerai jamais.

*Alors tu n'auras jamais un corps à toi.*

C'est vrai. Roméo a bien dit que je devais l'aimer pour que le sortilège fonctionne et les spectres l'ont confirmé. Mais il peut se tromper. Si seulement je pouvais jeter un œil à ce sort…

Je me serre contre Ben. Son corps me réchauffe et je finis par m'endormir dans ses bras.

Les lumières me réveillent au milieu de la nuit. Des lumières éblouissantes et des voix qui appellent nos noms. J'ouvre les yeux et je m'assois. Je crie :

– On est là ! Dans le grenier !

Je me retourne pour réveiller Ben mais il est déjà assis à mes côtés.

– C'est mon frère, dit-il.

Une voix de femme s'élève cette fois.

– Dieu merci.

La femme éclate en sanglots. Mélanie est là, elle aussi. Ça ne va pas être joli. Je regarde Ben qui serre sa main dans la mienne, me transmettant sa force. Tandis que nous nous dirigeons vers l'échelle, un visage d'homme apparaît.

Le soulagement sur son visage me frappe comme un coup de poing. Ce doit être Victor, le frère de Ben. Je ne me doutais pas qu'il serait aussi inquiet. Je pensais bien que Mélanie serait paniquée, mais nous avons « disparu » moins d'une nuit.

– On a cru que… on a pensé…

L'homme baisse la tête. Sa pomme d'Adam monte et descend alors qu'il retient ses larmes. Ben pose la main sur l'épaule de son frère.

– Je suis désolé, Victor. Je te jure que je ne voulais pas t'inquiéter. On a été piégés ici et nos portables ne fonctionnaient pas et…

– Je suis seulement heureux que tu sois sain et sauf, souffle Victor en se hissant près de nous, pour serrer Ben dans ses bras. Je t'aime, *hermanito*, tu le sais, hein ?

Ben écarquille les yeux.

– Moi aussi, je t'aime, frangin.

– Ils vont bien ? Ils vont vraiment bien ?

La voix de Mélanie, aiguë et épuisée, s'élève au-dessus du murmure des hommes et des grésillements des talkies-walkies.

– Ils sont en parfaite santé. Pas une égratignure, répond Victor par-dessus son épaule.

Il s'écarte de Ben et me tend la main.

– Je suis Victor, le frère de Ben.

– Arielle.

– Marianne est persuadée que tu vas me plaire.

– Elle a raison, approuve Ben en me souriant.

Je lui rends son sourire en essayant de ne pas penser que Victor devra apprendre à aimer quelqu'un d'autre si j'arrive à mes fins. Ou plutôt la même personne dans un autre corps. Mais je ne veux pas y réfléchir maintenant. Je dois descendre et m'assurer que Mélanie sait à quel point je m'en veux de l'avoir inquiétée.

– Allons-y, on se gèle ici, lance Victor.

Il pose un pied sur l'échelle et s'arrête. Il nous regarde et grimace.

– Je suis navré de vous l'annoncer de cette façon mais ce sera dans le journal demain matin et je préfère que vous l'appreniez de ma bouche. C'est la raison pour laquelle nous étions si inquiets.

– Quoi ? s'alarme Ben. Que s'est-il passé ?

– Nancy Kieldgaard a été retrouvée il y a six heures. Dans le cimetière en bordure de la ville. Il semblerait qu'elle ait été séquestrée pendant un jour ou deux avant...

À peine a-t-il prononcé le mot « cimetière » que je sais que Roméo a commis un horrible crime.

– Avant quoi ? demande Ben.

– Elle a été assassinée.

– *Dios mios*. Est-ce que tu as...

– Oui, j'étais sur place mais je m'inquiétais pour toi et ils m'ont laissé participer aux recherches.

Il s'éclaircit la gorge.

– Elle a été tuée sauvagement et certains policiers expérimentés affirment que ça ressemble à un rituel, un sacrifice ou quelque chose de ce genre. Celui qui a fait ça... Je ne veux plus que vous sortiez seuls jusqu'à ce qu'on mette la main sur ce cinglé.

Ben acquiesce. Je l'imite. Puis je descends l'échelle en me demandant pourquoi. Pourquoi Roméo a-t-il tué cette femme innocente ? Il peut y avoir des âmes sœurs de tous âges mais Nancy n'en était pas une. Son aura ne diffusait aucune lueur.

Alors pourquoi ? Même Roméo n'assassinerait pas pour le simple plaisir. Il a déjà tué, mais c'était de manière impulsive, des gens qui étaient au mauvais endroit au mauvais moment. Je ne comprends pas pourquoi cette fois il aurait...

Je repousse ces pensées. En bas, se trouvent trois autres policiers, un homme en cuissardes et ma mère d'emprunt.

Dès que j'ai posé le pied sur le sol, Mélanie se précipite vers moi et me prend dans ses bras.

– Oh, mon Dieu, je suis si heureuse que tu ailles bien.

Elle m'embrasse sur la joue.

– Tu vas bien, c'est sûr, tu…

– Je vais très bien, Maman. Et je suis désolée, j'ajoute avant qu'elle ait le temps de reprendre la parole. J'ai trouvé Ben et nous nous sommes mis à discuter. Quand on a regardé dehors, la voiture était sous l'eau et on n'avait pas de réseau. On a pensé que ce ne serait pas prudent de rentrer à pied et…

– Ça va. Je m'en fiche. Je suis si heureuse que tu ailles bien.

– La voiture est noyée.

– Je sais, je l'ai vue en venant. Et j'ai cru que…

Elle s'étrangle et sourit à travers ses larmes.

– Peu importe ce que j'ai cru. Tu vas bien.

Elle se mord la lèvre.

– Est-ce que Victor t'a dit pour Nancy ?

– Oui.

Les larmes qui me montent aux yeux ne sont pas forcées. Je ne la connaissais pas vraiment, mais les souvenirs d'Arielle m'assurent que Nancy était une femme extraordinaire. C'était une bonne âme volée par le mal. Et je découvrirai bientôt si Roméo est le responsable.

Ben apparaît à mes côtés et salue timidement Mélanie.

– Bonjour madame Dragland. Je suis Ben Luna.

Après une très brève hésitation, Mélanie lui adresse un sourire. Elle n'est pas entièrement convaincue mais elle fait de son mieux pour garder l'esprit ouvert sur le garçon que je lui ai dit aimer.

– Bonjour Ben.

Je me sens soudain mal à l'aise. Je n'aurais pas dû me confier à Mélanie. Je ne savais pas, je n'avais pas deviné que Ben et moi étions faits l'un pour l'autre, et maintenant, je ne veux pas qu'il s'implique dans la vie d'Arielle. Je ne peux pas garder ce corps, je vais devoir partir et la seule façon de protéger Ben est de l'emmener avec moi.

Je frissonne à cette pensée. On me recouvre d'une épaisse couverture bleue. Si je trouve un moyen d'utiliser le sortilège et que Ben ne comprend pas que j'ai quitté le corps d'Arielle ? Et si je me trompais et qu'il ne soit pas capable de voir mon âme ? Et si au contraire, il vient avec moi, Arielle en souffrira-t-elle ? Que dois-je faire ? Comment puis-je…

– Ne t'en fais pas, me murmure Ben alors que nous emboîtons le pas aux policiers. Tout ira bien.

Je le regarde. Comment peut-il…

– Je te le promets, dit-il encore en me prenant la main.

Je glisse mes doigts entre les siens, priant pour qu'il ait raison.

# VINGT

Au lycée, le drapeau a été mis en berne.

Le vent souffle toujours aussi fort, annonçant une nouvelle tempête.

Nancy Kieldgaard n'était pas employée par le lycée mais elle a vendu des viennoiseries, des chocolats chauds et des sandwichs à trois générations d'élèves et de professeurs de Solvang. Elle a écouté leurs histoires et leur a offert des friandises pour les consoler ainsi que des mots simples pour les encourager quand ils en avaient besoin. De la salle d'attente du bureau de la proviseur, je regarde les élèves avancer dans l'allée et lever la tête vers le drapeau, emplis d'un mélange de peur et de tristesse.

M. Stark semble plus ennuyé qu'en colère de commencer sa journée par un conseil de discipline. Installé dans le bureau de M^me^ Félix, il attend l'arrivée du directeur en se réchauffant les mains avec sa tasse à café et regarde d'un œil vide par la fenêtre. M^me^ Félix répond à un flot incessant de coups de téléphone et assure à chaque parent que le lycée sera fermé pendant la pause de midi tant que le meurtrier de Nancy n'aura pas été arrêté. Elle ne prend même pas la peine de réprimer ses bâillements. Son visage finement ridé reflète la fatigue.

Mélanie est la seule adulte qui semble pleinement réveillée. Elle s'agite à côté de moi, les doigts entrecroisés, les mains sur les cuisses. Nous avons un quart d'heure d'avance. Ben et son frère ne sont pas encore là et il n'y a pas de signe de vie de Dylan et Gemma.

Je me demande si Roméo va prendre la peine de venir. S'il a tué Nancy, il avait une raison. Elle n'était pas une âme sœur mais…

Une autre pensée, terrible, m'a traversé l'esprit cette nuit, avant de m'endormir. Et si Nancy avait été sacrifiée dans le cadre d'une macabre cérémonie ? Si Roméo avait atteint son but sans moi et avait à présent récupéré son corps ? Que pourrais-je faire si ma chance était passée ?

J'essaie d'empêcher mes genoux de tressauter et je suis presque heureuse de voir Gemma arriver. Ça me permet de me concentrer sur elle. Elle entre dans la salle d'attente, vêtue d'un pull et d'un pantalon noirs. Les diamants qui pendent à ses oreilles constituent le seul ornement qui rompe avec sa tenue de deuil. Elle soupire et s'assoit le plus loin possible de nous.

Mélanie émet un grognement mais ne daigne pas la saluer. Moi non plus. Je plisse les paupières pour qu'elle voie que je n'ai pas l'intention de me laisser faire. La nuit dernière, Ben a raconté à son frère que Gemma avait essayé de m'écraser. Mélanie, livide, voulait absolument porter plainte.

Ben et moi avons rendez-vous au commissariat demain matin. Je ne pense pas que Gemma sera réellement sanctionnée, mais je veux qu'elle sache qu'elle ne s'en tirera plus aussi facilement. Mélanie a téléphoné à la mère de Gemma ce matin et l'a prévenue qu'elle recevrait sous peu un coup de fil de la police pour le « comportement dangereux et malsain » de sa fille. La mère de Gemma a menacé Mélanie de la poursuivre en justice et lui a raccroché au nez.

Pourtant, Gemma semble parfaitement sereine. Elle ignore le grognement de Mélanie ainsi que mon regard, et lève les yeux au plafond. Son aura est rouge vif, comme si elle avait la conscience parfaitement tranquille. Elle ne bouge pas. Quand Mike arrive, elle lui adresse un salut absent. Il hoche la tête, me tend brièvement la main et s'assoit à une distance respectable de nous deux.

Je l'observe. Je me demande s'il a quelque chose à voir avec la mort de Nancy mais mon soupçon s'évanouit soudain. La vérité vient de m'apparaître, aussi éblouissante que la clarté fluorescente qui règne dans la salle d'attente. Mike n'est pas le mercenaire qui travaille avec Roméo. Il est amoureux.

Je n'arrive pas à en croire mes yeux. Il est cerné d'une magnifique lueur rose. Bon sang ! Son aura n'est pas tout à fait aussi rayonnante qu'elle le devrait mais elle est indéniable.

Comment ai-je pu passer à côté ? Comment n'ai-je pas deviné ?

Parce que je n'avais jamais vu Mike en pleine lumière. Il est en pause pendant mes cours d'anglais, je ne l'ai croisé que dans les coulisses du théâtre qui ne sont jamais éclairées pendant les répétitions. Et hier, dans la cour, nous étions dans l'ombre des arbres. Pourtant, j'aurais dû m'en rendre compte. J'aurais dû, si j'avais été concentrée sur ma mission.

Chacune de ses paroles était un indice.

*Je ne sais pas ce que tu as entendu. Tu en as parlé à Ben ? Si tu lui dis…*

Je ferme les yeux. Je me sens complètement idiote. Les mains de Gemma sur son dos. Sa façon de la soutenir pendant les répétitions, elle me disant qu'elle le trouve canon, tout prend sens à présent. Ben m'a dit que Gemma voyait quelqu'un d'autre dont elle ne voulait pas donner le nom. Sans doute parce que leur relation est interdite. Mike a au moins vingt-deux ans. Gemma en a dix-huit. Elle est majeure mais élève dans ce lycée et lui est prof stagiaire. Ça sera un gros problème s'ils sont découverts.

*Un autre* Roméo et Juliette…

Je rouvre les yeux.

Bon sang !

Et maintenant…

Je ne sais pas si je vais être capable de les rapprocher. Leur amour est pratiquement illégal, semé d'embûches, sans compter que l'aura de Mike n'est pas franchement flamboyante. S'ils se font prendre, les conséquences seront plus graves pour lui que pour Gemma. Il le sait probablement et…

La sonnerie de mon portable me tire de mes pensées. Je prends mon sac mais Mélanie pose une main sur mon bras.

– Je pense que c'est bientôt à nous, me souffle-t-elle.

Elle me montre discrètement le bureau où M^me^ Félix et M. Stark se sont levés.

– Mais le directeur n'est pas encore arrivé. Ben et son frère non plus…

– Attendez !

Roméo, haletant, apparaît à la porte. Ses yeux sont cernés et il porte un vieux foulard autour du cou. Il a encore plus mauvaise mine qu'hier. Plus mort que vif. Mais personne d'autre ne semble le remarquer. Mélanie lui jette un regard menaçant et Mike l'ignore. Roméo entre dans la salle d'attente. Les mauvaises ondes qu'il envoie sont presque palpables. Mon estomac se tord. Je le hais mais j'ai besoin de lui. Que je le veuille ou non, mon avenir repose entre ses mains.

Je me prépare à croiser son regard mais il détourne la tête. Il se dirige droit sur Gemma.

– On peut pas faire ça. On peut pas mentir. Arielle et Ben n'ont rien fait de mal.

Gemma hausse les sourcils et me lance un rapide coup d'œil. J'entrevois sa peur.

– De quoi tu parles ? Elle m'a dit qu'elle voulait te tuer ! J'ai entendu…

– Tu n'as rien entendu du tout. Tu le sais très bien.

Gemma appuie son index sur la poitrine de Roméo.

– Je t'interdis de changer de version maintenant, Dylan. C'est toi qui…

– Dylan, Gemma, gardons ça pour tout à l'heure ! lance Mike avec sa voix de professeur.

La pointe de jalousie dans son regard ne m'échappe pas.

Roméo les ignore tous les deux et se tourne vers moi.

– Je suis désolé.

Son visage affiche un mélange parfait de peur et de regret. Pas de perfidie, pas de cruauté. Il a l'air sincère.

Bon sang, qu'est-ce qui lui arrive cette fois ? Pourquoi ce soudain changement de plan ? Qu'a-t-il à y gagner ?

Il espère toujours que je l'aide avec le sortilège. C'est forcément ça.

Peut-être n'est-il pas trop tard.

– Je vais dire la vérité à M$^{me}$ Félix, reprend-il. Je vais…

– Bon, nous sommes prêts, annonce justement M. Stark depuis l'encadrement de la porte. Dylan, où est ton père ?

– Il n'a pas pu venir.

Roméo ne me quitte pas des yeux. Je soutiens son regard, même si mon sang se glace. Il y a quelque chose d'horrible dans son expression, tapi sous sa peau jaunie. Que lui est-il arrivé depuis que nous nous sommes séparés hier ? A-t-il revu les spectres lui aussi ? Ou est-il hanté par bien pire ?

M. Stark soupire.

– Dylan, le mot que tu as apporté chez toi était clair : si ton père ne se présente pas, tu seras automatiquement exclu.

– Il s'en fiche, rétorque Roméo.

Il ressemble à un pénitent venu réclamer le pardon.

– Mais je suis venu parce que je veux faire ce qui est juste.

– Oui, bien sûr, ricane Gemma. Tu es cinglé, voilà ce que tu es !

– Gemma, s'il te plaît, lâche M. Stark. Bon, allons-y maintenant.

D'un geste de la main, il nous invite à le suivre. Mélanie reste derrière moi. Je m'exclame :

– Mais Ben et son frère ne sont pas là. On ne devrait pas les attendre ?

– Ils ne viendront pas, répond M. Stark. Mme Félix a déjà rempli le dossier d'exclusion définitive de Ben.

– Quoi ?

Je ne peux pas croire ce que je viens d'entendre. Stark hausse les épaules.

– Ce n'est pas la première fois que Ben a des problèmes de violence et nous observons une politique de tolérance zéro à ce niveau.

Je m'insurge, ignorant la main de Mélanie sur mon bras.

– Mais son problème n'avait rien à voir avec l'école et encore moins avec ce lycée ! S'il vous plaît, monsieur Stark…

– Arielle, cette décision ne m'appartient pas ! réplique M. Stark.

Il se dirige vers le bureau de la proviseur où Roméo, Gemma et Mike sont déjà assis.

– De toute façon, tout est réglé. Le frère de Ben est venu chercher ses affaires ce matin. Et il a pris un dossier de cours par correspondance. Ben peut toujours passer son examen s'il le souhaite.

Je secoue la tête. Mais ma colère laisse soudain la place à une étincelle d'espoir. Il me sera plus facile de convaincre Ben de s'éloigner. Plus rien ne le retient à Solvang, hormis sa famille et la vie avec son frère n'a pas été particulièrement agréable. Peut-être sautera-t-il sur l'occasion d'un nouveau départ.

Mais un nouveau départ avec une fille qu'il ne connaît pas ? Sans argent et sans diplôme universitaire ? Me revoilà dans la même situation qu'avec Roméo. Je ne mourrai probablement pas de faim, ni ne serai tuée par des bandits de grands chemins mais notre avenir ne sera pas brillant. Du moins pas au début. Sans doute jamais.

En plein jour, sans les bras de Ben autour de moi pour me rassurer, réussir à le convaincre que l'âme de la fille qu'il aime a changé de corps me semble impossible. Sans compter que je n'ai pas encore réussi à récupérer mon corps.

Mon portable sonne de nouveau. C'est sûrement Ben. J'ouvre la fermeture Éclair de mon sac.

– Allons-y, Arielle.

Mélanie me tire par la manche.

– Nous verrons pour Ben plus tard. Tu dois penser à ton avenir.

Mais je pense à mon avenir. Ben est mon avenir. Du moins, je l'espère. Je rêve de lendemains avec lui avec une intensité terrifiante. Je voudrais m'enfuir de cet endroit, le retrouver, me jeter dans ses bras et lui promettre que tout ira bien. Comme il me l'a promis la nuit dernière.

Mais au lieu de ça, je suis Mélanie dans le bureau de M^me^ Félix.

Parce que tout ne va pas bien. Tout est horrible et le temps passe si vite.

Gemma et moi avons récolté une semaine d'heures de colle après les cours. Dylan, qui est toujours en colle, doit pour sa part se présenter tous les jours au bureau de la proviseur jusqu'à la fin de l'année. J'ai menti et raconté qu'il y avait eu un malentendu entre Dylan et moi. Gemma a refusé de prendre la parole et Roméo s'est excusé tant de fois que Mme Félix a fini par lui demander de se taire. Personne n'a été exclu, ni temporairement, ni définitivement. Dylan a failli, mais il joue Tony dans la pièce dont la première représentation a lieu ce soir. M. Stark a dit à Mme Félix qu'il devrait tout annuler si Dylan ne pouvait pas venir et elle a décidé qu'elle ne pouvait pas priver tout le monde.

Ni surtout répondre aux dizaines de coups de fil des parents dont les enfants jouent dans la pièce.

Le spectacle aura donc bien lieu avec Roméo dans le rôle principal. Même s'il a une tête de déterré et se comporte comme s'il avait perdu l'esprit.

La troisième heure de cours a commencé depuis seulement dix minutes et il s'agite déjà sur son siège, ronge les petites peaux autour de ses ongles, tripote le foulard qui lui couvre le cou malgré la chaleur étouffante dans la classe. Mme Thurman met toujours les radiateurs à fond ; aujourd'hui, alors que nous nous apprêtons à disséquer la carcasse d'un porcelet, c'est pratiquement insupportable.

L'odeur métallique du sang se mélange à celle des produits chimiques. L'air épais et nocif donne un teint verdâtre à tous les élèves. C'est encore pire pour Roméo. C'est comme s'il se décomposait sous mes yeux. Des veines sombres gonflent sur ses tempes et ses lèvres sont presque violettes. Je ne peux pas m'empêcher de le fixer et de vérifier de temps en temps si je suis la seule à avoir remarqué que Dylan Stroud est déjà mort.

« Nous sommes morts, Juliette. Morts. Je te vois morte au fond de ta tombe », m'a murmuré Roméo quand nous nous sommes croisés dans le couloir.

Je n'ai pas réussi à me détendre depuis. Même après avoir lu les messages de Ben.

À 7 h 48 ce matin : *J'ai été renvoyé. Mon frère m'envoie vivre chez notre grand-tante à Los Angeles. Je pars demain. Je n'arrive pas à le faire changer d'avis mais je ne change pas le mien non plus. Je t'aime. Je ferai en sorte que tout se passe bien. Ben*

Et quelques minutes plus tard : *Retrouve-moi derrière le théâtre pendant l'entracte ce soir. Je trouverai un moyen de sortir. Je dois te voir seule. Je ne veux pas te dire au revoir (même si ce n'est que pour quelques mois) devant le dictateur.*

Le dictateur. Il est en colère contre son frère. Un état d'esprit parfait pour fuir. Si seulement je pouvais partir avec lui sans me préoccuper de retrouver mon corps, on prendrait un aller simple pour n'importe où et pour ne jamais revenir.

– Madame Thurman ? crie Roméo, interrompant le cours.

Il a le bras levé et tremble de la tête aux pieds.

– Je peux sortir, s'il vous plaît ?

La prof se passe la main sur le cou, surprise par l'interruption, puis désigne la porte.

– D'accord, Dylan, mais dépêchez-vous. Il ne nous reste plus que quarante minutes et vous serez notés.

Roméo se précipite vers la porte, se cognant contre un bureau vide. Quelques élèves rient mais je sais que cette fuite soudaine n'a rien de drôle. Il n'a pas besoin d'aller aux toilettes. Il essaie d'échapper à un monstre. Il essaie d'échapper aux restes putrides de son propre corps.

Mon stylo tombe par terre dans un claquement sec. Dans un coin de la pièce, derrière le squelette en plastique que M^me^ Thurman a baptisé Nonos, est tapi le spectre de Roméo. Il affiche un sourire sauvage comme s'il faisait une blague.

Je prends une inspiration et m'accroche à mon bureau. Mes yeux scrutent les autres élèves dans l'espoir que quelqu'un d'autre a remarqué la chose. Dans l'espoir de ne pas être seule. Mais personne n'a vu le cadavre recroquevillé qui gargouille, s'étouffe et rit.

Oui, il rit. Savourant chaque instant qui le rapproche de sa proie, certain que je ne peux pas m'échapper. Il avance maintenant, les dents découvertes, les ongles crissant sur le carrelage. À deux rangées de moi, il s'immobilise et tire une langue noire qu'il agite, la faisant passer par le trou qui déchiquette sa joue.

Une nausée âcre me remonte dans la gorge et je lève la main, affolée. Mais M^me^ Thurman ne me remarque pas. Une seule personne à la fois peut être autorisée à sortir pendant le cours. Je connais la règle. Je vais devoir attendre que Roméo revienne ou bien fuir, quitter la pièce sans permission, gagnant de nouvelles heures de colle. Après ça, tout le monde se dira qu'Arielle est décidément folle.

Il ne s'agit pas d'Arielle mais de moi. Je suis vraiment en train de devenir folle. Cette chose ne peut pas me faire de mal, pas ici, devant témoins.

Personne d'autre n'a vu la créature. Elle a été envoyée pour Roméo et elle exécute les ordres. Elle va bientôt partir. Et je suis fatiguée de fuir. Je vais attendre ici, lui montrer que je n'ai pas peur. Je vais l'affronter ici ou ailleurs s'il le faut, je...

*Oui. Maintenant. Aime.*

Le murmure me cloue sur mon siège. Même rauque, je reconnais cette voix. C'est la mienne. Quelques pas derrière le corps de Roméo, toujours vêtu de ma vieille robe bleue, se tient mon propre corps. Il tend vers moi ses mains blanches. Ses mains blanches, couvertes de sang. Je réprime un hurlement. Le trou dans sa poitrine est plus horrible que jamais, la chair, déchirée, est à vif. J'aperçois le blanc de ses os brisés et le battement frénétique de son cœur.

Son cœur. Je vois son cœur. Du tissu musculaire presque noir qui se gonfle et se dégonfle de plus en plus vite, au rythme de mon propre pouls.

*Près. Mieux maintenant*, souffle-t-elle.

Ses doigts se glissent dans la blessure, essayant d'attraper le pauvre animal piégé dans la cage thoracique. Et je sens l'écho de ses doigts sur le cœur d'Arielle – étranges envahisseurs traçant leur chemin là où jamais une main ne devrait pouvoir se poser. Et je hurle.

Deux autres filles hurlent presque à l'unisson, réagissant instinctivement à la terreur dans ma voix. Quelques garçons rient et M^me^ Thurman crie mon nom. Mais les réactions que j'ai provoquées m'importent peu. Il faut que je sorte d'ici, vite !

– Arielle avait une araignée dans le cou. Elle était énorme. Je crois qu'elle s'est fait mordre.

Gemma apparaît soudain à mes côtés et passe son bras autour de mes épaules avant de m'entraîner vers la porte.

Je chancelle, le cœur crispé et la gorge si serrée que je peux à peine respirer.

– Oh non ! frissonne M^me^ Thurman. Est-ce que vous l'avez écrasée ? Elle est toujours…

– Je l'ai vue partir. Elle doit être quelque part sur le sol à la recherche de chair fraîche, répond Gemma.

Aussitôt, la moitié de la classe se raidit et regarde par terre. Moi, je n'ai d'yeux que pour la jeune fille qui tient son cœur dans sa main et l'horreur accroupie près d'elle. Le corps de Roméo, à côté de mon ancien moi, fait penser à un animal de compagnie, la tête penchée sur le côté, étonné de me voir partir alors qu'elle m'a demandé…

*Mieux maintenant. Près*, sourit-elle, et je retiens un nouveau hurlement.

Qui est-ce ? Ce n'est pas moi. Ce corps est vide, c'est une coquille habitée par une ombre. Je n'y suis pas. Parce que je suis là. Je suis Arielle.

Enfin, non, je ne suis pas Arielle, mais je ne suis pas non plus…

– Je l'emmène à l'infirmerie, annonce Gemma par-dessus son épaule en me poussant dans le couloir. Je reviens dans un quart d'heure.

Dès qu'elle a refermé la porte derrière elle, son expression se durcit. Nous traversons le bâtiment quatre. Je dois allonger le pas pour la suivre et je manque de tomber quand je me retourne pour m'assurer que les spectres ne m'ont pas suivie. Je parviens enfin à articuler :

– Merci.

Je vais devoir lui expliquer mon comportement. Elle a menti pour me sauver et, malgré tout, je lui en suis reconnaissante.

– Je ne sais pas ce qui s'est passé, j'ai…

– Chut, tais-toi, me coupe-t-elle. Attends.

Mon cœur affolé me tombe au creux de l'estomac et mon épaule, là où Gemma a posé sa main, devient brûlante. Dans ses yeux, je perçois une lueur que je connais et… que je n'ai pas vue depuis longtemps.

– Où on va ?

– Trouver des réponses à tes questions.

## VINGT ET UN

– Le public entre dans vingt minutes !

M. Stark parcourt les coulisses et l'arrière-scène, soulevant chaque malle à costumes comme s'il s'attendait à y trouver Gemma habillée et prête à jouer.

Mais Gemma n'est pas sous les malles. Elle n'est pas non plus chez elle et elle n'était pas là à la dernière répétition. Elle a disparu. Ses parents sont terrifiés. Une rumeur raconte qu'elle a été enlevée par le meurtrier de Nancy et je suis pétrifiée à l'idée que ça puisse être vrai.

Qu'est-ce que je dois faire maintenant ? Quoi ? Quoi ? Impossible de faire taire la peur qui me ronge, qui me dévore de l'intérieur.

– Bon, Arielle, on dirait que tu vas monter sur scène ce soir et demain soir, me prévient M. Stark en passant près de moi. Tu as été parfaite pendant la répétition cet après-midi. Tout va très bien se passer. Tu te sens prête ?

Je baisse les yeux vers mon T-shirt noir et mon jean. J'ai déjà passé mon costume des Sharks.

– Je suis prête.

Mais en fait pas du tout. Je ne suis pas prête et rien ne se passera bien. Gemma n'est pas là. Elle est peut-être morte et l'âme de Nourrice a été bannie des brumes pour toujours.

Les hauts Mercenaires sont en train de massacrer les premiers Ambassadeurs. Ils sont devenus si puissants qu'ils n'ont plus besoin de l'équilibre entre le bien et le mal pour conserver leur éternité. Les Ambassadeurs sont dans un tel danger qu'ils sont forcés de se cacher loin de leur royaume, dans des corps empruntés.

Ils se dissimulent là où les Mercenaires n'ont pas idée de les chercher. La lueur rosée d'une âme sœur peut masquer l'aura dorée d'un ambassadeur qui trouve un abri et aide une âme en même temps. Nourrice se cachait dans Gemma depuis le début, partageant le corps de l'âme sœur que je devais aider, toujours à la limite de sa conscience, me surveillant durant cette mission.

J'enfouis mon visage dans mes mains, essayant de me rappeler chacune des paroles de Nourrice dans l'espoir de découvrir où elle pourrait se trouver maintenant.

Nous sommes enfermées dans les toilettes qui sentent l'ammoniaque.

– Ils ont tué Nancy la nuit dernière, me dit Nourrice sous la forme de Gemma.

Nous sommes dans la dernière cabine, la plus grande, avec la barre métallique.

– Ils savaient que je viendrais pour observer de près ta dernière mission. Je suppose qu'ils ont cru que j'avais emprunté le corps de Nancy. Aux yeux des Mercenaires, l'aura d'un ambassadeur est dorée, mais certains humains, ceux qui ont vraiment bon cœur, possèdent aussi une aura de cette couleur. C'était le cas de Nancy.

Je secoue la tête. L'idée d'être en partie responsable de la mort de cette pauvre femme me rend malade. Ainsi que d'apprendre que Roméo a dit la vérité à propos de l'aura des Ambassadeurs. Il n'a donc pas menti sur tout. Et maintenant, j'ai peur. Et si les révélations de Nourrice détruisaient mes derniers espoirs ?

Les bras croisés, elle me fixe longuement.

– Maintenant, ils savent qu'ils ne m'ont pas trouvée, ils vont donc reprendre leurs recherches. Ensemble, Roméo et son créateur.

Son créateur. Roméo était donc également surveillé. Et cette personne enlevait des gens et les tuait, l'aidait par tous les moyens. Tandis que moi, j'étais laissée dans l'ignorance. Comme d'habitude.

– Alors, tu es là depuis le début ?

Nourrice acquiesce. Je grince des dents.

– Pourquoi as-tu attendu si longtemps avant de me contacter ?

Je n'essaie même pas de cacher ma colère.

– L'âme de Gemma est encore là. Dans ce corps. Je parviens parfois à l'endormir et à la remplacer mais jamais très longtemps. Je ne peux pas prendre le risque d'interférer dans sa vie tant que son aura n'a pas atteint son point culminant.

– Elle l'a atteint depuis plusieurs jours déjà. Pourquoi…

– Ce n'était pas prudent de révéler ma présence. Même à toi.

– Tu aurais pu trouver un moyen ! Tu voyais bien que j'avais besoin de toi. Tu aurais pu au moins empêcher Gemma de m'écraser hier à la grange.

Nourrice baisse les yeux.

– Je suis désolée. Je n'ai pas eu le temps. Son geste a été si soudain que je ne l'ai pas prévu. Elle est très difficile à contrôler.

J'émets un son dédaigneux.

– Ça c'est sûr. Tu parles d'une mission.

Nourrice hoche la tête.

– Elle n'est pas des plus simples, reconnaît-elle, mais je dois t'avouer que toi aussi tu m'as posé des problèmes, Juliette.

J'ouvre et referme la bouche deux fois avant de réussir à lâcher :

– Quoi ?

– La magie créée quand tu as prononcé tes vœux arrive à sa fin. Je crois qu'il est temps pour toi de nous quitter. Je peux prendre soin de Mike et de Gemma. Le changement soudain de Roméo a mis un point final à la relation destructrice que Gemma entretenait avec Dylan. Il n'y aura plus de problèmes pour achever la mission et les protéger des Mercenaires.

– Quoi ? Mais…

– Tu n'as pas réussi comme nous l'espérions, m'interrompt Nourrice, la voix légèrement teintée de tristesse. Ça n'aurait pas dû prendre autant de temps.

– Qu'est-ce qui n'aurait pas dû prendre autant de temps ? Et pourquoi je devrais vous quitter ? J'ai fait du bon travail. J'ai tenu mes promesses, même quand j'avais du mal. Même quand je t'ai haïe de m'avoir transformée en ce que je suis à présent !

– Oui. Haïe, soupire Nourrice en s'appuyant contre la paroi de la cabine. C'est bien là le problème.

– Oh, vraiment ?

Je me mords la joue. Je n'ai pas ressenti autant de haine depuis longtemps.

– Oui.

– Voilà ce que je pense…

J'ai du mal à ne pas élever la voix.

– … Moi, je pense que le problème, ce sont tes mensonges. Parce que tu m'as menti. Roméo m'a dit ce que tu es et…

Elle éclate d'un rire acide qui me fait plus penser à Gemma qu'à Nourrice.

– Et nous savons toutes les deux que Roméo n'a jamais menti.

– Pas à ce sujet. Tu es ce qu'il a dit, n'est-ce pas ? Vous, les Ambassadeurs et les Mercenaires, n'êtes que…

– Oui, c'est ce que je suis. Et oui, il y a très longtemps, Mercenaires et Ambassadeurs étaient frères et sœurs et partageaient leur espoir et leur magie, m'avoue-t-elle sans le moindre regret dans la voix. Je te l'aurais dit si tu avais été prête, si tu t'étais vraiment dédiée à ton travail.

Je manque de m'étouffer d'indignation.

– J'ai rempli sans baisser les bras plus de trente missions, j'ai…

– C'est vrai. Tu aurais dû trouver ta voie bien avant.

– Quelle voie ?

Je me retiens de l'attraper par les épaules et de la secouer pour qu'elle arrête de parler par énigmes.

– Le cœur de notre magie est l'amour. Le véritable amour. Pas le bon travail effectué avec amertume et rage.

Je lâche un rire rauque.

– J'aurais dû travailler en souriant, c'est ça ? Alors tout ce que j'ai fait n'a servi à rien ?

– Non, pas à rien. Ton travail nous a nourris, comme Roméo te l'a dit, et a aidé à améliorer le monde. Mais ta liberté aurait apporté beaucoup plus à notre cause. Au monde entier.

– Ma liberté ? Comment aurais-je pu être libre alors que…

– En trouvant la voie vers la paix et le bonheur que tu désires tant.

– Parce que tu crois que ce n'est pas exactement ce que je veux ?

La colère me submerge de nouveau.

– Tu ne le désires pas assez fort, Juliette.

Nourrice me pose une main sur l'épaule.

– La créature que tu as vue dans la classe ne devrait pas être là. C'est une âme spectrale créée par le regret et la haine. Elles viennent pendant la dernière mission des Mercenaires pour les accompagner vers les brumes pour l'éternité, en châtiment de leurs péchés. L'apparition de celle de Roméo n'a pas été une surprise. La tienne, en revanche…

– Mais Roméo m'a affirmé que ces spectres étaient des créations de l'univers envoyées parce que nous dérangeons l'ordre naturel et déséquilibrons une équation cosmique !

– Il oublie que nous créons nous-mêmes certains univers, réplique Nourrice. L'équilibre et le déséquilibre sont alors de notre fait. Mais là où il a raison, c'est qu'aucun univers ne peut durer dans le déséquilibre.

Je frissonne. Encore une vérité sortie de la bouche de ce garçon que je hais. Que je *hais*.

– Que puis-je faire ? Dois-je lui pardonner ? L'aimer ?

– Peut-être, mais l'amour et le pardon n'ont jamais été ton fort, Juliette.

Elle repousse doucement une mèche de cheveux qui me barrait le visage. Comme si cette caresse pouvait adoucir ses propos.

– J'ignore ce que l'avenir te réserve. Je n'ai vu qu'une fois une telle chose se produire. Le jeune homme a rejoint son spectre et a disparu. Nous avons cherché dans les brumes mais nous ne l'avons jamais retrouvé. Si tu touches le spectre ou que tu le laisses te toucher… plus personne ne pourra rien pour toi.

Je recule. Ses confidences soudaines me rendent soupçonneuse.

– Roméo m'a parlé d'un sortilège qui nous permettrait de récupérer nos corps.

– Il a raison, acquiesce Nourrice, un sourcil en arc de cercle. Mais voudrais-tu vivre dans ce corps abîmé jusqu'à la fin des temps ? Avec Roméo à tes côtés ? Car c'est ce que cette magie particulière réclame.

Je secoue la tête, écœurée à l'idée que j'ai failli lier mon sort à celui du garçon que je déteste le plus au monde. Oui, de la haine encore. Nourrice a raison. J'en ai à revendre. Mais de l'amour aussi. J'ai aidé des gens à travers les âges et à présent…

Le visage de Ben m'apparaît. Ses yeux, ses lèvres, sa voix me promettant que tout irait bien. Je ferme les paupières sous le coup de la douleur et du regret. Ben est l'antithèse de la haine, mais… il n'est pas pour moi. Je demande à Nourrice :

– Et Ben ? Je l'aime.

– C'est vrai.

Je rouvre les yeux et je découvre qu'elle sourit presque.

– Est-ce aussi bien que dans ton souvenir ? s'enquiert-elle.

– C'est mieux. Beaucoup mieux. Mais je pensais que les âmes sœurs étaient rares, qu'il n'y avait qu'une seule union parfaite possible dans une vie.

– L'amour n'est pas un incident isolé, Juliette. L'amour est partout. Ça a toujours été comme ça. Il te suffit de préférer la lumière à l'obscurité. De décider de voir le soleil à travers la pluie.

Cette pluie qui n'a cessé de tomber depuis que je suis arrivée, qui passe à travers les toitures et goutte tout autour de nous. Je serre les mâchoires. Parfois, il n'y a pas de soleil. Pas de lumière.

– Arielle va revenir ?

Je fixe Nourrice. Au fond de moi, de façon stupide et insensée, je cherche encore quelque chose à quoi me raccrocher.

– Oui. Et elle sera transformée par l'amour que tu lui as donné. Tu as bien agi, et si je pouvais te récompenser pour ça et le reste, je le ferais. J'aimerais tant t'aider.

Je retiens ma respiration pour ne pas hurler. Il n'y a donc plus d'espoir. J'ai été jugée bonne à rien par les Ambassadeurs. Ben sera à Arielle. Elle sera transformée par l'amour et heureuse. J'ai essayé d'être heureuse pour eux, de toucher du doigt cette consolation mais il n'y a plus dans mon cœur de place que pour la douleur.

Nourrice a peut-être raison. Je n'ai pas assez de bonté en moi pour devenir ambassadrice. Ne l'ai-je pas toujours su ?

Mon cœur s'accélère.

– Me reste-t-il encore une chance ? Ai-je totalement échoué ?

– Tu as été une servante fidèle mais je ne veux pas te demander de renouveler tes vœux. Ce serait injuste pour toi.

– Injuste !

Je ris mais il s'agit plutôt d'un sanglot. Quand la vie a-t-elle jamais été juste avec moi ?

– Où vais-je aller ? Dans les brumes pour l'éternité ?

– Je suis désolée, murmure Nourrice. Tu peux encore trouver ta voie. Ne désespère pas.

Trop tard. Je suis déjà perdue. Je l'étais peut-être depuis le début. La seule personne en qui j'ai encore espoir est Ben.

– Je veux m'assurer que Ben va bien. Comment puis-je le faire avant de partir ?

– Je te l'ai dit le jour où tu nous as rejoints : place l'amour plus haut que tout et le reste suivra.

Je combats ma frustration.

– Tu pourrais être plus précise ?

– Ce n'est pas une solution.

– Pourquoi ?

– Parce que la seule vérité est une vérité découverte par celui qui en a besoin. Mais je te donne ceci, pour t'aider.

Elle me prend la main, et au moment où nos paumes entrent en contact, des images m'apparaissent. C'était comme la magie des premiers instants dans un nouveau corps, quand les particules de vie emplissent le vide de mon esprit. Mais cette fois, c'est ma vie à moi que je vois.

Ou plutôt ma mort. À travers les yeux de Nourrice.

*Une jeune fille tremblante. Ses lèvres sont bleues, ses yeux révulsés. La soif et la terreur d'être enfermée dans le noir l'ont rendue à moitié folle. Le moine la sort de la tombe. Nourrice veut s'approcher d'elle mais elle ne peut pas. Ce serait du suicide. Elle peut seulement la regarder et espérer qu'elle survive.*

*La jeune fille hurle, repousse l'eau qu'on porte à ses lèvres. Elle l'a vu, le garçon allongé sur le sol. Le moine lui dit que son mari s'est suicidé pour la rejoindre dans la mort.*

*– Pourquoi n'avez-vous pas appelé ? demande-t-il ensuite. Pourquoi ne lui avez-vous pas fait savoir que vous étiez en vie ?*

*La jeune fille est folle de chagrin, elle pleure, même si son corps ne produit aucune larme. Trois jours dans la tombe. Il n'est pas étonnant qu'elle n'ait pas eu la force de crier, mais son énergie revient à présent. Elle prend la dague à la ceinture du jeune homme et la plonge dans son propre cœur.*

*Nourrice se couvre la bouche et étouffe son cri. Le moine sourit, satisfait de sa ruse, plus satisfait encore quand le jeune homme se relève et s'agenouille près du corps de la jeune fille qui agonise.*

*– Juliette.*

*Il prend entre ses mains le visage de la jeune fille.*

*– Je ne pensais pas que... J'ai... j'ai changé d'avis... Ramenez-la. Ramenez-la !*

*La jeune fille pose ses doigts tremblants sur les lèvres du jeune homme puis elle serre ses doigts autour du poignard planté dans sa poitrine. Mais elle est trop faible pour l'arracher. Ses mains retombent. Le jeune homme s'accroche à elle, il pleure. Le moine l'éloigne car la jeune fille est maintenant parfaitement immobile.*

*Nourrice sort de l'ombre, il est presque trop tard. La jeune fille sera bientôt morte. Elle n'a pas le temps de raconter les vieilles histoires et même si elle le pouvait, elle ne le ferait pas. Elle a vécu des milliers d'années, converti des milliers d'âmes* et *elle sait qu'il vaut toujours mieux que ces âmes ignorent certaines choses, qu'elles découvrent la vérité par elles-mêmes.*

*La jeune fille répète le serment et Nourrice la regarde partir vers les brumes de l'oubli, se demandant combien de temps il lui faudra pour trouver sa voie vers la liberté, pour comprendre le don qui vient de lui être fait.*

Mes doigts glissent, échappant à Nourrice, brisant la connexion. Quelque part, au fond de moi, les fils de mon passé sont entrelacés, emmêlés. Nourrice a mis un de ces fils entre mes mains. Il me semble familier, bien que j'aie passé chaque jour de mon après-vie dans le déni.

Roméo ne m'a pas tuée. Je me suis tuée moi-même, exactement comme dans l'histoire. Je ne suis pas une victime. Je suis une idiote et au moins aussi menteuse que Nourrice.

– Pourquoi ?

Je recule en vacillant, je me cogne dans les toilettes. Je tombe, je tremble trop pour me redresser.

– Pourquoi ai-je oublié ?

– Parce que tu ne voulais pas t'en souvenir, répond Nourrice. Mais maintenant, utilise ce présent pour trouver ta voie.

Un présent. Ça ressemble plus à une malédiction qu'à un cadeau. C'est un nouveau fardeau à porter, rien d'autre. Et en parlant de fardeau…

– Comment puis-je encore aider Gemma et Mike ? M'assurer de leur sécurité avant…

– La relation de Gemma avec Dylan a fait des dégâts, mais Mike est plus près de s'engager que tu ne le croies. Lui et Gemma partagent les mêmes démons, les mêmes cicatrices, qui ne peuvent être guéries que par l'amour. Gemma a l'intention de déclarer son amour à Mike ce soir. Ça suffira sans doute. L'aura de Mike sera rouge vif demain matin.

– Et si tu dis vrai, Roméo et moi…

– Tu resteras dans le corps d'Arielle jusqu'à ce que le spectre vienne te chercher, dans un jour ou deux. Quant à Roméo…

Elle hausse les épaules.

– Son sort ne dépend que de lui. S'il choisit de renouveler ses vœux, il restera un mercenaire.

– Alors laisse-moi renouveler les miens. Je peux toujours le combattre. Je peux continuer. Je peux…

Nourrice me fait taire en levant la main.

– La décision a été prise.

C'est la deuxième fois que j'entends cette phrase aujourd'hui. Elle ne me convient pas davantage maintenant que tout à l'heure, mais je ne proteste pas. Nourrice se retourne pour déverrouiller la porte. Il est inutile de discuter. Mon destin est écrit sur son visage impassible.

– Si nous ne nous revoyons plus, sache que je te porterai à jamais dans mon cœur, dit-elle en sortant.

Je reste dans les toilettes jusqu'à la sonnerie. Arielle aura zéro en dissection mais ça m'est totalement égal. Il y a d'autres enjeux beaucoup plus importants. Comme vivre.

– Cinq minutes, clame M. Stark, me ramenant au présent.

Il écume de nouveau les coulisses mais s'arrête et tend un index décidé vers moi.

– Prépare-toi, Arielle. Tu entres en scène.

J'attends qu'il ait le dos tourné pour me diriger vers l'issue de secours. Une lumière orangée éclaire l'allée qui fait le tour du théâtre. Toujours pas de Gemma. La nuit est sombre et silencieuse. La pluie s'est enfin arrêtée – au grand soulagement de tous les habitants de la ville – mais l'atmosphère est encore plus menaçante. Le monde retient son souffle, attendant de savoir qui du bien ou du mal aura gagné au petit matin.

– Elle ne viendra pas, me murmure Roméo derrière moi.

Je me retourne et manque de vomir en sentant son odeur. Il pue la maladie et la mort. Les autres comédiens s'en sont rendu compte maintenant. Tout le monde s'est écarté quand il est arrivé. Les rares garçons qui jouent dans la pièce se sont précipités pour aller enfiler leur costume, le laissant seul.

– Mon créateur connaît la vérité, poursuit Roméo en se penchant vers moi.

J'applique ma main sur ma bouche avant de reculer. Mes épaules touchent le mur de briques.

– Il sait que Gemma n'est pas seule dans ce corps. Il l'a perdue quand elle a quitté le lycée en début d'après-midi mais il la retrouvera. Ce soir.

Mon Dieu. Si seulement Gemma répondait au téléphone. Si j'avais un moyen de la prévenir.

– Où est-il ? Où se cache-t-il ? Tu dois…

– Jason est mort, reprend Roméo. Mon créateur l'a tué afin de pouvoir être près de moi. Je ne sais pas pourquoi je n'ai jamais pensé à ça : tuer juste pour des raisons pratiques. Je suppose que je ne suis pas aussi diabolique qu'on pourrait le croire.

Jason. Ça ne m'étonne pas. Il ne me donnait pas la chair de poule pour rien.

– Il est plus facile aux hauts Mercenaires de se cacher quand le corps est encore frais, continue Roméo. Je sais que tu ne peux pas voir notre aura, mais en général, elle est noire. Noire comme le péché. Et on ne peut pas plus s'en débarrasser que de notre ombre.

Il tend la main vers moi mais s'arrête en me voyant tressaillir.

– Ton aura a toujours été dorée. Jusqu'à ce soir.

Dorée. Comme celle de Nancy.

– C'est lui qui a tué Nancy ?

Roméo sourit.

– Bien sûr. Et il tuera Gemma, et ce garçon que tu aimes. Et il nous tuera, toi et moi. Et le sang ne s'arrêtera jamais de couler.

La tristesse dans sa voix me fait encore plus peur que ses anciens sarcasmes. La panique s'infiltre en moi. Comment arrêter ça ? Comment arrêter les Mercenaires alors qu'ils se nourrissent de violence et que cette violence est la seule chose qui semble capable de les arrêter ? Le meurtre n'est pas une solution. Je l'ai enfin compris. Mais alors que faire ?

– On dirait que l'amour ne leur importe plus à présent, soupire Roméo en repoussant de son front une mèche bouclée. Même plus assez pour avoir envie de le détruire.

– En place ! lance M. Stark en allumant les lumières des coulisses trois fois de suite, signe que nous devons entrer en scène.

J'essaie d'y aller mais Roméo me bloque le passage.

– Il est trop tard, dit-il. On ne peut plus prononcer le sortilège.

– Même si c'était encore possible, je refuserais.

Il acquiesce lentement, pensif.

– Je t'ai aimée, murmure-t-il. Sincèrement. J'ai regretté. Je voulais que tu te relèves et je suppliais…

– Je sais ce que j'ai fait…

J'ai soudain envie qu'il sache la vérité, qu'il comprenne que j'ai changé en sept cents ans.

– Je sais que c'est ma faute, que je me suis planté moi-même ce couteau dans le cœur.

Il secoue la tête et tripote le foulard qu'il n'a pas voulu enlever en passant son costume.

– Non, c'était ma faute. Je t'ai trompée. Je me rappelle la culpabilité. Je ne la ressens plus à présent, mais je me la rappelle.

Son regard est distant, son expression chargée de peur et de douleur. Pour la première fois, j'ai pitié de ce monstre.

– Que t'ont-ils promis ?

J'ai envie de savoir avant que tout se termine.

– Ils m'ont promis ton bonheur.

Il sourit dans le vague.

– Un bonheur éternel, c'était plus que ce que je pouvais t'offrir. Mais quand j'ai vu ton visage, j'ai su qu'ils m'avaient menti. Même si les Ambassadeurs n'étaient pas venus te chercher. Je lisais la vérité dans tes yeux. Tu me haïssais tellement que tu ne serais plus jamais heureuse.

Non. Il y a un détail qui ne colle pas. Un détail minuscule mais de première importance. Je ferme les yeux et j'essaie de me rappeler mes derniers instants et la nature exacte des sentiments qui me traversaient à cet instant précis. Désespoir, douleur, tristesse et oui, la haine, mais pas pour Roméo. Pas seulement pour Roméo.

Et soudain je comprends. Ce n'est pas Roméo que j'ai détesté durant toutes ces années. Du moins pas entièrement. C'est moi.

Je me suis détestée d'avoir tout offert à un garçon qui n'a pas su apprécier ce don. Je me suis détestée de l'avoir aimé. Je me suis détestée d'avoir voulu mourir pour lui. J'ai vécu dans le mensonge toute mon après-vie. Je me suis détestée de continuer à lui donner du pouvoir, de passer tant d'années à le combattre alors que j'aurais dû utiliser cette énergie à aimer les autres. Et à m'aimer moi-même.

– En place ! siffle M. Stark à quelques pas de nous.

– J'ai regretté mon geste, murmure Roméo, et si je pouvais encore avoir des sentiments, je suis sûr que j'éprouverais des remords.

Sur ces mots, il tourne les talons. Je suis incapable de bouger.

J'aurais dû m'aimer. N'est-ce pas ce que mon âme spectrale essaie de me faire comprendre ? Ce serait aussi simple et aussi…

– Arielle ! C'est pas le moment de me laisser tomber ! s'énerve M. Stark en me poussant vers la scène.

Je marche comme un zombie. Une à une, les pièces du puzzle se mettent en place dans ma tête.

Aussi simple ? Vraiment ?

J'ai emprunté la vie de tant de gens et personne ne m'a paru indigne d'amour. J'ai essayé de leur montrer qu'ils valaient la peine et que leur vie était importante. Je les ai poussés à se pardonner à eux-mêmes et à pardonner à ceux qui leur avaient fait du mal, à choisir un avenir d'amour plutôt qu'un passé amer. Je l'ai même fait avec Arielle, en lui montrant qu'elle était belle et intelligente. J'ai ressenti de la pitié en découvrant qu'elle ne parvenait pas à voir cette simple vérité.

J'ai souvent échoué mais Nourrice a tort, je n'ai pas échoué dans le domaine de l'amour. Aimer Roméo, aimer les gens, aimer Ben… rien de tout ça n'était une erreur. Peu importe qu'ils m'aient aimée en retour ou aient été reconnaissants ou même qu'ils n'aient jamais su mon véritable nom. Je les ai aimés et c'était bien. Je suis quelqu'un de bon. Je mérite de m'occuper de moi. Je dois oublier le regret et la honte qui m'ont empoisonnée si longtemps.

Et c'est ce que je fais. Je laisse tout aller et je connais enfin la paix. C'est comme si une porte s'était ouverte en moi, révélant des pièces claires et lumineuses dont je n'avais pas imaginé l'existence.

M. Stark fait l'annonce d'accueil. Il dédie cette représentation à Nancy et demande à chacun de la garder dans son cœur. La musique d'ouverture démarre et me transporte. Voilà, c'est ça. La liberté dont Nourrice m'a parlé. Et je l'ai su toute ma vie. Mon amour pour Ben est parfait, quel que soit le temps qu'il dure ; les erreurs ne sont pas des fardeaux que l'on est obligé de porter sa vie entière ; l'amour peut être aussi puissant que le mal.

Quand j'entre en scène, je ne ressens plus aucune peur. Seulement de l'excitation à l'idée de l'avenir. Il me reste une occasion de dire à Ben que je l'aime plus encore qu'hier. Parce que, pour la première fois en sept cents ans, je m'aime moi-même.

– *The Sharks are gonna have their way tonight.*

Je chante avec enthousiasme. Peu m'importe de ne pas être en mesure. Le public ne semble pas s'en rendre compte et j'aimerais que Mélanie soit là ce soir. Il y a plus de deux cents personnes – professeurs, parents, élèves, amis – qui sont de tout cœur avec nous. Avec moi. Leurs applaudissements me font vibrer alors que les Sharks se ruent hors de la scène.

D'entendre Roméo chanter l'amour de sa voix divine n'amenuise pas ma joie. Je suis en vie. Plus de peur ou d'inquiétude, juste cette étrange assurance que tout va bien se passer. J'ai hâte de le dire à Ben. J'ai hâte de l'embrasser jusqu'à ce qu'il soit aussi heureux que moi.

Les scènes se succèdent devant des décors dont Ben et moi pouvons être fiers. Le premier acte est presque terminé. La musique du combat emplit le théâtre, menaçante et magnifique. Je rejoins les Sharks sur scène, en me déplaçant d'un rond de lumière à un autre. Puis les Jets arrivent et la bagarre commence. Poing gauche, poing droit. On fait attention à ne pas se toucher, à ne pas se blesser. Tout est chorégraphié, une violence parfaitement contenue.

Quand Roméo sort son couteau, la musique s'intensifie, le rythme s'accélère. Nous avançons et reculons comme à la répétition.

Coup de poing à gauche, coup de poing à droite.

Et encore, et encore. La musique accélère. Roméo se jette sur moi avec son couteau. C'est bientôt la fin du premier acte. Le public pourra sortir acheter des pop-corn et de la limonade. L'argent servira à organiser la cérémonie à la fin des représentations. À laquelle Arielle aurait dû assister avec Ben s'il n'avait pas été renvoyé. À laquelle elle serait allée avec Gemma, si elles avaient encore été amies. Mais elle ne s'y rendra pas. Elle n'aura peut-être même pas l'occasion de le regretter. Car elle sera morte.

Je le vois une seconde trop tard. La lame de Roméo est trop brillante. Elle est en acier et si aiguisée qu'elle pénètre dans mon ventre comme dans du beurre. Une matière chaude et douce s'écoule de moi sans retenue. Roméo enfonce le couteau plus profondément, s'appuyant sur mon épaule et guidant mon corps qui s'écroule sur le sol.

Ma tête heurte le parquet. Le son résonne dans mon crâne. Au-dessus de moi, les lumières, aussi dorées que l'aura des Ambassadeurs, illuminent les boucles de Roméo. C'est un ange noir, envoyé du ciel pour entendre ma confession. Il est penché sur moi, pendant que les autres comédiens s'éloignent vers les coulisses en dansant. Ils ne se sont rendu compte de rien.

– C'est mieux, murmure Roméo à mon oreille. Mieux vaut mourir que d'être convertie ou envoyée dans les brumes pour l'éternité.

Sa voix s'éteint presque.

– Repose-toi maintenant, douce Juliette, reprend-il d'une voix plus basse. Peut-être ce paradis auquel nous n'avons pas osé croire t'accueillera-t-il les bras ouverts.

Il part en courant. La musique diminue, les sirènes de police prévues dans la pièce se mettent à hurler, prévenant les Sharks et les Jets que leur rixe a été découverte. Le public applaudit à tout rompre, le bruit s'écrase sur moi et me fait tressaillir.

On dirait que Roméo a acquis une conscience.

Et qu'elle m'a été fatale.

# VINGT-DEUX

Les lumières s'éteignent et je reste dans le noir. Piégée. Mourante. Dans le noir. Comme la première fois.

Mais je refuse d'abandonner. Je ne suis pas seule et les lumières ne vont pas tarder à se rallumer. M. Stark comprendra ce qui s'est passé et appellera une ambulance. Il suffit que je m'assure que Roméo ne s'approche plus de moi. *Arielle* peut encore vivre.

Doucement, lentement, je roule sur le côté et essaie de ramper vers les coulisses. Mes pouvoirs d'ambassadrice ne sont plus très puissants, mais je guéris néanmoins plus vite qu'un humain. Je sens mes organes déchirés faisant de leur mieux pour se rétablir. Si on m'emmène à l'hôpital, j'ai encore un espoir de garder ce corps en vie et ensuite…

Une détonation retentit et un cri s'élève dans la salle. Puis un autre et bientôt, c'est tout le public qui hurle. La peur s'étend dans le théâtre comme un feu de forêt. Malgré l'obscurité, quelqu'un a dû me voir ramper sur la scène, ensanglantée, laissant un écœurant sillage rouge derrière moi.

Mais une nouvelle détonation me détrompe. C'est un coup de feu. Qui vient de l'autre côté de la scène. Quelqu'un tire sur le public.

Dans un gémissement, je regarde par-dessus mon épaule. Roméo ne tire pas pour tuer mais pour faire régner le chaos et empêcher qu'on vienne à mon secours. Pour que je meure tragiquement – poétiquement – de sa main, comme je l'ai cru pendant des années.

S'il me voit, il me tirera dessus. Il me veut morte. Je rampe plus vite, priant pour qu'il ne regarde pas dans ma direction. Derrière le rideau, les danseurs préviennent tout le monde de fuir :

– Dylan est armé !

– On va mourir !

– Vite, la sortie de secours !

La sortie de secours. Ben. L'entracte. Il est là. Il m'attend.

Il va comprendre que quelque chose s'est passé et il va venir me chercher. Mais Roméo l'accueillera avec son revolver, Ben n'aura aucune chance de s'en sortir. S'il entre dans ce théâtre, il est mort.

Je me mords les lèvres pour ne pas crier. Je me force à me lever et je chancelle vers la porte de secours. Je m'accroche au couteau planté dans mon ventre et qui me brûle les entrailles. Mon cœur bat sourdement dans ma poitrine, dans mes oreilles, dans mon cerveau, luttant pour survivre. Malgré mes pouvoirs de guérison, je serai morte dans moins d'une heure si personne ne me vient en aide. Je perds trop de sang et quelque chose n'est pas normal. Roméo a touché un point sensible.

Je dois retrouver Ben. Je dois le protéger.

J'écarte les rideaux et me dirige vers la sortie. Tout le monde a déjà fui. Les coulisses sont désertes et la porte fermée. Non. Elle s'ouvre.

Le visage de Ben apparaît, en contre-jour, dans la lumière orangée des lampadaires. Il me voit et je perçois son soulagement, aussitôt remplacé par la peur. Il ne peut pas voir le sang ni le couteau, mais il comprend que je me déplace avec difficulté.

– Arielle ? Que s'est-il passé ? Que…

– Va-t'en ! Dylan est armé !

C'est tout ce que j'arrive à articuler avant de m'écrouler dans ses bras. Je le pousse vers la sortie. Il ne pose pas de questions. Il passe un bras autour de ma taille et m'entraîne.

Quand il sent le couteau dans mon ventre, je perçois la terreur qui s'empare de lui.

– Mon Dieu.

Il ne jure pas, il prie pour sauver quelqu'un qu'il pense avoir déjà perdu.

– C'est lui qui t'a fait ça ?

Je ne prends pas la peine de répondre. Je rassemble mes forces pour avancer sur l'allée goudronnée. Il sait déjà.

– Je n'aurais jamais dû te laisser seule. Je vais le tuer.

Il s'étouffe presque.

– Je vais le couper en morceaux, le…

– Non, s'il te plaît.

Je prends sa main posée sur ma hanche et la serre. Elle est si chaude. Il est brûlant.

Non, c'est moi qui suis glacée. Mourante. J'ai du mal à respirer. Je ne veux pas mourir et laisser Ben en proie à la malédiction qui m'a tant fait souffrir depuis sept siècles.

– Ce n'est pas ta faute. Tu n'aurais rien pu y changer.

Je trébuche tandis que nous coupons à travers la pelouse, vers les voitures garées le long de la route. Le parking était trop petit pour accueillir tout le public. Et ces gens fuient maintenant à toutes jambes, sautent dans leur véhicule où ils espèrent être en sécurité.

Je dois m'assurer que Ben reste en vie.

– Oublie Dylan. Va-t'en. Si je ne survis pas…

– Tu vas survivre ! m'interrompt-il d'une voix rauque. Je t'aime.

– Je t'aime aussi.

J'ai de plus en plus de mal à respirer, mais la douleur s'atténue, elle s'éloigne de moi comme un iceberg flottant dans l'océan.

– Arielle ! Ne meurs pas ! S'il te plaît !

Ben me serre plus fort, posant sa main là où le sang a imprégné mes vêtements, les collant contre ma peau. Il frémit puis me soulève dans ses bras. Ce mouvement brusque fait bouger le couteau. Je gémis et ma tête part en arrière, mes yeux se remplissent de nuit.

– Pose tes mains sur ta blessure et appuie aussi fort que tu peux ! me souffle Ben. Je vais t'allonger sur la banquette arrière et te conduire à l'hôpital. On y sera plus vite qu'une ambulance.

La voix haletante de Ben témoigne de sa hâte. Il court pour moi, pour me sauver la vie. Il ne s'arrête qu'une demi-seconde pour ordonner à un petit groupe d'appeler le service d'urgence de l'hôpital.

– Dites-leur que j'amène une jeune fille poignardée à l'estomac.

– Oh, mon Dieu ! Comment va-t-elle ? demande un garçon du groupe.

– Il lui a tiré dessus ? s'enquiert une voix féminine.

– Non, elle a été poignardée. À l'estomac. Appelez l'hôpital et dites-leur qu'on sera là dans cinq minutes.

Il a prononcé ces derniers mots par-dessus son épaule, trop occupé à m'étendre dans la Corolla pour accorder la moindre attention à quelques adolescents traumatisés.

Mais ses instructions semblent atteindre le cerveau de l'un d'entre eux.

– Dans cinq minutes ! Je les appelle.

Il me faut un instant avant de reconnaître la voix. Ben vient de commettre une erreur. Une terrible erreur.

Je me penche par-dessus son épaule et je croise le regard reptilien du mercenaire qui habite le corps de Jason. Nous nous fixons quelques secondes : il était aussi le moine Lawrence Friar. Ben m'allonge sur la banquette arrière. Je voudrais l'alerter mais je n'ai plus la force de parler. J'essaie de lever la main pour lui faire un signe mais ma main est trop lourde et trop froide.

Je suis gelée. Lourde. Mourante.

Et Ben ne sait rien de Jason. Ne sait rien des monstres.

J'aurais dû lui dire la vérité sans redouter qu'il me prenne pour une folle. Au moins, j'aurais… peut-être aurions-nous pu…

Dans le brouillard, j'entends Ben me crier de tenir le coup. La voiture démarre et nous roulons vite. De plus en plus vite. Le monde disparaît et revient. Ma conscience me glisse entre les doigts, la vie me glisse entre…

Une collision. Nous sommes soudain éjectés de la route. La voiture tourne sur elle-même. Une odeur d'herbe mouillée et de gaz d'échappement se répand dans la voiture. Ben crie. Nous cessons de tourner et nous glissons le long du flanc d'une colline. La voiture rebondit. Ben crie de nouveau. Moi, je n'y arrive pas. Plus de souffle. Arielle est en train de mourir. Ben sera seul, sans personne pour le protéger.

La voiture vient à peine de s'arrêter quand deux visages apparaissent aux fenêtres. Le premier, cruel et blanc comme la lune du côté passager et l'autre triste et en partie déchiqueté. Les boucles de Roméo ont disparu, laissant place à un fouillis de sang, de peau et d'os. Il s'est tiré dessus lui-même ou Jason s'en est chargé. Peu importe.

Ce qui est important, c'est que Roméo essaie de sortir Ben de la voiture.

– Non !

Je trouve la force de lever la main et de la tendre. Mais Roméo abat son poing et j'entends le bruit des os contre la chair. La fin est proche.

Jason ouvre la porte à mes pieds et rampe près de moi. S'allonge sur moi. Il a le même sourire maléfique que lorsqu'il était moine et qu'il me regardait me vider de mon sang à ses pieds. J'aimerais déchirer de mes ongles ce visage mielleux, enfoncer mes pouces dans ses orbites et le vaincre enfin. Je ne veux pas qu'il me regarde mourir. Je ne veux pas que Roméo batte Ben à mort. Mais je n'ai même plus la force de tourner la tête. Quand le mercenaire saisit le manche du couteau et enfonce la lame plus profondément dans mon ventre, provoquant une nouvelle vague de douleur, je ne fais que tressaillir.

– Là, là.

Jason écarte les cheveux qui me barrent le visage. Gentiment, doucement, comme une araignée enveloppant une mouche dans sa toile. Ses caresses n'apportent aucun réconfort mais peur et torture. S'il n'y avait pas Ben, je serais reconnaissante à l'obscurité se refermant sur moi. Je préfère dormir pour toujours que crier pitié.

– J'ai un cadeau pour toi, Juliette, susurre-t-il d'une voix assez forte pour que je l'entende malgré la pluie de coups qui continue de s'abattre sur Ben.

Chaque coup m'atteint de plein fouet. Cette douleur est pire que la mienne. Bien pire. Je ne peux supporter d'entendre souffrir ce garçon, cette bonne âme qui ne deviendra jamais un homme.

– Il est temps que tu assistes à de la vraie magie noire, aux premières loges, me souffle Jason.

Sa poigne de fer me saisit le cou, ses doigts s'enfoncent dans ma peau. Je réprime mes cris et ferme les yeux. Il peut m'étrangler mais je ne lui donnerai pas la satisfaction de voir s'éteindre la lumière de mon regard. Pas… cette… fois…

Une puissance inconnue m'inonde tout à coup. Je la sens se répandre en moi à travers l'extrémité de ses doigts, s'infiltrer dans mes veines, brûlante, s'emparer de chacune de mes cellules, m'envahir au plus profond. Mes os sont en feu, un feu glacé qui me gèle jusqu'au cœur. Je me cambre, et un hurlement s'échappe de mes lèvres. Si rauque qu'il me déchire la gorge.

Je meurs et je renais en même temps.

Il enlève ses mains et j'inspire, ébahie de sentir mes poumons se gonfler sans difficulté, de sentir mes organes reprendre vie. Je porte les mains à mon ventre. Mon T-shirt est toujours collant et trempé de sang, mais dessous, la peau est lisse, sans cicatrice. Il m'a guérie, il m'a sauvé la vie.

Je me redresse. Jason est déjà ressorti de la voiture. Il me tend une main que j'ignore. Il ne vient pas de me faire un cadeau, il essaie de me manipuler. Il a seulement trouvé un nouveau moyen de me torturer que je ne comprends pas encore. Je sais qu'il peut reprendre ma vie aussi vite qu'il me l'a rendue.

Je m'extirpe du véhicule sans prendre garde à Jason ou au camion qui a obligé Ben à sortir de la route. Je me précipite vers la seule et unique personne qui m'importe. Nous sommes dans un champ ; la voiture s'est arrêtée avant d'atteindre le bas de la colline où les pluies ont formé une mare. Quelques mètres de plus et Ben et moi serions noyés.

Cela aurait peut-être été mieux. Pour le moment, je n'en sais rien. Je découvre Ben, un peu plus loin, là où les coups de Roméo l'ont projeté, sous un arbre éclairé par les phares. Son corps est inerte et son visage réduit en miettes. La douleur que je ressens est pire que celle de la lame plantée dans mes entrailles.

– Ben !

Je cours vers lui, passant devant Roméo qui se tient, vacillant, près de l'arbre. Je ne lui accorde pas un regard, je m'agenouille aux pieds de Ben, lui tournant le dos. Il ne me poignardera pas une deuxième fois. Ce n'était manifestement pas dans les projets de son supérieur. Mais ça m'est égal. Qu'il fasse ce qu'il veut. Rien n'est plus horrible que le grognement émis par Ben. Je tiens son visage disloqué dans mes mains. Ses paupières palpitent, il essaie de me regarder sans y parvenir. Ses yeux sont si gonflés qu'on dirait que des balles de golf ont été enfoncées dans ses orbites. Ses joues, son menton sont ouverts et saignent. Il a perdu plusieurs dents. Son nez est cassé, peut-être aussi sa pommette droite. Ses deux pommettes. Même s'il survit, il ne sera plus jamais le même. Il sera toujours abîmé, balafré…

Balafré. Une partie de mon cerveau sent la douceur de ma peau, la brise qui passe dans mes cheveux. Jason ne m'a pas seulement guérie, il a réparé les dégâts du temps. Jamais la magie des Ambassadeurs n'a été capable d'une telle chose.

S'il a pu le faire pour moi…

Je repose doucement la tête de Ben contre le tronc de l'arbre et me retourne. Jason est déjà là. Il attend que je comprenne, avec son inépuisable sourire aux lèvres. Roméo est à ses côtés, les yeux fixés dans le feuillage, ses lèvres formant des mots inaudibles, comme s'il était en transe. Je me demande si son cerveau – que j'aperçois dans la lumière des phares – fonctionne encore. Je marmonne à travers mes larmes :

– Que veux-tu ? Je ferai ce que tu voudras, mais guéris-le.

Jason secoue la tête et feint le regret.

– J'aimerais bien mais mes pouvoirs ne fonctionnent que sur ceux qui sont touchés par la magie. Ambassadeurs ou Mercenaires. Nous venons tous de la même source, tu sais ?

– Je sais.

Je renifle. S'il le pouvait, c'est tout mon corps qui pleurerait. Je sais à quelle inévitable conclusion nous mène cette conversation.

– Alors…

Il s'interrompt et hausse les épaules avant de reprendre :

– Si tu veux que je vienne en aide à Ben…

Je ne réponds pas. C'est impossible. Je ne ferai jamais ça. Jamais.

– Allons, Juliette, rit-il doucement. La vie n'est pas obligatoirement une tragédie. Une magnifique opportunité t'a été accordée, quel dommage de gâcher cet amour…

Il fait tourner dans sa main le couteau qu'il a arraché à mon ventre. Il le lance et le rattrape.

– Je te promets que ce jeu est beaucoup plus amusant quand on est du côté des gagnants. Enfonce un peu cette lame dans ce garçon, juste ce qu'il faut pour me convaincre que tu es capable de tuer. Ensuite, il ne te restera plus qu'à prononcer tes vœux et…

Il se tourne brusquement et fait un geste dans le noir avant de me regarder de nouveau.

– Elle est par ici. Je la sens.

J'essaie de percer l'obscurité. Les images que Nourrice a partagées avec moi me reviennent en mémoire ; j'ai attendu, espéré dans le noir, il y a longtemps de cela. Serait-ce son tour à présent ? Pourquoi n'est-elle pas venue au théâtre tout à l'heure ? Pourquoi n'a-t-elle pas empêché cette tragédie ?

– Elle attendra que nous soyons partis, souffle Jason, mais elle viendra et elle s'occupera du garçon. Elle lui fera prononcer ses vœux et le transformera en messager de lumière.

Je sanglote, incapable de me retenir. Je la vois clairement maintenant, cette nouvelle vie qu'il m'a décrite, une seconde éternité que je passerai à combattre Ben. Mon amour sera de l'autre côté, beau, lumineux et inaccessible. Tout ce qu'il saura de moi, c'est que je lui ai fait mal, que je l'ai trahi, que je ne l'ai pas aimé comme je le lui avais juré. Jason ne me permettra jamais de lui révéler la vérité.

Mais je ne voudrais peut-être même pas qu'il la connaisse. Lorsque je reverrai Ben, dans une autre époque, dans un autre corps, je serai devenue si tordue que je ne me rappellerai pas les sentiments que j'éprouvais pour lui. Je serai comme Roméo, cruelle et vide. L'amour sera mort en moi.

La vie est précieuse – celle de Ben plus précieuse que toutes. Mais il y a bien plus à perdre que la vie.

Je me penche vers Ben et j'écarte les cheveux qui collent à son visage en sang. J'aimerais qu'il soit conscient pour qu'il m'entende mais en même temps, je suis heureuse qu'il ne ressente pas la douleur. Je pose mes lèvres près de son oreille et son parfum me brise le cœur.

– Je t'aime.

– Cela voudrait-il dire que tu refuses mon offre ? grince Jason.

Il s'est approché. Il ne sourit plus. Il brandit son arme.

– Tu sais ce qui va se passer à présent ? poursuit-il.

Je le sais. Il va nous tuer tous les deux. Lentement. Douloureusement. En prenant plaisir à voir combien de temps nous tiendrons avant de lui céder. J'ignore si je saurai résister. Je m'accrocherai à mon amour pour Ben. Il sera mon phare dans la nuit.

Je ne réponds pas à la question de Jason. Je me contente de fixer son regard vide, en me demandant lequel est le plus mort, celui de Roméo dont la moitié du cerveau a été réduit en bouillie ou celui de ce monstre sans âme. Car il semble ne jamais avoir ressenti l'amour, n'avoir jamais été simple mortel, n'avoir jamais éprouvé la vulnérabilité.

Ce qui explique sans doute pourquoi il ne voit rien venir.

Moi non plus d'ailleurs, je ne suis pas surprise. Roméo se trompe comme toujours, mais les mots qu'il a prononcés sur la scène recelaient une certaine vérité. Il pensait sincèrement m'aider en me poignardant et il pense m'aider quand il lève le canon de son arme et tire. Deux fois.

Une fois dans le front de Ben, une fois dans le mien.

## VINGT-TROIS

Une pression presque insupportable me traverse le cerveau alors que la balle brise mon crâne et soudain, je flotte et je tombe en arrière au ralenti, les yeux fermés. Je réalise que je m'écroule sur Ben ; je sens ses genoux dans mon dos, ma tête repose sur son ventre. Je suis heureuse. C'est bon de le sentir, de savoir qu'il est là, tout près, même s'il est parfaitement immobile. Étrangement, le savoir mort ne me bouleverse pas. L'instant est irréel comme si je n'étais que la spectatrice d'une scène se déroulant très loin.

Pas de douleur, seulement l'impression de rentrer à l'intérieur de mon corps, accompagnée d'un détachement total.

Jason hurle sur Roméo et tout devient silencieux. Comme une tombe, comme la brume, comme la fin du monde.

Je me rappelle la panique que je devrais éprouver alors que tout devient noir et qu'il commence à pleuvoir. De grosses gouttes s'écrasent entre mes lèvres entrouvertes. C'est alors que je l'entends, un murmure rauque : *Viens maintenant*. Je sais que je devrais avoir peur. Mon ancien corps vient me chercher, je l'entends au loin, je le sens dans le vent mais je ne peux pas bouger, je ne peux pas fuir. Je devrais être effrayée, mais il n'en est rien.

Je n'ai pas trahi Ben. Ben ne m'a pas trahie. Nous avons tenu les promesses que nous nous étions faites, nous nous sommes accrochés à ce en quoi nous croyions. Peu importe ce qui arrivera maintenant.

Je sens ses mains sur mon visage, j'entends sa voix à mon oreille et la peur m'envahit peu à peu.

– Juliette, Juliette, s'il te plaît, ouvre les yeux, Juliette…

J'obéis. Je n'en ai pas envie mais je ne peux pas m'en empêcher. Je ne parviens pas à distinguer la silhouette de Gemma – de Nourrice – dans l'ombre. Il n'y a pas de lune, pas d'étoiles, aucune clarté. L'obscurité est quasi impénétrable. Si elle n'avait pas parlé, si je n'avais pas senti les effluves de son parfum de luxe, je n'aurais pu deviner à qui appartenaient ces longs doigts fins m'effleurant le cou.

– Je l'ai chassé. Il n'est pas trop tard, murmure-t-elle.

Elle prend mon pouls.

– Tu n'es pas morte et tu es prête. Tu peux venir avec moi.

J'essaie de secouer la tête, de lui demander ce qu'elle veut dire, je veux qu'elle sache que je n'irai nulle part, que je resterai avec Ben jusqu'à ce que… que…

Mais je ne peux pas bouger. Je peux seulement cligner des yeux, perdue, en pleine confusion.

– Tu l'as trouvée, la paix. Ta paix, soupire Nourrice. Je peux à présent t'offrir un sanctuaire et du pouvoir. Tu seras l'une des nôtres, en sécurité, dans nos royaumes. Tu ne reviendras sur Terre que pour combattre le mal. Quand tu te sentiras prête.

Ses mains caressent mon cou, mon épaule, mon poignet. Elle me serre les doigts.

– Je suis si heureuse de t'avoir retrouvée à temps.

À temps ? Non, il n'est plus temps. Ben est mort. Mort. Parti pour toujours dans un lieu d'ombres. Et Arielle a une balle dans la tête. Je sens la vie quitter son corps.

– Où…

Je grimace de douleur. La souffrance m'a enfin trouvée et s'empare de mon corps tels des centaines de milliers d'insectes piétinant ce qui reste de moi.

– Où…

– J'ai dû quitter le lycée. Je devais me mettre en sécurité et j'ai laissé Gemma chez Mike avant la pièce.

Pas de regret dans sa voix.

– Ils ont parlé et je n'ai pas voulu les interrompre. Ils étaient sur le point de se trouver. Et j'ai eu raison !

D'excitation, elle frappe dans ses mains.

– Leurs auras sont à présent écarlates. Nous pouvons partir. Toutes les deux.

– Et Ben ?

Les larmes me montent aux yeux mais je les repousse. Je n'ai pas de temps pour ça. Ni assez de force.

– Ben et…

– C'est pour Gemma et Mike que nous étions là, réplique Nourrice. Ce qui est arrivé entre Ben et toi était…

Elle serre de nouveau ma main dans la sienne. Elle voudrait ce geste réconfortant mais il reste sans effet.

– … c'était magnifique pour vous deux, reprend-elle, mais ce n'était pas prévu. Il est temps que tu quittes ce corps. Ben et Arielle ne sont pas des âmes sœurs. Ils ne peuvent nourrir notre cause, comme le font Mike et Gemma.

C'est donc ça. Arielle et Ben ne sont pas importants parce qu'ils ne sont pas suffisamment utiles aux Ambassadeurs. Ces derniers ne sont que des vampires finalement. Plus raffinés, mais des vampires se donnant des airs de combattants du bien mais qui n'agissent que dans le but de se repaître.

Contrairement à ce qu'ils croient, ils ne savent rien de l'amour. L'amour ne valorise pas l'obéissance au-dessus de toute autre vertu. L'amour ne juge pas, n'estime pas que certaines vies sont plus importantes que d'autres. L'amour n'utilise pas les gens pour les jeter ensuite. L'amour reste et vous rend plus fort, même quand la personne que vous aimez est partie.

– Ne pleure pas, ma chérie. Tu seras l'une des nôtres, répète Nourrice.

Elle ne comprend pas la raison de mes sanglots.

– Nous devons nous hâter maintenant, reprend-elle. Je ne pourrai pas contrôler Gemma beaucoup plus longtemps et le spectre pourrait revenir à n'importe quel…

– Non.

– Non ?

Elle secoue la tête. Un nouvel effluve du parfum de Gemma atteint mes narines puis un autre, plus léger. Romarin, rose et poussière de routes familières. Le vent souffle plus fort et éloigne les nuages. La lune apparaît.

– Je ne veux pas devenir l'une d'entre vous.

Je tourne le visage vers le vent. Je sais qu'elle arrive. Je suis prête à lui tendre la main. Nourrice m'a dit que lorsque je toucherai mon ancien corps, le spectre m'emmènerait là où ni les Ambassadeurs ni les Mercenaires ne seront capables de me retrouver. C'est là que je veux être.

– Juliette, s'il te plaît, il faut…

– Va-t'en.

Au même instant, le murmure est à mon oreille. *Viens, viens.* Je la vois. Une silhouette survolant l'herbe mouillée, ses longs cheveux doucement soulevés par le vent. La lune éclaire ses doigts qui se tendent vers moi.

Je reprends ma main à Nourrice. Je ne peux aller vers mon ancien moi mais je sais qu'elle viendra vers moi.

– Et si je vous accorde une nouvelle chance à Ben et à toi ? insiste Nourrice.

Ma main tremble. Une telle chose serait-elle possible ?

– Si tu renouvelles tes vœux, je peux te renvoyer au moment où tu as pris possession du corps d'Arielle, juste avant ta rencontre avec Ben, souffle-t-elle. Tu pourras veiller sur lui dans cette autre réalité. Tu pourrais effectuer d'autres missions pour les Ambassadeurs.

– Une autre réalité ?

– Il existe des centaines de royaumes où les événements se déroulent différemment. C'est le grand secret de la magie des Ambassadeurs, que les Mercenaires eux-mêmes ignorent. Nous avons un pouvoir absolu sur le temps et l'espace. Pas eux.

– Je pourrais… revenir en arrière et Ben serait vivant ?

– Oui. Tu pourrais le protéger. Tu devrais seulement prendre garde qu'il ne tombe pas amoureux de toi.

Non. C'est impossible. La connexion entre nous a été immédiate. Et inévitable. Je tomberais amoureuse de Ben et il tomberait amoureux de moi dans n'importe quelle réalité. Nourrice ne peut donc pas me promettre qu'il ne mourra pas à nouveau.

– Tu pourras aider Mike et Gemma à tomber amoureux, aider Arielle à trouver la paix dont elle a tant besoin. Ce sera comme si aucune de ces erreurs ne s'était produite, poursuit Nourrice.

Comme si rien ne s'était passé. Ben et moi n'étions pas une erreur. Le fait qu'elle dise cela prouve qu'elle n'a jamais été la personne que je croyais. Je ne lui fais plus confiance et je ne la laisserai pas me voler Ben. Je préfère aller en enfer plutôt que d'être encore sa marionnette, ne serait-ce que pour une heure.

– Non.

– Non ?

– Non.

– Mais tu pourrais servir le bien ! Arielle a besoin de toi. Je ne vois que de l'ombre dans son avenir si les Ambassadeurs n'interviennent pas.

– Je vois la mort dans son avenir, je rétorque.

Et ça pourrait être pire.

Le regard de Nourrice se glace.

– Oui, moi aussi. Dans cette réalité, en tout cas. C'est peut-être mieux ainsi.

– Tu es… un monstre…

J'ai à peine la force d'articuler. La fin est proche.

– Non, je suis une déesse, affirme-t-elle.

J'aimerais pouvoir éclater de rire.

Le vent souffle sur mon visage, j'entends un murmure qui m'appelle.

– Gemma va bientôt réapparaître. Je ne peux pas la retenir. C'est ta dernière chance. Si tu pars, tu ne seras jamais à nos côtés. Jamais. Il n'y a pas de possibilité de retour pour les gens comme toi, Juliette.

Les gens comme moi. Les gens qui posent des questions ? Les gens qui désobéissent ? Les gens qui commettent des erreurs ? Les gens qui aiment si fort qu'ils en ont mal ?

Je ne lui demande pas ce qu'elle entend par là. Ça m'est égal. Je suis soulagée quand, après qu'elle a poussé un petit soupir, j'entends la voix de Gemma. Elle crie mon nom.

– Arielle ? Oh, mon Dieu ! Mon Dieu ! Est-ce que c'est Ben ? Qui a fait ça ? Mon Dieu ! Au secours...

J'espère qu'elle saura quoi faire.

– Tu es vivante. Tiens bon ! Je n'ai plus de batterie mais je vais appeler la police depuis la voiture.

Elle caresse mes cheveux d'une main tremblante.

– Tiens bon. Ne meurs pas, je te l'interdis. Je t'aime et je suis désolée. Je te promets que tout s'arrangera si tu ne meurs pas.

Elle pleure. Son chagrin est si profond que je comprends que son amour est sincère. Je me demande si je ne me suis pas trompée sur elle. J'ai voulu la voir horrible pour me donner le droit de lui voler le garçon que je croyais qu'elle aimait.

– Je reviens tout de suite.

Elle s'éloigne en courant. La voix du spectre, elle, se rapproche.

– *Viens, maintenant.*

Je souris. Je suis prête et je n'ai pas peur.

Elle a changé : sa robe n'est plus déchirée, le trou dans sa poitrine est remplacé par une peau lisse et douce, un mouchoir de dentelle est glissé dans son décolleté. Elle s'agenouille près de moi et un sentiment de paix m'envahit. Nourrice et Roméo avaient tort. J'ignore où ce voyage s'achèvera mais ce ne sera ni en enfer, ni dans les brumes. Elle est heureuse pour moi et sourit. Ses yeux bruns sont sereins même s'il lui manque quelque chose pour qu'elle soit à nouveau entière. Quelque chose que je suis la seule à pouvoir lui donner.

Et c'est ce que je fais. Je glisse ma main dans la sienne. De mon autre main, je caresse le visage de Ben. Je murmure :

– Je t'aime.

Je veux que ces mots soient les derniers que je prononce.

## VINGT-QUATRE

La mort est un long sommeil silencieux dans une pièce tiède et moite, où règne une odeur de pierre froide et de meurtre.

Je tressaille et me réveille. J'ai toujours un corps. Il repose sur un lit de marbre dur qui sent l'huile dont a été oint Tybalt avant qu'il soit enterré dans le caveau familial. À un mètre à peine de moi.

J'ouvre les yeux. Le noir. Paupières ouvertes ou closes, l'obscurité est la même dans la tombe. La tombe. Je suis enfermée. Encore une fois. *Piégée, piégée, piégée.* Je secoue la tête, cognant mon crâne contre l'implacable pierre. Non, c'est impossible. C'est un rêve, un cauchemar, une hallucination.

Mon cœur est prêt à éclater dans ma poitrine. Mes mains se tendent, se plaquent sur le couvercle de ma prison, poussent et cognent jusqu'à ce que mes jointures saignent. Je gémis.

Ma gorge se serre. Je n'ai pas mal comme la première fois. Je n'ai pas soif, mon esprit n'est pas confus, je n'ai même pas peur. Je bouge les jambes et je sens le doux lin de mon jupon contre mes cuisses.

Mes pensées bourdonnent dans mon cerveau, comme des abeilles en colère. Je suis de nouveau dans mon corps – je sens que je suis à ma place – mais où exactement ? Où ? J'ai refusé l'offre de Nourrice de me renvoyer dans le passé. Ce ne peut être qu'une impression due à la folie.

Ou une malédiction.

J'halète maintenant. Si c'était la punition des Ambassadeurs pour ne pas avoir rejoint leur royaume ? Et si j'avais été renvoyée ici pour mourir une fois pour toutes ? Ou pire, pour être piégée éternellement.

– Au secours ! Au secours !

Je hurle. Ma voix résonne dans le caveau.

– Il y a quelqu'un ?

La voix est faible, lointaine, mais c'est celle d'un homme. Quelqu'un dehors a entendu mes cris. Je me mords la lèvre, regrettant d'avoir appelé à l'aide. Et si c'était le moine ? Si j'avais voyagé dans le temps ou jusqu'à une réalité alternative ? Si j'allais être tirée de la tombe une seconde fois pour retrouver Roméo en train de jouer le mort sur le sol ?

Je ne me planterais pas ce couteau dans le cœur. Mais que faire ? Fuir ? Essayer de trouver de l'aide ? Me cacher du garçon que j'ai épousé de mon plein gré et d'un homme d'Église à l'apparence affable et compréhensive ? Si je suis réellement dans le passé, mes parents me tueront pour m'être mariée sans leur consentement. Ou alors, ils me forceront à vivre avec ce garçon pour éviter la honte et le déshonneur. Je ne sais pas ce qui serait le pire.

*Ben. Ben. Ben.* Je ferme les yeux et je m'accroche à ce nom. Je veux respirer l'odeur de sa peau et sentir ses bras autour de moi. Je ne l'oublierai jamais, je ne le trahirai jamais. Si je dois épouser quelqu'un d'autre, je…

Je m'enfuirai. Je trouverai un moyen de survivre. Je ne suis plus la petite fille naïve que j'étais. Je suis assez forte pour trouver ma propre voie, pour échapper au mal qui m'attend dehors.

– Qui est là ?

La voix est plus forte. Cette fois, je trouve l'énergie de répondre.

– Je suis ici. C'est Juliette. Juliette Capulet !

– Jésus ! Mon Dieu !

Ses mots sont étouffés par la pierre mais la voix m'est familière. Très familière. Ce n'est ni la voix de Roméo, ni celle du moine.

– Tiens bon, je te sors de là.

Je me prépare. La stèle bouge au-dessus de ma tête, doucement, centimètre par centimètre, jusqu'à ce que l'espace soit assez grand pour que je m'y glisse. Le soleil m'éblouit, m'aveugle et je ne distingue pas le visage de celui qui me tend les mains.

Mais je connais ces mains ; je connais le parfum qui m'enveloppe. Le garçon m'aide à me redresser. Je connais cette voix douce qui me murmure :

– Tout va bien. N'aie plus peur.

Mon cœur s'arrête. Je sais quand j'ai entendu ces mots la dernière fois. Dans la voiture. Cette première nuit où Ben et moi nous sommes rencontrés. Oui, c'est sûr à présent. Mais je ne veux pas le croire avant de l'avoir vu.

– Ben ?

Je passe les mains sur sa poitrine puis sur son visage. Il tressaille, surpris, puis se détend. Lèvres pleines, joues douces rendues légèrement râpeuses par une barbe naissante et nez un peu tordu. C'est Ben, je le sais avant que mes yeux ne reconnaissent les contours de son visage. Je souris, je ris presque. Et en même temps, un sanglot m'échappe.

– Tu es vivant !

Il fronce ses sourcils et il baisse le menton.

– Oui, mais surtout, toi, tu es en vie, dit-il. Quand j'ai trouvé le mot, j'ai pensé qu'il était devenu fou. Je ne comprends pas comment ni pourquoi mais tu es là…

– Et tu es là, toi…

Oui, il est là. Ses cheveux sont plus longs, couverts par une capuche de laine verte, mais c'est Ben. Parfait, impossible et indéniable. Je le bois des yeux. Je sais que jamais je ne le considérerai comme acquis, je ne le laisserai jamais douter de mon amour pour lui.

– Ben.

Je soupire son prénom comme une promesse, une prière, une marque de gratitude à la force – quelle qu'elle soit – qui nous a rapprochés. Dieu, magie, amour, espoir, peu m'importe. Je lui serai éternellement reconnaissante.

– Ma mère m'appelle Ben, marmonne-t-il, confus.

Ses yeux reflètent l'incompréhension.

– C'est Roméo qui te l'a dit ? me demande-t-il.

Mon cœur s'arrête une seconde. Roméo ? Comment Ben connaît-il Roméo ? Pourquoi ne me reconnaît-il pas ? Et pourquoi… pourquoi parle-t-il l'italien médiéval ? Cette langue m'est si familière que je ne l'ai pas immédiatement remarqué mais…

– Je suis étonné que Roméo ait parlé d'autre chose que de lui-même…

Il renifle et desserre son étreinte comme pour me repousser. Je m'accroche à lui. Je ne veux plus être loin de lui. Je ne peux pas.

– Je suis désolé… je sais, toi et lui…

– Roméo ne m'est rien !

Ben hausse les sourcils.

– Vraiment ?

– Vraiment.

– Alors je suppose qu'il te sera moins difficile d'entendre la nouvelle…

Je me prépare au pire.

– Il a quitté Vérone, reprend Ben. Il s'est enfui avec Rosaline.

Je cligne des paupières.

– Rosaline ?

– Oui, elle… apparemment, elle n'était pas si chaste que nous l'avions tous supposé. Elle est enceinte. De l'enfant de Roméo. Ils se sont mariés chez elle ce matin même.

Ses paroles semblent lui faire prendre conscience de notre proximité. La décence le fait reculer d'un pas. Cette fois, je le laisse faire. Il est évident qu'il n'a aucun souvenir de notre passé… ou de notre futur… ou plutôt de notre vie dans une autre réalité. Il ne me connaît pas. Il ne m'aime pas. En fait, il semble penser que je suis folle.

– Est-ce que tu me comprends ? demande-t-il en détachant chaque syllabe. Roméo et Rosaline sont mariés. Ils sont partis vivre à Mantoue, chez la tante et l'oncle de Rosaline. Ils comptent s'y installer, et après son exil, Roméo s'est dit que…

– C'est parfait, je suis heureuse pour eux.

C'est à son tour de cligner des yeux.

– Quoi ?

– Oui, je suis heureuse pour eux.

Roméo m'a abandonnée pour une autre femme et c'est de loin préférable à ce qui s'est passé la première fois. Ça m'évite de trouver un moyen de défaire notre mariage. C'est enfin terminé. Avec un peu de chance, je ne le reverrai jamais. Tant que le prince règne sur Vérone, Roméo reste un criminel.

– Mais dans sa lettre…

Ben semble mal à l'aise. Je souris, dans l'espoir de l'aider à parler, quoi qu'il ait à dire. Mais je n'arrive qu'à le faire reculer à nouveau.

– Roméo dit que vous vous êtes mariés en secret. La maison du père Friar a brûlé cette nuit – le pauvre moine est mort dans l'incendie – et il ne reste aucun document prouvant cette union, mais Roméo pensait que tu tiendrais à la faire valoir malgré tout. La note qu'il a laissée affirme que tu comptais prendre un faux poison pour feindre la mort et que tu te laisserais enterrer dans…

– Comment connais-tu Roméo ?

– C'est mon cousin germain, répond Ben, qui accepte le changement de sujet avec le même naturel que l'autre Ben.

Sous ces nouveaux habits et ses mots éloquents, il est toujours le même. Celui dont je suis tombée amoureuse dans sept cents ans.

– Je suis Benvolio Montaigu, ajoute-t-il.

Benvolio. J'ai déjà entendu ce nom, quand Roméo et moi avons…

Roméo. Avait-il remarqué que Ben ressemblait trait pour trait à son cousin ? Qu'ils étaient la même personne occupant deux endroits différents dans le temps ? Si c'est le cas, il n'en a rien laissé paraître. Mais peut-être ce passé n'est-il pas réellement le sien. Nourrice a parlé de nouveaux commencements et de nouvelles fins. Je suis venue ici avec l'aide du spectre. Soudain son insistance pour que j'aime, son assurance que tout irait mieux prend miraculeusement sens.

Et Ben est miraculeux. Il est là. C'est tout ce qui importe.

– J'étais à la fête organisée par tes parents.

Il rougit, ressemblant de plus en plus au Ben que je connais.

– Sans invitation bien sûr, mais…

– Je ne me rappelle pas t'y avoir vu.

J'avance vers lui, il ne recule pas.

– J'étais costumé.

– J'ai été stupide.

Je m'approche encore. Nous nous touchons presque. Il me sourit.

– Que veux-tu dire ?

– Tu crois au coup de foudre ?

Son sourire s'efface mais quand je pose les mains sur sa poitrine, il ne s'écarte pas.

– Non.

– Moi non plus. Je pense qu'il nous faudra au moins trois jours.

– Trois jours ?

– Pour tomber amoureux.

Il sourit. Un véritable sourire, celui qui tord son nez. Il renverse la tête en arrière et éclate de rire. Quand il a fini, il me prend dans ses bras et une étincelle s'allume dans son regard.

– Tu es bien sûre de toi.

– Non, c'est de toi que je suis sûre.

Je glisse ma main sous son manteau.

– En fait, je suis sûre de nous.

– Je te préviens, dit-il en penchant la tête vers moi jusqu'à ce que nos haleines se mélangent. Je n'ai rien à voir avec mon cousin.

– Dieu merci.

C'est à mon tour de rire. Nos lèvres sont à deux doigts de se toucher mais je ne peux pas. Il est trop tôt. C'est Ben et c'est mon amour. Il ne lui faudra pas longtemps pour qu'il se rappelle ce que nous avons été l'un pour l'autre. Mon cœur en est certain.

– Mais je suis un Montaigu, s'inquiète-t-il en enroulant mes boucles brunes autour de son doigt.

– C'est vrai.

– Nos familles ne seront pas d'accord.

J'entoure son cou de mes bras.

– Il te sera difficile de me faire la cour, c'est certain.

Je me dresse sur la pointe des pieds.

– Nous allons subir l'opposition de chaque…

Je pose mes lèvres sur les siennes, décidant que trois jours à attendre, c'est beaucoup trop long. Trois minutes seraient déjà trop longues.

Il n'hésite qu'un moment avant de me rendre mon baiser en me serrant contre lui. Nous nous embrassons tendrement et passionnément. Le soulagement m'envahit, je souris et nos dents se cognent. Je sais exactement ce qu'il ressent. Il a le sentiment de rentrer chez lui ; de trouver un havre de paix, de découvrir la pièce manquante du puzzle, celle qui embellit la vie, la transforme en une fête. Les yeux fermés, sans éloigner ma bouche de la sienne, je murmure :

– Je me suis trompée. Il ne nous faudra pas trois jours.

– Oh non, approuve-t-il.

J'ouvre les paupières. Son visage, émerveillé et confus en même temps, rayonne. Je lui souris et l'émerveillement prend le pas sur l'incompréhension.

– Tes parents seront si heureux de te savoir en vie qu'ils oublieront cette ridicule querelle avec ma famille, espère-t-il. Ils me seront peut-être reconnaissants de t'avoir sauvée et m'inviteront à dîner…

– Peut-être. Je parlerai à ma mère, j'essaierai de lui faire comprendre… Si je n'y arrive pas, nous n'aurons plus qu'à fuir ensemble.

Le sourire de Ben s'efface.

– Il paraît que c'est à la mode chez les Montaigu, lâche-t-il. Est-ce vrai que tu l'as épousé ?

Je plonge mon regard dans le sien.

– Est-ce important ?

La question le fait réfléchir longuement. Puis il secoue la tête.

– Non. Ça ne l'est pas. Ça m'est égal de ne pas être le premier du moment que…

– … tu es le dernier.

– Exactement !

Il penche la tête sur le côté et me regarde par-dessus son nez un peu tordu.

– Tu es une jeune fille très forte et… très inhabituelle.

– Tu ne te doutes pas à quel point. Un jour, je te raconterai une histoire que tu auras du mal à croire.

– Pourquoi pas aujourd'hui ?

– Parce que aujourd'hui, on a mieux à faire.

Je prends sa main et l'attire vers moi pour lui voler un nouveau baiser. Il m'embrasse à son tour. Encore et encore.

Et je sais qu'il est mien. Aujourd'hui et pour le reste de notre vie. Peu importe où elle se déroule.

# CODA

Roméo

Accroupi dans un coin de la gare abandonnée, je regarde les lueurs du matin éclairer les nids d'oiseaux accrochés au plafond. Je serre ma couverture contre moi. Je l'ai volée à un des paumés qui considéraient cet endroit comme leur chez-eux. Ils étaient cinq. L'un d'entre eux devait être un mercenaire, à en juger par la noirceur de son aura. Ils ont fui en hurlant quand je suis entré en rampant. Mes mains squelettiques crissant sur le sol couvert de fientes d'oiseaux, ma chair pourrissante pendant sur mes os.

Même le mercenaire a fui. Il savait ce que j'étais, il a vu ce que j'étais devenu et a eu peur que la malédiction ne soit contagieuse.

Car je suis maudit pour l'éternité.

J'ai beaucoup souffert ces dernières semaines, depuis la mort de Juliette. Mes sens sont revenus et je sais maintenant que je dégage une odeur de pestiféré et que je ressemble à un monstre. La douleur du monde entier cogne dans ma poitrine et résonne dans mon cerveau à chacun de mes pas. Je suis une chose de l'ombre, un être misérable obligé de se cacher de l'humanité en se réfugiant dans des recoins. Je dois lutter contre le froid du vent qui siffle entre mes os.

La seule chose qui me retient de m'ôter ce qui reste de ma pauvre vie, qui m'empêche de poser ma tête sur les rails afin que la bête de métal m'écrase, ce sont les mots de mon supérieur.

*Que penserais-tu d'un million d'années sous la forme d'un fantôme que personne ne verra ni n'entendra ?*

Les plus grands menteurs disent toujours la vérité, quand ils peuvent. Tout ce qu'il m'avait prédit s'est avéré. J'ai été rejeté par les Mercenaires et j'ai retrouvé mon ancien corps, un corps ravagé par les atrocités que j'ai commises.

Et si le reste était également vrai ? Et si mon âme ne mourait pas avec mon corps ? Même ce que je suis aujourd'hui est préférable à ça. Quelque chose est toujours mieux que le rien, le néant. À la torture d'une voix sans personne pour l'entendre, à une existence sans confirmation.

Même le hurlement de ceux qui fuient en me voyant est quelque chose.

Mes sanglots rauques brisent le silence. Je ne suis qu'un animal blessé dans le soleil. J'ai plus pleuré ces dernières semaines que durant toute ma vie et mon après-vie. C'est ce qu'il y a de pire avec ce corps : la façon dont les émotions et la douleur s'écoulent par mes yeux, secouent mon cœur comme un loup s'acharnant sur une pièce de viande fraîche. Mon âme est crue, récemment née dans le sang. Les fantômes qui me hantaient lorsque j'étais un mercenaire me déchirent les entrailles, m'assaillent, me font souffrir. Remords, regrets, haine, peur, amour…

Je n'ai jamais cessé de l'aimer. Je ne l'ai compris qu'après son départ, qu'après avoir retrouvé mon corps, qu'après m'être traîné là où elle est morte, prenant ses mains sans vie dans les miennes, plongeant mon regard dans ses yeux vides. Juliette, ma Juliette. Son âme est partie pour toujours. L'univers n'est plus le même, il y manque une étincelle. J'ai essayé de la sauver. Du moins, je le crois. Et j'espère avoir réussi. J'espère qu'elle est en paix dans les brumes… ou ailleurs.

J'espère que ce garçon qu'elle aimait est avec elle. Je n'ai pas pleuré pour lui mais j'ai ressenti de la tristesse pour ce qu'il avait perdu. Pour la première fois depuis des centaines d'années, j'ai regretté de ne pas les avoir épargnés.

Mais je n'avais pas le choix. Le seigneur noir est plus puissant que je ne le serai jamais et leur amour ne lui aurait pas résisté. Je ne pouvais que les mettre hors de son atteinte, m'offrir en pâture à leur place.

Un jour peut-être, je regretterai, quand ces semaines d'agonie seront devenues des années, des siècles, que je ne serai plus que poussière et que même le luxe des larmes me sera refusé.

Peut-être, peut-être, peut-être…

Il vaut mieux que je pleure tant que j'ai des yeux.

Mes sanglots brisent le silence. Les oiseaux quittent leur nid. Ils bondissent dans l'air et le bruit de leurs ailes est si fort que je me recroqueville sous ma couverture. Ils sont des centaines, si nombreux que le sol est couvert de leurs déjections dont se régalent les mouches.

Aucun humain ne pourrait vivre dans ce trou. Il est parfait pour moi.

– Te voilà. Je t'ai cherché partout.

La voix vient de la porte, une mélodie de notes qui pique ce qui reste de ma peau. C'est une femme rousse, au teint si pâle que le bleu de ses veines ressort sur ses tempes et sous ses yeux bruns.

– Tu laisses une drôle de traînée derrière toi.

Elle me sourit avec détermination. Elle est venue pour se moquer. Je pensais les Ambassadeurs au-dessus de ce genre de plaisirs mesquins. Son aura est si dorée qu'elle pourrait être la nourrice de Juliette. La clarté qui l'environne ternit les rayons du soleil qui passent par les fenêtres cassées. Je ferme à demi les paupières et je suis obligé de détourner les yeux quand elle s'accroupit près de moi.

– Alors, Roméo, tu profites bien de ta retraite ?

Je la regarde, les yeux plissés, et je laisse échapper un sifflement. Mais elle ne fuit pas, elle rit doucement. Je suis un monstre pitoyable.

– Aussi bien que ça ?

Elle hoche la tête.

– Voilà qui ne me surprend pas. C'est pour ça que je suis venue. J'ai une proposition à te faire. Un moyen de te sortir de là.

De me sortir de là. Mon âme tressaille. Je n'avais pas osé imaginer qu'une telle possibilité existait. Il n'y a pas d'issue. Je suis sur le dernier tronçon de route. C'est comme ça.

Mais si…

– Les Mercenaires volent nos convertis depuis des siècles, reprend la femme en écartant les pans de ma couverture pour voir entièrement mon visage. Certains des miens ne sont pas d'accord mais je ne vois pas pourquoi nous ne ferions pas la même chose. Une totale inversion d'allégeance donne un grand pouvoir. Nous en avons besoin, car beaucoup des nôtres ont été perdus.

Pas perdus, assassinés. Massacrés par les Mercenaires qui se battent sans honneur et tuent pour le plaisir, et qui ne s'arrêteront pas avant d'avoir mis le feu au monde entier.

– Aimerais-tu y réfléchir ? me demande la femme. À devenir l'un des nôtres ?

Je sais peu de chose sur les Ambassadeurs mais je connais les Mercenaires. Et je sais qu'ils gagneront. Les Ambassadeurs sont faibles car leurs mains sont liées par la bonté. Devenir un ambassadeur est une forme de suicide.

Je souris et je secoue la tête comme un chiot. Oui, j'accepte de changer d'allégeance. Oui, j'accepte de servir les Ambassadeurs. Oui, je suis prêt à échanger ma misérable vie pour de longues périodes dans les brumes et de longues journées dans des corps qui ne seront pas les miens. Et je serai libre. De mourir comme elle. C'est plus que ce que j'aurais pu espérer si j'avais laissé l'espoir prendre racine en moi.

– Parfait.

Elle soulève mon menton du bout du doigt comme si je n'étais plus une vile créature mais un être précieux qu'elle vient de sauver des eaux avant que le courant l'entraîne.

– Mais tu dois d'abord me convaincre, Roméo. Tu dois me prouver ton engagement à notre cause. Si tu y parviens, je te ferai prononcer tes vœux et tu deviendras un faiseur de paix, un de nos plus importants serviteurs. Si tu échoues, la magie que je vais te prêter se dessèchera et tu retrouveras ce corps sans aucun espoir.

J'acquiesce de nouveau, me frottant contre sa paume, étalant mon odeur de mort sur sa main. Je réussirai, je serai fidèle, je servirai les Ambassadeurs comme personne ne les a servis jusqu'à aujourd'hui. Car personne n'a connu l'horreur d'être ce que je suis devenu.

– Bien. Voilà ce que tu dois faire.

Elle se penche vers moi et murmure une histoire improbable à mon oreille, qu'elle achève par la promesse de revenir me voir quand j'aurai sauvé une vie, et peut-être le monde.

Moi. Roméo. Je vais sauver le monde. Ou du moins, une version du monde.

Une toux me gratte la gorge et il me faut un moment pour comprendre que je ris. Je ris de plus belle, juste pour voir si elle va s'écarter de moi en réalisant quel pauvre être cassé je suis.

Mais elle se contente de me tapoter le bras et d'approcher son visage du mien.

– Tu feras ce que je te demande ? Tu te battras pour moi ? Tu aimeras pour moi ?

Je souris.

– Quand ma mission sera terminée, cette fille se verra comme un soleil étincelant, comme la lune, comme les étoiles dans le ciel. Quand elle prononcera mon nom, elle sera submergée d'amour. Aimer et être aimée l'émerveilleront.

– Arielle aura besoin de tout ton charme, rit la femme.

Arielle ? Mais elle est morte. J'ai tué le corps qui avait accueilli Juliette d'une balle dans la tête.

La femme se redresse, elle lit la peur sur mon visage.

– Je sais ce que tu as fait. C'est pourquoi tu es le seul à pouvoir le défaire. Nos choix créent plusieurs réalités. Je peux te renvoyer dans le passé et te donner la chance de faire un autre choix et d'offrir une nouvelle place à Arielle dans le monde.

La couverture glisse de mes épaules.

– Je suis prêt. Envoie-moi maintenant.

– Patience, me calme-t-elle en appuyant ses paumes l'une contre l'autre.

Une lumière éblouissante m'oblige à fermer les yeux.

– Je dois te renvoyer dans le corps que tu habitais quand tu l'as tuée, au moment précis où le destin de Dylan Stroud se sépare en deux directions opposées.

– Très bien. Ça me facilitera la tâche.

Dylan est un beau jeune homme, il est tout ce que les jeunes filles aiment avant qu'elles comprennent qu'il n'est pas très malin de jouer avec le feu. Mais Arielle est jeune. Elle sera attirée par lui, séduite par les flammes. Penser à ses longs cheveux blonds et à ses yeux bleus me réjouit.

Cette mission n'aura rien d'une corvée finalement.

– Rappelle-toi, elle doit croire en ton amour, me prévient la femme en séparant ses mains, agrandissant le nœud de pouvoir qu'elle a créé alors que l'atmosphère frémit d'énergie et de magie.

– Peu importe ce que tu ressens, tu dois faire en sorte qu'elle t'aime. Tu dois repousser l'ombre qui s'est emparée d'elle, la remettre sur le droit chemin.

J'agite ma main squelettique.

– C'est comme si c'était fait !

Le sourire de la femme est à présent celui d'un prédateur.

– Alors va, Roméo. Fais au mieux, car tu n'auras qu'une seule chance.

Elle laisse retomber ses bras le long de son corps et la boule de lumière vole vers moi, me frappant au visage. Le monde explose en une multitude d'étincelles. Je suis en feu, au milieu d'une fosse de braises, je n'ai plus d'oxygène et plus personne n'aura pitié de moi. Je brûle pendant ce qui me semble des heures, aveuglé par la douleur, les nerfs à vif.

Et tout à coup, tout est fini. Je suis un autre dans un nouveau corps. Je conduis sur une route sombre, par une douce soirée printanière.

J'inhale tout l'air que je peux pour gonfler mes poumons. Le vent entre par la fenêtre ouverte, chargé des parfums de la nuit : herbe fraîchement coupée, romarin sauvage sur la colline et engrais animal. C'est… merveilleux. Je prends une autre inspiration et je la garde en moi jusqu'à en avoir mal puis je la relâche avec un soupir de satisfaction. À côté de moi, sur le siège passager, quelqu'un émet un grognement.

Je ne suis pas seul. Je tourne la tête et croise le regard bleu d'Arielle Dragland. Elle est recroquevillée et, les bras croisés, elle me dévisage avec une haine pure. Ses longs doigts fins s'agrippent au col de son chemisier. Les souvenirs de Dylan me parviennent. Étrange sensation, après tant d'années à vivre dans les corps vides des morts.

Il se dit que cette chemise lui va bien, qu'il va pouvoir gagner son pari de coucher avec la cinglée de l'école sans trop de difficulté. Il avait presque réussi, avait pratiquement gagné ses cinq cents dollars. Si Jason ne lui avait pas envoyé ce fichu SMS et si Arielle ne l'avait pas lu…

Elle était devenue enragée et la fureur de son regard avait réussi à effrayer ce jeune voyou de Stroud. Arielle était peut-être folle, c'est ce que tout le monde affirmait. En tout cas, elle était en colère. Et pas qu'un peu.

J'ai à peine le temps de la retenir avant qu'elle s'empare du volant et le tire vers elle de toutes ses forces.

Je lâche un juron, comprenant mieux à présent les avertissements de l'ambassadrice alors que la voiture zigzague vers le ravin où Dylan est mort la première fois que je me suis emparé de son corps. J'ai été renvoyé dans le temps pour séduire une jeune fille qui déteste le garçon que je suis. Et pour de bonnes raisons.

Si on survit à l'accident, j'ai perdu d'avance. Elle ne m'aimera jamais.

*Non, Dylan, elle ne t'aimera jamais. Tu es toujours un monstre même si tu as maintenant un beau visage et des mains douces.*

Des mains douces mais puissantes. Je m'accroche au volant, repoussant violemment Arielle pour reprendre le contrôle du véhicule et ralentir notre embardée. Nous heurtons la barrière métallique et rebondissons sur la route, l'arrière de la voiture glisse sur la voie centrale avant de s'arrêter. La route est déserte.

Pendant un instant, seules nos respirations haletantes brisent le silence. Nous l'avons échappé belle et n'avons plus la force de parler.

Arielle se reprend la première.

– Je te déteste, siffle-t-elle. Je vais te détruire, Dylan Stroud. Tu verras.

Elle ouvre la portière et sort de la voiture. Elle remonte la route en courant vers Los Olivos, ses cheveux plus argentés que jamais dans la lueur de la lune.

Je la regarde dans le rétroviseur. Je souris malgré moi. Elle est magnifique. Sa colère et sa haine sont magnifiques. Le mercenaire que j'étais ne peut s'empêcher de l'admirer. Dommage que les Ambassadeurs soient obligés d'éteindre cette flamme, d'adoucir ce caractère par la pression d'un baiser d'amour vrai.

– Un baiser d'amour vrai !

Je crie ces mots, je les chante et j'allume la radio avant de faire demi-tour pour rattraper cette fille qui n'a aucune idée qu'elle va bientôt tomber amoureuse de moi.

À suivre…

## Remerciements

Mille mercis à Michelle Poploff, Rebecca Short et à toute l'équipe de Delacorte Press pour avoir été si géniaux. Merci au département du théâtre d'Ithaca pour leurs renseignements sur le Barde (Shakespeare), mille mercis au Barde lui-même évidemment. Merci également à mes critiques personnelles, Stacia Kane et Julie Linker ; aux Débutantes de 2009 ; à Maria Montes, mon expert ès espagnol ; et à mes merveilleux lecteurs. Je remercie spécialement Ryley et Logan pour être les enfants les plus merveilleux dont une mère pourrait rêver, et mon mari, Mike, mon âme sœur, mon meilleur ami, mon amour. Merci pour toujours savoir quand dire « Tout ira bien » et réussir à m'en convaincre.

# Juliette FOREVER

## La suite
(à paraître)

Extrait

## Chapitre 1

Nous atteignons le sommet de la colline alors que le soleil se couche sur Vérone. Une lumière dorée tachée de rouge se répand à l'horizon et allonge nos ombres.

Le sang de Juliette s'est répandu lui aussi, de sa poitrine jusqu'à la pierre de la tombe où est enterré mon terrible secret.

Juliette est morte et j'ai son sang sur les mains.

*La suite*
*en un flash*

web

Cet ouvrage est imprimé sur du papier
fabriqué à base de fibres provenant
de forêts gérées de manière durable et équitable

Achevé d'imprimer en Italie par Canale
Dépôt légal : 1er trimestre 2012